Fouad La

Une année chez les Français

Texte abrégé

LE DOSSIER

Un récit d'apprentissage autobiographique et satirique

L'ENQUÊTE

Le français dans le monde et la francophonie

Notes et dossier
Benoît Dauge
Agrégé de lettres modernes

Collection dirigée par
Bertrand Louët

Hatier

Sommaire

OUVERTURE

L'ENTRETIEN

Une année chez les Français

ISBN : 978-2-401-04471-5

HOTEL
EXCELSIOR
HOTEL
EXCELSIOR

Quelle est l'histoire ?

Les circonstances

L'histoire se déroule en 1969 au Maroc, un pays anciennement sous protectorat français mais indépendant depuis 1956. Ayant obtenu une bourse d'études, Mehdi Khatib quitte son village, Béni-Mellal, situé au pied des montagnes de l'Atlas, pour entrer en sixième au lycée français de Casablanca.

L'action

1. La rentrée à l'internat

Medhi fait sa rentrée, muni d'une petite valise cabossée et flanqué de deux dindons. Un monde nouveau l'accueille : les surveillants, le dortoir, le réfectoire, les camarades... Tout est déroutant.

2. Les cours

Avide de connaissances, Medhi découvre un à un ses professeurs, les matières qu'ils enseignent et leurs personnalités. Il s'adapte et révèle ses capacités.

Un enfant en train de lire avant d'aller à l'école, Maroc, vers 1950.

Le but

En nous racontant les aventures de Mehdi au lycée français de Casablanca, Fouad Laroui nous fait rire : de Mehdi, qui peine à décrypter ce nouveau monde, comme des Français — professeurs, surveillants ou élèves —, dont le regard naïf du héros révèle manies et préjugés.
Au-delà de la satire, transparaissent les convictions humanistes de l'auteur. Grâce à sa curiosité, aux enseignements reçus, aux livres qu'il dévore, Mehdi finit par s'intégrer, triomphant ainsi de la solitude et des barrières culturelles.

3. Le club théâtre
Le lycée propose des activités complémentaires comme le chant, le dessin... Mehdi s'inscrit au club théâtre et y prend goût.

4. Les week-ends chez les Berger
Comme sa famille ignore les périodes de fermeture du lycée, Mehdi est accueilli, le week-end de la Toussaint et les suivants, par la famille de Denis Berger.

Qui sont les personnages ?

Au lycée Lyautey

LOMBARD
Le surveillant général règne sur les élèves et les surveillants, avec autorité et bienveillance.

MADINI
Madini poursuit des études parallèlement à son travail de surveillant.

MOREL
Drôle et fantasque, Morel se montre affectueux avec Mehdi.

MEHDI KHATIB
Mehdi a dix ans. Issu d'une famille marocaine modeste, c'est un esprit vif et un lecteur à l'imagination débordante.

M'CHICHE
M'Chiche est né dans une famille marocaine aisée. Il partage avec Mehdi le même coin de dortoir.

Les personnages secondaires

MOKHTAR : personnage haut en couleur, Mokhtar, que Mehdi présente comme son « oncle », est chargé de le conduire de Béni-Mellal à Casablanca.

DUMONT

Très cultivé, Dumont multiplie références et citations.

RÉGNIER

Français étudiant le droit au Maroc, Régnier revendique haut et fort ses opinions communistes.

SABINE ARMAND

Sabine Armand anime le club de théâtre du lycée Lyautey.

CATHY KIRCHHOFF

Cathy se prend vite d'amitié pour Mehdi : elle le défend quand les autres se moquent de lui.

DENIS BERGER

Discret et gentil, Denis fait du théâtre avec Mehdi. Ils passent plusieurs week-ends ensemble quand le lycée est fermé.

M. ET MME BERGER : les parents de Denis accueillent Mehdi chez eux à plusieurs reprises.

MINA KHATIB : la mère de Mehdi a accepté que son fils parte étudier à Casablanca en lui faisant promettre d'être le premier de la classe.

Où se passe l'histoire ?

L'action d'*Une année chez les Français* se déroule au Maroc : principalement à Casablanca, où le héros, Mehdi, est venu étudier. D'autres lieux situés au Maroc sont également évoqués au fil du récit. C'est le cas de Béni Mellal, le village natal du jeune garçon.

Qui est l'auteur ?

Portrait de Fouad Laroui, 2017.

Fouad Laoui (né en 1958)

● UNE ENFANCE MAROCAINE

Né le 12 août 1958 à Oujda, Fouad Laroui a grandi à El-Jadida, une ville située à une centaine de kilomètres au sud de Casablanca (voir carte p. 8). En 6e, le jeune garçon est admis à l'internat du lycée Lyautey de Casablanca. Son père a disparu quelques mois auparavant.

● UN PARCOURS SCIENTIFIQUE

Après son bac et des classes préparatoires au lycée Lyautey, il intègre l'École nationale des ponts et chaussées, dont il sort ingénieur en 1982. Il entre alors comme chercheur à l'École des mines de Paris.
Puis, pendant quelques années, il prend la direction d'une mine de phosphates au Maroc.
En 1990, il décide de revenir en Europe, obtient un doctorat en sciences économiques, vit quelque temps en Angleterre puis s'installe définitivement à Amsterdam, aux Pays-Bas, où il enseigne d'abord l'économie et les sciences de l'environnement et désormais l'épistémologie et la littérature française.

● UN ÉCRIVAIN

Parallèlement, il écrit. Et ce, depuis qu'il a quitté le Maroc. En 1996, il publie *Les Dents du topographe*, un premier roman qui obtient un large succès. Aujourd'hui auteur de six romans, d'essais et d'un recueil de poèmes, il écrit en français mais aussi en néerlandais. Ses récits, tel *Une année chez les Français*, parlent souvent de son enfance, de son pays, mais il aime laisser libre cours à son imagination et brouiller les frontières entre autobiographie et fiction.

Que se passe-t-il dans les années 1960 ?

Sur le plan politique et social

• DES CONFLITS MAJEURS

Après dix-sept ans de tensions et de guerre, les colonies et possessions françaises obtiennent leur indépendance : l'Indochine en 1954, la Tunisie et le Maroc en 1956 et l'Algérie en 1962. En 1969, les Américains sont enlisés dans la guerre du Vietnam et les rapports de force entre les États-Unis et l'URSS ont conduit depuis deux décennies à la guerre froide.

• LES HIPPIES CHANTENT LA PAIX

C'est dans ce contexte que toute une jeunesse se retrouve à Woodstock pour un grand festival de musique. Le pacifisme qui l'entoure, sous la bannière « Peace and love », voit l'apogée du mouvement hippie.

• UN TOURNANT DANS LA POLITIQUE FRANÇAISE

En France, avec la répression des manifestations pour l'indépendance de l'Algérie en 1961-1962, l'écart se creuse entre les Français et le général de Gaulle. Le pouvoir vacille en mai 1968 et en 1969 De Gaulle démissionne. Georges Pompidou est élu.

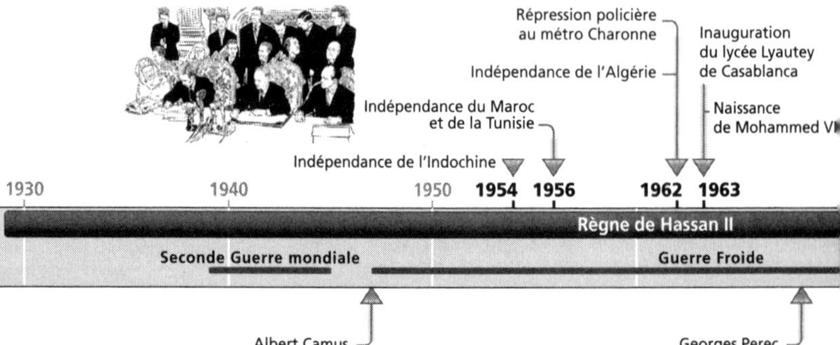

Sur le plan culturel

● LES AVANCÉES AMÉRICAINES

L'année 1969 est marquée par un événement majeur du XXe siècle : les premiers pas sur la Lune. Le 21 juillet, les Américains Neil Armstrong et Buzz Aldrin foulent le sol lunaire. Le retentissement est planétaire. La même année, aux États-Unis, des médecins implantent le premier cœur artificiel et des ingénieurs créent Arpanet, l'ancêtre d'Internet.

● LA TECHNOLOGIE FRANÇAISE

En France, le premier vol du *Concorde* a lieu : il relie Paris à New York en trois heures trente. Sur la terre ferme, l'Aérotrain, précurseur du TGV, est expérimenté. Enfin, en novembre, apparaît en banlieue parisienne le premier centre commercial, Parly 2, et avec lui un nouveau mode de consommation.

● ART ET LITTÉRATURE

Dans les années 1960, la peinture comme la littérature sont marquées par l'émergence de la société de consommation. Dans le roman *Les Choses* (1965), Georges Perec met en scène un couple qui rêve de posséder toujours plus... Les objets de la vie quotidienne, les *comics* américains, les produits industriels reproduits en série sont de nouvelles sources d'inspiration pour les artistes.

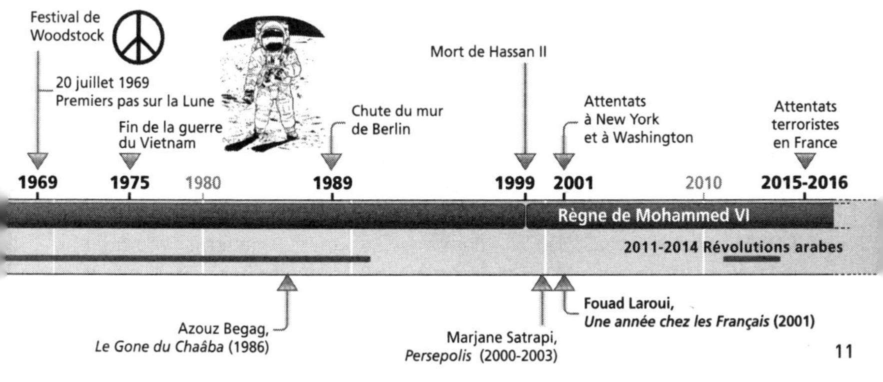

Entretien avec Fouad Laroui

« **Fouad Laroui, vous avez une formation scientifique : qu'est-ce qui vous a amené à la littérature et à l'écriture de romans ?**

Il se trouve que j'étais bon en mathématiques au lycée, alors j'ai fait des études d'ingénieur... La lecture m'a accompagné dès l'enfance. Il a fallu cependant que je m'engage dans la vie professionnelle pour que s'impose comme une évidence le fait que lire et écrire n'étaient pas seulement des passe-temps mais quelque chose d'essentiel. J'ai alors sauté le pas, je me suis mis à écrire des livres.

Rappelez-nous combien de romans vous avez écrits. Quelle place occupe *Une année chez les Français* dans votre œuvre ?

J'ai écrit une dizaine de romans et j'en ai d'autres en chantier. *Une année chez les Français*, qui est mon sixième ouvrage publié, occupe une place de choix dans mon œuvre. D'abord, il a eu beaucoup de succès, ce qui a fait plaisir à mon éditeur et lui a enfin fait gagner un peu d'argent. Surtout, je n'ai jamais rencontré un seul lecteur qui ne l'ait pas aimé. Cette unanimité n'est pas sans m'effrayer un peu : y aurait-il un malentendu ?

Votre livre s'ouvre sur la phrase : « Ceci est un ouvrage de fiction. » Mais le jeune Mehdi Khatib ne ressemble-t-il pas à l'enfant que vous étiez ? Quelle part d'autobiographie y a-t-il dans votre roman ?

Environ 73 % d'autobiographie, le reste étant de la broderie ou de l'invention pure. Oui, j'ai mis en exergue « Ceci est une œuvre de fiction », pour décourager d'avance les maniaques du détail de me dire : « M. Lombard ne portait jamais de bretelles. »

Les surveillants du lycée Lyautey étaient-ils aussi drôles dans la réalité qu'ils le sont dans votre récit ?

Dans ma mémoire, ils le sont, c'est le plus important. Morel (qui s'appelait Boudjema en réalité) était – dans mon souvenir – exactement comme je le décris mais des gens qui l'ont mieux connu que moi m'en ont fait un portrait différent. Vous voyez bien qu'il s'agit d'une œuvre de fiction...

Peut-on dire que l'histoire de Mehdi est une fable sur les préjugés et stéréotypes culturels ? Ceux des Français comme ceux des Marocains ?

Oui, c'est un de mes sujets de prédilection. Cela dit, n'effrayons pas les lecteurs, *Une année chez les Français* n'est pas une étude sociologique. Je suis ravi que vous notiez qu'il s'agit des préjugés des uns et des autres. Je ne supporte pas ceux qui, dans une querelle, voient les défauts d'une des parties mais pas ceux de l'autre...

Mehdi se fait-il des amis parmi ses camarades ? Ne reste-t-il pas très seul, avec les livres pour seule compagnie ?

Oui, mais c'est un de ses traits de caractère. Moi aussi, j'étais très solitaire à son âge. Je préférais me retirer dans la lecture et les rêveries. Cela dit, « les livres pour seule compagnie », ça sonne un peu négatif, non ? Pouvez-vous imaginer meilleure compagnie ?

Qu'a-t-il appris au cours de cette année chez les Français ?

Il a appris qu'il y a une distance entre les Français et lui : elle n'est pas nulle (il n'est pas français malgré ses tentatives de se faire adopter par la famille Berger) et elle n'est pas non plus infinie (les Français ne constituent pas une espèce différente de l'*homo marocanus*). S'il y a un message dans mon roman, c'est bien celui-là.

Vous êtes marocain, écrivez en français et vivez aux Pays-Bas. Comment vos livres sont-ils compris par vos différents publics ?

Les Marocains les lisent au plus près, ils en comprennent tous les détails. Les Français, surtout ceux qui connaissent le Maroc, les lisent avec sympathie et sont, je l'espère, sensibles à l'écriture. Quant aux Néerlandais, ils sont sans doute séduits par le caractère « exotique » de mes livres, que je ne recherche pas mais qui est inévitable quand on écrit sur un pays lointain et mal connu.

Pour terminer, quelles lectures, Fouad Laroui, pourriez-vous conseiller à de jeunes collégiens ?

Chacun a un auteur (ou groupe d'auteurs), qui lui convient parfaitement, qui ne semble écrire que pour lui, qui enchante sa vie. Pour le découvrir, il n'y a qu'une seule méthode : lire tout ce qui nous tombe sous la main jusqu'au jour magique où se produit cette rencontre...

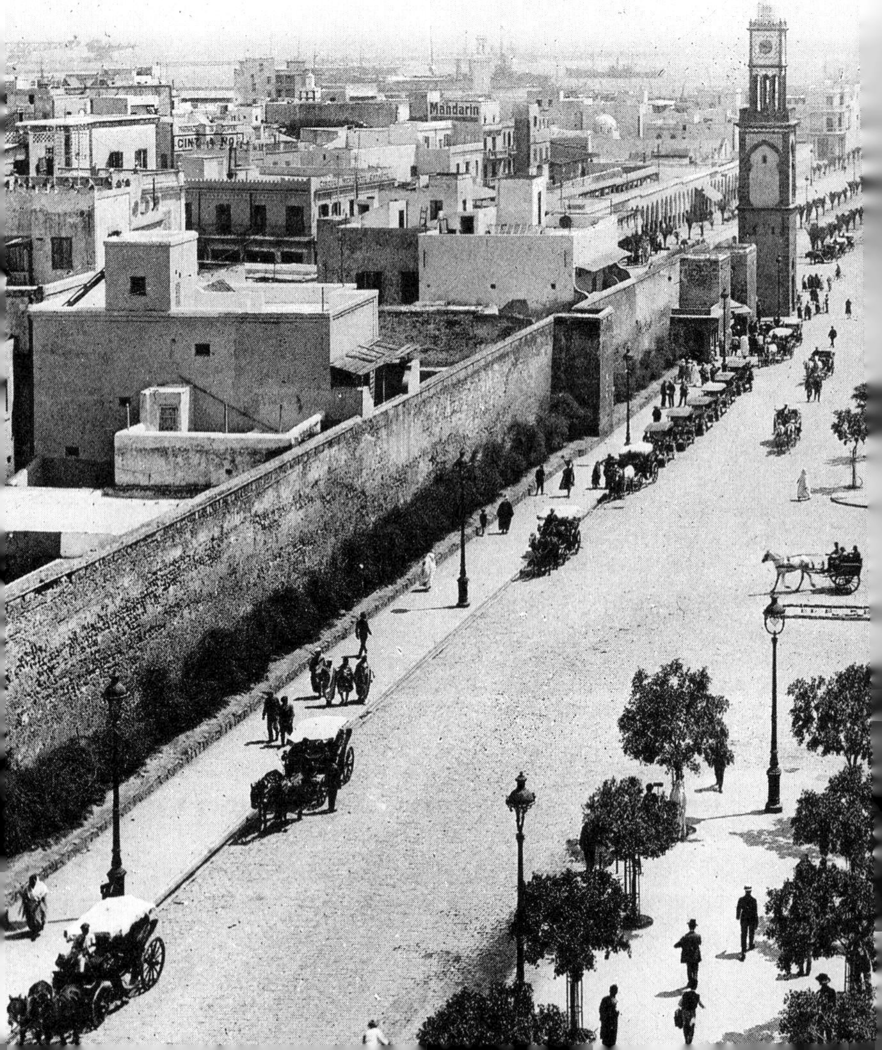
Mandarin

LE TEXTE

Une année chez les Français

Ceci est un ouvrage de fiction.

Vue générale de la place de France à Casablanca (Maroc), vers 1900.

1

L'énigme de l'arrivée

Le concierge, qui somnolait dans sa loge, assis derrière une sorte de comptoir surélevé, crut soudain entendre des voix. Ou plutôt une seule, fluette[1] et un peu éraillée[2], à peine audible.

– Pardon...

D'où sortait cette voix ? Il balaya d'un regard encore ensommeillé les murs et le plafond de son royaume. Rien. Personne. Il n'y avait personne dans cette loge, personne d'autre que lui, Miloud, concierge à « Lyautey » depuis des lustres[3]. Il se frotta les yeux, un peu inquiet. Un *djinn*[4] au lycée français de Casablanca ? *Ont-ils le droit ?*

– Pardon, monsieur...

Encore ! Miloud, tout à fait réveillé, se leva pesamment de sa chaise, se pencha sur le comptoir et découvrit un enfant – neuf, dix ans ? –, un enfant minuscule qui tentait de se hausser sur la

1. **Fluette** : délicate, frêle.
2. **Éraillée** : enrouée.
3. **Des lustres** : très longtemps.
4. **Djinn** : petit être malfaisant dans les légendes arabes.

Le lycée Lyautey est le plus grand établissement d'enseignement français au Maroc. Il existe depuis 1921 (sous le protectorat français). À l'époque, le lycée regroupe les classes de la 6e à la terminale. Mehdi y entre donc à 10-11 ans. Dans le roman, Miloud est le gardien du lycée.

Cette phrase est en italique parce que Miloud se pose la question à lui-même.

pointe des pieds pour l'apercevoir, lui, Miloud, la première ligne de défense du lycée ➲.

On ne l'avait pas vu entrer, ce lutin. À côté de lui, posée sur le sol, une petite valise marron à la poignée blanche, un peu cabossée, attendait la suite des événements. Miloud, qui était d'une grande sagacité[1], en déduisit que le lutin était en fait un « interne » : la valise devait contenir le « trousseau[2] » réglementaire : six paires de chaussettes, six caleçons, deux pantalons, six mouchoirs, quatre chemises… En ce début d'octobre, les internes avaient tout le week-end pour effectuer leur « rentrée », avant que les cours ne reprennent, lundi matin. Ce *nouveau* était bien pressé : on n'était que samedi, en début d'après-midi. Certains, parmi les anciens, arriveraient le dimanche soir, au dernier moment, juste avant l'appel. Les plus blasés[3] attendraient même l'*extinction des feux*[4] pour faire leur apparition, rigolards, mais munis d'un mot d'excuse, tambourinant à la porte du dortoir…

L'homme et l'enfant s'observèrent, l'un étonné, l'autre proche de l'épouvante à en juger par son visage malingre[5] dans lequel d'immenses yeux criaient à l'aide. Il y avait de quoi être effrayé : la trogne[6] qui se tendait vers lui, l'œil torve[7], la bouche partiellement édentée, était celle de Pat Hibulaire, le gros chat noir à

1. **Sagacité** : vivacité d'esprit, intelligence.
2. **Trousseau** : ensemble des affaires qu'un interne (élève logé dans l'établissement) doit apporter.
3. **Blasés** : indifférents.
4. **Extinction des feux** : heure où l'on éteint les lumières, en référence à l'époque où l'on éteignait sa bougie au moment de se coucher.
5. **Malingre** : souffreteux, chétif.
6. **Trogne** : visage (registre familier).
7. **Torve** : sournois, menaçant.

➲ **Cette remarque, que Miloud se fait à lui-même, a un côté comique : il exagère l'importance qu'il a comme concierge, garant de l'intégrité de l'établissement.**

tête de brute qui terrorisait tout le monde dans Mickey ➊. Qu'est-ce qu'il faisait au lycée Lyautey, Pat Hibulaire ?

Miloud fut le premier à reprendre ses esprits. Il grogna en français, avec un fort accent campagnard :

– Qu'est-ce que *ti* veux ?

Puis, se reprenant :

– Où sont *ti* parents ?

L'enfant baissa la tête sans répondre. Peut-être ne comprenait-il pas ce qu'on lui disait ? Miloud, toujours penché sur le comptoir, ne vit plus qu'une chevelure noire, un peu frisée, qui, à cause de la perspective plongeante, semblait faire tache sur le sol. Celui-là était incontestablement marocain. Tous les Français étaient blonds, savait Miloud, après mille preuves du contraire, qui passaient tous les jours, frottant, marchant, courant devant sa loge. ➋ Et puis, cette valise usée, avec sa ridicule poignée blanche… Ce n'était pas le bagage d'un *nasrani*[1], ça ! Tous les Français sont riches, c'est bien connu. Non, *celui-là* ne pouvait être qu'un enfant du pays.

Il reprit, en version bilingue, d'une voix plus rogue[2] :

– Où sont tes parents ? *Fine waldik ?* ➌

1. ***Nasrani*** : Français (en arabe dialectal marocain).
2. **Rogue** : brutale.

➊ **Le narrateur adopte ici le point de vue de son héros qui, paralysé par la timidité et l'appréhension dans ce lycée où tout lui est inconnu, croit reconnaître dans le concierge l'effrayant Pat Hibulaire. Ce personnage de chat méchant est issu du magazine *Mickey*, hebdomadaire français de bande-dessinée pour la jeunesse, créé en 1934.**

➋ **Le narrateur se moque des idées reçues de Miloud : d'après lui, tous les Français sont blonds par opposition aux Marocains qui ont les cheveux bruns.**

➌ **Miloud pose sa question en français, puis en arabe dialectal marocain (la langue parlée au Maroc).**

Toujours pas de réponse. Miloud, qui avait fait la guerre d'Indochine sous le drapeau tricolore – ce qui lui avait valu, une fois *réformé*[1], cette sinécure[2] au lycée de Casablanca –, fit ce qu'un soldat discipliné fait dans ce genre de situation. Il contourna prestement le comptoir, prit l'enfant d'une main et la valise de l'autre et... il s'arrêta, médusé. Sur le seuil de sa loge, deux dindons entravés, attachés l'un à l'autre par les pattes et couchés sur le flanc, l'observaient d'un œil légèrement alarmé. Il écarquilla les yeux, puis battit des paupières et secoua la tête pour chasser l'absurde vision. Peine perdue. L'un des dindons glouglouta. L'autre devait être tout aussi réel.

Miloud serra la mâchoire et demanda d'une voix sourde, sans quitter les animaux des yeux :

– *Dialek bibi*[3] ?

L'enfant nia de toutes ses forces, sans émettre le moindre son. Miloud les lâcha, lui et sa valise, tout doucement ; s'avança d'un pas souple, le dos courbé, les bras tendus ; et, se baissant d'un geste vif, captura les deux intrus. Il se redressa et examina attentivement sa prise. Les crêtes, les plumes, les gloussements qui reprenaient de plus belle... Pas de doute : c'était bien un couple de dindons. Que faisaient-ils ici, dans un lycée de la Mission

1. **Réformé** : déclaré inapte au service dans l'armée.
2. **Sinécure** : emploi bien payé n'impliquant pas un gros travail.
3. ***Dialeck bibi*** : Ils sont à toi ?

Durant la guerre d'Indochine, de 1946 à 1954, la France tente de conserver ses possessions coloniales en Asie. Les territoires qui deviendront le Vietnam et le Laos sont le théâtre d'une guerre qui se termine par la défaite française lors de la bataille de Diên Biên Phu en mai 1954, et les accords de Genève en juillet 1954.

universitaire et culturelle française ➲ ? Décidément, cette journée s'annonçait riche en péripéties. Il revint prendre la valise sous le bras gauche, agrippa l'enfant et alla d'un pas ferme remettre le tout à son supérieur hiérarchique : le surveillant général.

Le bureau de celui-ci se trouvait en face de la loge. Miloud posa la valise et les dindons sur le sol et toqua à l'huis[1] de deux doigts respectueux. On lui cria d'entrer. Il ouvrit la porte, bomba le torse et esquissa une sorte de salut militaire ; puis il donna une bourrade[2] à l'enfant qui se trouva catapulté dans la pièce, les yeux exorbités. Pat Hibulaire poussa devant lui, d'un pied impatient, valise et volaille. Il se mit au garde-à-vous et proféra d'une voix de stentor[3] :

– Voilà !

L'homme qui lui faisait face, assis à son bureau, un crayon à la main, fronça les sourcils. Son regard alla de l'un à l'autre des protagonistes[4] de la saynète[5].

– Voilà ? Voilà quoi ?

Miloud hésita un instant, puis il rugit, à faire trembler les murs :

– Un *pitchoun*, deux *bibis* et une *falise !*

Il salua de nouveau, fit demi-tour et quitta le bureau au pas de

1. **L'huis** : la porte. Ce terme vieilli, de registre soutenu, traduit le respect du concierge vis-à-vis de M. Lombard.
2. **Bourrade** : coup.
3. **Une voix de stentor** : une voix forte et puissante.
4. **Protagonistes** : personnages principaux.
5. **Saynète** : petite scène.

➲ **La Mission universitaire et culturelle française au Maroc est créée un an après l'indépendance du pays, en 1957, lors de la signature, par les gouvernements français et marocain, d'une convention culturelle. Cette convention perpétue un enseignement français dans sept établissements scolaires secondaires, dont le lycée Lyautey.**
Voir Enquête, p. 302.

charge. Il avait livré ses prisonniers aux autorités compétentes. L'affaire ne le regardait plus. La loge attendait.

M. Lombard, le surveillant général ➋, était un homme de taille moyenne, un peu enveloppé, au front dégarni. Son visage exprimait un mélange d'autorité et de bienveillance. Il venait de rentrer dans son bureau après un déjeuner frugal[1] dans le petit appartement qu'il occupait, avec sa femme et ses deux filles, dans l'enceinte même du lycée. S'il avait rapidement expédié la sacro-sainte collation[2] de midi, s'il n'avait bu qu'un seul verre de Chaudsoleil et fumé une seule Casa-Sport[3], c'est parce qu'il se considérait comme mobilisé pendant le week-end de rentrée des internes. Il tenait à être à son poste, « veillant au grain[4] », comme il disait, recevant avec bonhomie les familles, plaisantant avec les anciens d'une voix bourrue, consultant ses listes et rassurant avec autorité les mères inquiètes (« Tout ira bien, madame, cela fait vingt ans que je fais ce métier ! »). Il posa à Mehdi la même question que le concierge, mais sur un ton plus avenant[5] :

– Où sont tes parents, mon petit ?

Au moment où le surveillant général finissait sa phrase, un lion surgit dans le bureau ➋, se jeta sur lui et lui arracha la tête d'un seul coup de griffe. Le fauve plongea ensuite la gueule

1. **Frugal** : léger.
2. **Collation** : repas.
3. **Chaudsoleil** : vin marocain ; **Casa-Sport** : marque de tabac.
4. **Veillant au grain** : restant attentif. Dans le langage maritime, le grain est un coup de vent violent.
5. **Avenant** : sympathique.

➋ **Le surveillant général, dont la fonction a été instituée en 1847 dans les établissements scolaires français, a la charge de la surveillance des élèves. Il constitue l'équivalent du conseiller principal d'éducation (CPE), dénomination apparue en 1970.**

➋ **Mehdi combat sa terreur en imaginant l'attaque de M. Lombard par un lion, un requin puis des hyènes.**

dans la gorge tranchée qui semblait un volcan crachant du sang et se mit à laper l'épais liquide rouge, en grognant de satisfaction. Un requin apparut, flottant dans les airs, et engloutit le corps décapité. Le lion et le squale[1] se regardèrent, bien étonnés de se trouver ensemble. Des hyènes...

M. Lombard, contrarié *(pourquoi cet enfant ne disait-il rien ?)*, posa de nouveau la question :

– Où sont tes parents ?

L'enfant répondit, d'une voix presque inaudible :

– Sont pas là.

M. Lombard écarquilla les yeux, sans chercher à masquer son étonnement, puis il reprit.

– *Sont pas là* ? Faut faire des phrases entières, fils. Tu es maintenant dans le meilleur lycée français hors de France. Ne l'oublie jamais ! Ici, on parle correctement. On dit : *ils ne sont pas là.*

L'enfant, désarçonné, bredouilla :

– Pas là.

Il fixait obstinément le sol. Le « surgé[2] » poussa un soupir.

– Bon, commençons par le commencement. Je suis M. Lombard, le surveillant général. Rassure-toi, je n'ai pas l'habitude de manger les enfants. Surtout quand ils n'ont que la peau sur les os... (Il esquissa un sourire.) En tant qu'interne, c'est à moi que tu auras le plus souvent affaire. Comment t'appelles-tu ?

– Mehdi Khatib.

– Et les dindons ?

---

1. **Squale** : requin.
2. **Surgé** : abréviation familière de « surveillant général ».

– Sais pas comment ils s'appellent, répondit Mehdi Khatib d'une voix à peine audible.

M. Lombard éclata de rire.

– Petit nigaud ! Je ne te demande pas leurs noms, je te demande ce qu'ils font là. Ils sont à toi ?

Sont-ils à moi ? Mais non, c'est Mokhtar qui les a achetés. ➲ *C'est lui qui les a payés. Je n'ai rien à voir dans cette histoire. Je ne les ai même pas touchés. Je hais tous les animaux de basse-cour. Ils fientent partout et émettent des bruits bizarres.*

Il murmura d'une voix claire mais un peu tremblante :

– Non.

M. Lombard se leva, contourna le bureau et sortit de la pièce en faisant signe à l'enfant de ne pas bouger. Quelques instants plus tard, il revint, l'air dubitatif[1], et se planta devant Mehdi qui n'osait plus lever les yeux.

– Curieux. Le concierge affirme que c'est bien toi qui as apporté ces deux... ces deux...

Il désigna les gallinacés[2] d'un doigt impérieux[3].

– Sont pas à moi.

– Mmmm... Il faudra tirer cette histoire au clair.

Il haussa les épaules et alla de nouveau s'asseoir derrière son bureau. La pièce retentit soudain de gloussements stridents : les animaux protestaient, à tout hasard. Les deux humains attendirent stoïquement[4] que passât la crise. Quand le silence

1. **Dubitatif** : qui exprime le doute.
2. **Gallinacés** : famille d'oiseaux terrestres volant avec difficulté, comprenant notamment les dindons, les pintades, les paons, les coqs, les faisans, les perdrix, les cailles...
3. **Impérieux** : autoritaire.
4. **Stoïquement** : courageusement.

➲ **Mehdi se parle à lui-même. Il se remémore la scène qui sera racontée dans le chapitre 4 (p. 58) où son oncle Mokhtar achète des dindons pour lui permettre d'arriver au lycée français avec un cadeau, selon la tradition.**

fut revenu, le surveillant général prit une feuille de papier sur laquelle figurait une liste de noms, ajusta ses lunettes, et l'examina. Son index courait sur la feuille qui tremblait légèrement.

– Revenons à nos moutons, si j'ose dire. Ce sera bientôt l'arche de Noé, ici... Ah, oui ! Khatib, Mehdi ! Tu entres en sixième. Et tu es donc interne. Bienvenue à Lyautey, jeune homme. Tu viens de l'école primaire de Béni-Mellal[1], n'est-ce pas ?

– Oui.

– Ah, mais... je me souviens maintenant ! Tu es en quelque sorte le petit *protégé* de M. Bernard, le directeur de l'école, là-bas ? Il a fait des pieds et des mains, ce brave homme, pour t'obtenir une bourse, pour que tu puisses poursuivre tes études chez nous. Il a bombardé l'ambassade de France de lettres, il est venu ici voir le proviseur. Il a chanté tes louanges partout... mais il a oublié de nous dire que tu étais quasi muet !

M. Lombard arborait[2] maintenant un sourire bienveillant. Après avoir jeté de nouveau un coup d'œil sur la feuille de papier, il ajouta, sur un ton amusé :

– Dix ans ! Tu dois être le plus jeune boursier du gouvernement français... et tu n'es même pas pupille de la nation ➲... Jamais vu ça ! Tu dois une fière chandelle à M. Bernard. J'espère que tes parents l'ont remercié comme il convient.

1. **Béni-Mellal** : voir la carte reproduite p. 8.
2. **Arborait** : affichait.

➲ **La qualité de pupille de la nation est instaurée en France par la loi du 27 juillet 1917, accompagnant la création de l'Office national des pupilles de la nation, établissement public d'abord destiné aux orphelins de guerre adoptés par l'État français, qui finance leur éducation et subvient à leurs besoins.**

Ils ont dû lui offrir un mouton, pensa Mehdi, saisi de honte rétrospective.

M. Lombard reprit un ton plus officiel, mais toujours amical :

– Tu as ton trousseau ?

Mehdi montra la valise du doigt. Le surveillant la regarda, un peu perplexe. Elle était bien petite pour contenir toutes les affaires qu'on exigeait des internes en début d'année. « Six paires de chaussettes... »

– Bien. Mais tout cela n'explique pas... Tu n'es quand même pas venu tout seul de Béni-Mellal ? Qui t'a amené ici ?

– C'est... C'est Mokhtar.

– Mokhtar ? (Le surveillant général prononçait *Mok-tar*.) Et qui est ce monsieur ? C'est ton correspondant ? Il n'est pas là ? Pourquoi est-il parti ?

Mehdi baissa la tête, découragé. Comment raconter tout ce qu'il venait de vivre, depuis hier ? Où commencer ? Fallait-il parler du coiffeur sadique ? Du chat sur la terrasse ? De la camionnette ? De la panne ? Des Indiens Jivaros ? Des brochettes ? De la *g'naza*[1] ?

M. Lombard reprit, l'air contrarié :

– Écoute, *fils*, si tu ne réponds pas aux questions qu'on te pose, on ne peut pas avancer. Je veux bien passer l'éponge sur l'apparition miraculeuse de deux zoziaux[2] dans mon bureau mais toi,

1. ***G'naza*** : funérailles, cérémonie pour rendre hommage à un mort.
2. **Zoziaux** : oiseaux (populaire).

Mehdi a honte de la tradition qui consiste à apporter en guise de remerciement un présent tel qu'un animal, car il est conscient que ce n'est pas une coutume pratiquée par les Français.

Un élève interne mineur doit avoir un correspondant, une personne habitant à proximité du lycée qui s'engage à veiller sur lui en l'absence de sa famille.

j'ai besoin d'en savoir plus sur toi.

Mehdi aurait bien voulu répondre mais il ne se souvenait plus de la question. À tout hasard, il finit par murmurer :

– Je viens de Béni-Mellal.

M. Lombard hésita un instant.

– Bon, on ne s'en sort pas. Allez, l'important, c'est que tu sois là. Je tirerai l'affaire au clair un autre jour. Pour l'instant, va à la lingerie montrer ton trousseau à Mme Benarroch. Tu vois cet escalier, dans l'entrée, là-bas ? Tu grimpes *fissa*[1] jusqu'au quatrième étage et tu verras alors une grande porte devant toi : c'est là, la lingerie. Ensuite tu redescends et tu restes dans la cour. Il y a des bancs partout. Le réfectoire ouvre à sept heures du soir. Tu le trouveras facilement, il fait tout un côté de la cour et il sera éclairé *a giorno*[2]. Si malgré ça tu ne le trouves pas, tu n'auras qu'à te laisser guider par l'odeur du hachis Parmentier.

L'odeur du... quoi ?

Mehdi, traînant sa valise, soulagé d'être enfin débarrassé des dindons, se dirigea vers l'entrée que lui avait indiquée M. Lombard. Il se mit à monter lentement les marches de l'escalier. Le système de minuterie l'obligeait à allumer la lumière à chaque fois qu'il arrivait sur un palier. Elle s'éteignait alors qu'il se trouvait entre deux étages, ce qui le contraignait à continuer son ascension dans le noir, s'attendant à se faire assommer par Pat Hibulaire à chaque pas. Il finit par se retrouver devant la porte de la lingerie. Que faire ? Attendre que quelqu'un en sorte ? Il patienta quelques instants puis, rien ne venant, se résolut

1. ***Fissa*** : vite (populaire) ; mot emprunté à l'arabe.
2. ***A giorno*** : comme en plein jour (mot italien).

à frapper à la porte. Il n'y eut aucune réaction. Il frappa plus fort. La porte s'ouvrit alors et une forme gigantesque apparut, à contre-jour. La lumière s'éteignit. La forme se recula. On pouvait mieux la distinguer. C'était, semble-t-il, une femme ; une femme très grande, très grosse, à la face bouffie, bourrelée[1], à la poitrine en forme de bouclier brandi, aux cheveux noirs retenus en chignon ; une femme, certes, contenue à grand-peine dans une tunique blanche qui menaçait d'éclater de tous les côtés. Même de face, on pouvait voir que la géante disposait d'un derrière immense, monumental, parfaitement capable d'écrabouiller les tout-petits si d'aventure elle s'asseyait sur eux. Elle portait des petites lunettes aux verres très épais, de vrais fonds de bouteille qui semblaient faits d'une infinité de ronds concentriques. Mehdi n'avait jamais rien vu de tel.

C'était une ogresse !

L'ogresse cria d'un ton joyeux :

– Voilà le premier ! C'est parti !

Elle allait le dévorer.

Puis :

– Eh bien, entre. On n'a pas toute la journée.

Mehdi, effrayé, entra sans mot dire. La lingère jeta un coup d'œil derrière lui, sur le palier. Étonnée, elle demanda :

– Où sont tes parents ?

Il ne répondit rien. Il regardait l'immense pièce dont les murs étaient cachés par de grands placards, dont certains étaient ouverts et d'autres fermés à clé. De hautes piles de draps blancs, alternant avec des monticules de serviettes de toutes les couleurs,

1. **Bouffie, bourrelée** : enflée.

Les contes qu'a pu lire Mehdi lui font imaginer une ogresse lorsqu'il rencontre la lingère.

occupaient tout un côté de la pièce. Une odeur de savon, ou de lessive, plutôt agréable, en émanait[1]. Au milieu de la pièce, une grande table était recouverte de morceaux de tissus. L'ogresse alla, d'un pas pesant, s'asseoir sur un énorme tabouret. Elle soupira bruyamment.

– Eh bien, mon petit, tu as ton trousseau ?

Mehdi posa la valise aux pieds de l'ogresse qui l'ouvrit et commença à compter, d'un doigt vif, les chaussettes et les caleçons. Après quelques instants, elle fronça les sourcils et grommela :

– Mais le compte n'y est pas ! Tu n'as que trois paires de chaussettes ! Il en fallait six ! Et les mouchoirs ? Où sont les mouchoirs ?

Elle farfouilla dans la valise, puis murmura, découragée.

– *Il* n'a même pas de pyjama ! Tu vas dormir comment ? En slip ? Mais ce n'est pas *hygiénique* du tout ! Comment peut-on oublier son pyjama ? En plus, il en faut deux !

Elle prit une chemise, au hasard, en retourna le col et approcha ses lunettes du tissu, jusqu'à le toucher du nez.

– Mais… il n'y a rien ! tonna-t-elle. Il n'y a rien ! Où est ton nom ? On a dit aux parents qu'il fallait coudre le nom de l'élève sur le col des chemises, à l'intérieur ! C'était écrit clairement dans la lettre qu'on leur a envoyée dès le mois de juin ! Le *patronyme* cousu sur le col ! Sinon, comment pourrai-je te rendre tes chemises après les avoir lavées ? Tu as quand même un *patronyme* ?

Mehdi regardait le sol *(c'était quoi, un pâtre onime ?)*. L'ogresse renifla, ajusta ses lunettes et se pencha sur lui, toutes masses tremblotantes, comme un début d'éboulement.

1. **En émanait** : s'en dégageait.

– Qu'est-ce que c'est que cette histoire ? Tu es le premier arrivé et les problèmes commencent... Allez, *zou !* va voir M. Lombard. Non, tu laisses la valise ici !

Mehdi redescendit l'escalier, lentement, décidé à fuir les lieux au plus vite. Mais où aller ? Il allait forcément se perdre, dans cet immense Casablanca qui lui faisait peur. Et puis, on avait pris sa valise en otage. Au bord des larmes, le cœur serré, il se dirigea à petits pas vers le bureau du surveillant. Il finit par y arriver. La porte était ouverte. Il entra sans frapper, les yeux baissés. M. Lombard, assis derrière son bureau, leva les yeux du petit calepin qu'il était en train de compulser[1]. Les *bibis* avaient disparu.

– Tiens, te revoilà ! Que se passe-t-il ? Mme Benarroch n'est pas là-haut ?

– Si, murmura Mehdi.

– Miracle ! Il parle ! (Il le regardait avec une bienveillance goguenarde[2].) Et alors, pourquoi viens-tu me voir ? Je t'ai dit de rester dans la cour jusqu'à sept heures du soir.

– Mme... Benarroch... elle dit que... il me manque des chaussettes.

– Allons bon ! (Il prit une voix caverneuse, comme s'il annonçait un film d'horreur.) *L'affaire des chaussettes manquantes !* Il débarque avec des oiseaux mais sans chaussettes... Il y a là une logique qui m'échappe. Dis donc, il va falloir revoir tes priorités, mon petit ami ! Eh bien, explique-toi ! Tous les parents d'élèves, ou plutôt les parents d'internes, ont reçu un courrier au cours

1. **Compulser** : feuilleter pour vérifier une information.
2. **Goguenarde** : moqueuse.

La grande ville de Casablanca paraît immense et terrifiante pour Mehdi qui vient d'une petite ville de province.

du mois de juin. Le trousseau était clairement détaillé. Tes parents l'ont bien reçu ?

Au bord des larmes :

– Oui, je crois.

– Ah, tu crois… Alors ? Qu'est-ce qui s'est passé ?

Le téléphone sonna. M. Lombard décrocha le combiné et se mit à parler par bribes.

– Ah, c'est vous… justement, on parlait de vous, madame Benarroch… oui, oui, il est ici, devant moi… *non, non,* c'est vraiment un interne, un nouveau… comment ? Pas de pyjama non plus ? Hmmm, je vais voir ce que je peux faire.

[…]

[*Le surveillant d'internat, Morel, se présente dans le bureau du surveillant général M. Lombard. Il a l'air jovial, s'exprime mystérieusement pour Mehdi, avec des citations d'hommes célèbres. Celui-ci est renvoyé à la lingerie.*]

Lorsque l'enfant se présenta de nouveau chez la lingère, celle-ci, sans doute prévenue par téléphone, avait déjà posé quelques pyjamas sur la table. Elle en prit un, le plus petit, de couleur rose, le plaqua contre le corps malingre qui se tenait debout devant elle, puis secoua la tête.

– Tu es vraiment minuscule, toi. Bon, il faudra t'arranger avec ça. Quant aux chaussettes et au reste, tu apporteras le complément la semaine prochaine, après le week-end. Tu n'oublieras pas ?

Elle disait cela en lui tendant le pyjama rose. Mehdi secoua la tête. Non, il n'oublierait pas. Mais à quoi bon se souvenir ?

Il savait bien qu'il ne retournerait pas de sitôt à Béni-Mellal. Aucun arrangement dans ce sens n'avait été pris et Mokhtar s'en était allé sans dire au revoir.

Morel apparut dans l'embrasure de la porte[1], sans son sac. Il cria à la cantonade[2], d'un ton joyeux :

– Où est la plus jolie lingère du monde ?

Mme Benarroch se mit à rire, haussa les épaules et ajusta ses lunettes sur son nez en essayant d'apercevoir dans le flou de la porte l'objet de son hilarité.

– Si ce n'est pas là l'homme le plus menteur du monde…

Morel s'avança en esquissant un pas de danse.

– Vous m'offensez, Angèle ! Vous ne croyez pas en mes sentiments ?

– Non. Et je vous ai dit mille fois que je m'appelle Chochana.

– Angèle, c'est plus joli.

– Ça se discute.

– C'est indiscutable. Et puis « Angèle », ça vous ressemble.

Il était maintenant devant elle, ignorant superbement l'enfant aux dindons.

– De plus, Angèle, c'est le nom de la femme du boulanger ➲, qui affola tout un village…

La lingère lui fit un pied de nez en pouffant :

– La femme du boulanger, si du moins vous faites allusion au

1. **Embrasure de la porte** : entrée de la pièce. L'embrasure est la partie évidée où se trouve la porte lorsqu'elle est fermée.
2. **À la cantonade** : pour que tout le monde en profite.

➲ ***La Femme du boulanger*** **(1938) est un film de Marcel Pagnol. Dans un village de Provence, un boulanger découvre que sa femme l'a quitté pour suivre un berger. Il décide d'arrêter de faire du pain jusqu'à son retour. Le village se mobilise afin de la retrouver.**

film de Pagnol, s'appelait Aurélie. Monsieur Je-sais-tout ne sait pas tout...

Morel s'obstina :

– Angèle, j'vous dis !

Il abaissa les yeux et aperçut Mehdi, qui avait le sentiment de mesurer un centimètre et de peser un gramme. Morel rugit :

– Toi, le boursier méritant ! Eh bien, mérite, mérite ! Comment elle s'appelle, la femme du boulanger ?

Mehdi, au bord de la panique, s'efforça de réfléchir. Il avait vu une ou deux fois le boulanger, à Béni-Mellal. C'était un homme bourru, vêtu d'une simple chemise et d'un short, qui enfournait dans le *ferrane* ardent, sans mot dire, les pains que lui apportaient les familles du quartier. Il ne connaissait même pas son nom (on l'appelait *moul' ferrane*, « le propriétaire du four »), comment aurait-il pu savoir comment se prénommait sa femme ? D'ailleurs, en avait-il une ? À Béni-Mellal, la plupart des hommes enfermaient leurs épouses à la maison... ➲ Transpercé par le regard de Morel, qui attendait une réponse, il eut l'idée d'inventer le nom le plus probable.

– Fatima ! cria-t-il.

Les deux adultes se regardèrent, interloqués[1], puis ils éclatèrent de rire, elle gloussant, lui hoquetant, et Mehdi entre eux, espérant leur mort violente.

La lingère fut la première à reprendre ses esprits.

– Raimu[2] faisant la grève du pain parce que *Fatima* l'a quitté...

---

1. **Interloqués** : stupéfaits, sans voix.
2. **Raimu (1883-1946)** : acteur célèbre du cinéma français, c'est lui qui joue le rôle du boulanger dans le film de Pagnol, *La Femme du boulanger*. Voir note à puce p. 31.

➲ **Mehdi évoque le fait que les maris interdisaient à leurs femmes de sortir.**

Ça, ç'aurait été drôle, pour le coup ! Bon, bon, c'est pas tout ça, j'ai du travail. Que voulez-vous, Roméo ?

– Votre main, Angèle, je veux votre main ! Quand pourrai-je mettre mes gants blancs ? Quand pourrai-je parler à votre honoré père, me jeter à ses pieds ?

Elle se mit à rire de nouveau.

– Mon père ? Le pauvre homme... Vous voulez sa mort ? Je suis juive et vous êtes catholique, vous le savez bien.

Il se redressa, la paume plaquée sur la poitrine, les yeux levés au ciel.

– J'abjure[1] ! Je ne connais plus le pape ! Je renie Paul VI[2] ! Tout ce qu'on voudra ! Je mets une kippa sur ma tête, ça m'ira très bien d'ailleurs, je vais voir votre père...

– Et puis, ce n'est qu'un détail bien sûr, mais je suis déjà mariée.

– *Nobody's perfect !*

Mme Benarroch secoua la tête en souriant.

– *Et à part ça,* qu'est-ce que vous voulez ?

Morel poussa un soupir qui résonna comme le meuglement

1. **J'abjure** : je renonce à ma religion.
2. **Paul VI (1897-1978)** : pape italien, il a exercé son pontificat de 1963 jusqu'à sa mort en 1978.

La lingère appelle affectueusement Morel par le nom de Roméo, personnage de la pièce de Shakespeare *Roméo et Juliette*. Elle souligne ainsi de manière comique que tout les oppose.

Dans la communauté juive, il n'est pas envisageable qu'une femme épouse un homme d'une autre religion.

***Nobody's perfect !* est la dernière réplique du film de Billy Wilder *Certains l'aiment chaud* (1959). Jack Lemmon, déguisé en femme, a rendu fou amoureux le milliardaire Osgood Fielding, qui le demande en mariage. À cours d'arguments, Jack avoue à Osgood qu'il est un homme. Ce dernier, vraiment amoureux, prononce alors cette réplique culte dans le dialogue final.**

d'un taureau dépité. Puis il pointa le doigt sur Mehdi. Celui-ci, encore mortifié[1] par l'éclat de rire qui avait accueilli sa seule contribution au débat, se demandait pourquoi cet homme si beau perdait son temps à faire la cour à une ogresse. Il était aveugle ou quoi ?

– Je dois conduire ce vieux kroumir[2] au dortoir, proclama l'aveugle.

Kroumir ? Vieux kroumir ?

– Allez, viens, toi ! Donne-moi ta valise, Fatima. Et prends toi-même ton beau pyjama, il ne doit pas être bien lourd (il pouffa, très fier de sa plaisanterie). Allez, suis-moi, et qu'ça saute ! Au revoir, Angèle, vous m'avez brisé le cœur. Comme d'habitude. Mais je reviendrai ! Comme disait le général MacArthur : *I shall return !*

Il fit un superbe salut militaire en disant ces derniers mots. Puis il sortit de la lingerie et descendit les escaliers quatre à quatre, appuyant à chaque palier, d'un doigt impatient, sur le bouton de la minuterie, comme s'il voulait creuser un trou dans le mur, même quand la lumière ne s'était pas encore éteinte. Il sifflait à tue-tête un air à la mode (Johnny ? Sheila ? Antoine ?). Mehdi trottinait derrière lui, s'efforçant de ne pas le perdre de vue. Lorsqu'ils furent arrivés au premier étage, le surveillant poussa une porte de verre et s'effaça pour laisser passer l'enfant. Puis il fit un grand geste du bras, comme s'il voulait faire admirer son royaume :

1. **Mortifié** : humilié.
2. **Kroumir** : membre de la population de la frontière algéro-tunisienne, réputée autrefois pour ses pillages ; par extension, voyou.

I shall return (« je reviendrai ») : phrase prononcée par le général MacArthur après la destruction par le Japon de la flotte américaine à Pearl Harbor, en décembre 1941.

Chanteurs français des années 1960.

– Voilà ! Comme tu es le premier arrivé, Fatima, tu peux choisir toi-même ton lit. Un conseil : prends-en un au fond, tu seras moins dérangé par le va-et-vient de tes petits camarades.

Mehdi restait debout, indécis, dans l'entrée. Morel le regarda, l'œil rond. Puis il rugit :

– Allez, bouge, fils, bouge !

Mehdi, obéissant, se mut[1] de quelques centimètres puis s'immobilisa. Morel se prit la tête entre les mains et fit une grimace comique.

– Purée, c'est pas vrai, qu'est-ce qu'*ils* nous envoient cette année ?

Un gigantesque marteau noir et luisant ➔, d'au moins quatre mètres de hauteur, apparut au-dessus de Morel et s'abattit d'un coup, v'lan ! sur son crâne, qui éclata en mille morceaux. Le sang gicla sur les murs et se mit à dégouliner en longues traînées écarlates. Des morceaux de cervelle, jaune sale, collaient au plafond comme des stalactites d'or souillé. Des chauves-souris...

Morel empoigna l'enfant d'une main et la valise de l'autre, exactement comme l'avait fait Miloud, et les entraîna vers le fond du dortoir. Là, il entra dans l'alcôve[2] de gauche, où deux lits superposés faisaient face à deux autres lits superposés : de la place pour quatre internes, avec deux armoires pour leurs habits.

– Tu préfères çui du haut ou çui du bas ?

1. **Se mut** : se déplaça.
2. **Alcôve** : renfoncement, recoin.

➔ **C'est encore son imagination qui vient au secours de Mehdi. Tétanisé par les paroles de Morel, Mehdi l'imagine pulvérisé par un gros marteau...**

Mehdi regardait *çui* du bas, qui ressemblait à un lit à baldaquin ➲. Il n'en avait jamais vu *en vrai*. Il se sentit à la fois émerveillé à l'idée de dormir dans ce cocon protecteur et un peu inquiet : c'était profond comme un tombeau. Eh bien, mourons : il le désigna du doigt. Morel tapa dans ses mains, comme un maquignon[1] qui *tope là*[2].

– Eh bien, l'affaire est réglée ! Voilà donc ton royaume pour toute l'année à venir. Tu mets tes affaires dans l'armoire et tu descends dans la cour. Et fais gaffe : tu prends la moitié de l'armoire. L'autre moitié, c'est pour ton petit camarade, celui qui prendra le lit du haut. Allez, salut.

Mehdi alla ouvrir l'armoire. Elle se composait de quatre petits tiroirs superposés, une petite penderie et un grand casier qui dominait le tout. Indécis, il prit tous ses vêtements et les fourra dans les deux tiroirs du bas. Puis il traversa le dortoir vide, descendit l'escalier et alla se promener dans l'immense cour autour de laquelle se dressaient les bâtiments du lycée.

Il vit un grand bac à sable, au bord duquel courait une longue poutre. Des terrains de sport (handball, volleyball) occupaient une bonne partie de la surface de la cour. Des agrès[3] étaient disposés autour des bacs à sable. Une corde à nœuds et une corde lisse pendaient dans le vide, se balançant mollement. Mehdi se mit à errer dans la cour, indécis. Pour la première fois de sa vie, il n'avait pas de livre à portée de main et ne savait donc comment occuper son temps. À propos de livres… Il se souvint avec nostalgie du tremblement de terre qui avait frappé Béni-Mellal, l'année précédente.

1. **Maquignon** : marchand de chevaux.
2. **Qui *tope là*** : qui accepte la transaction, l'accord.
3. **Agrès** : ensemble des appareils utilisés pour la gymnastique.

➲ **À l'époque médiévale, le lit à baldaquin préservait la chaleur et l'intimité. Le lit du haut évoque pour Mehdi le baldaquin, la structure permettant de suspendre des rideaux.**

LECTURE ACTIVE 1

L'arrivée au lycée Lyautey

→ Voir aussi étape 1, page 274.

As-tu bien lu ?

1 Où se trouve le lycée dans lequel Mehdi va étudier ?

Pays : ☐ Algérie ☐ Maroc ☐ France

Ville : ☐ Béni-Mellal ☐ Bordeaux ☐ Casablanca

2 En quelle année le roman se déroule-t-il ?

☐ 1900 ☐ 1969 ☐ 1869

3 Relie chaque personnage aux expressions utilisées pour le désigner.

Mehdi Khatib •	• le surveillant général
Miloud •	• le surveillant d'internat
M. Lombard •	• un djinn, le lutin, un interne, l'enfant, Fatima
Morel •	• l'ogresse, Chochana, Angèle, la lingère
Mme Benarroch •	• le concierge, Pat Hibulaire

l'atelier

Créer un jeu de questions-réponses

▸ ***Objectif.*** Définir le cadre du récit, comprendre son titre.

▸ ***Préparation.*** Par groupes de deux ou trois, faites une recherche sur les lieux du roman (le Maroc des années 1960, Casablanca, Béni-Mellal). Puis inventez des questions qui s'appuient sur vos recherches. Créez quatre cartes à jouer : sur le recto, écrivez la question ; sur le verso, la réponse.

▸ ***Réalisation.*** En classe, chaque groupe tire au hasard quatre questions parmi les cartes des autres groupes. Chaque réponse exacte vaut un point.

▸ ***Réfléchir ensemble.*** Pourquoi Mehdi semble-t-il si gauche au début du roman ? Qu'est-ce qui est nouveau pour lui et pourquoi ? Comment expliquer le titre du chapitre 1 ? Et celui du roman ?

2

Dans la berline du général

Au milieu de la nuit, alors que tous dormaient, un grondement, qui semblait venir de tous les côtés à la fois, avait réveillé les habitants de Béni-Mellal. Le père avait surgi dans la petite pièce où Mehdi dormait avec son frère et sa sœur. Il avait arraché les couvertures et leur avait crié de se lever immédiatement et de le suivre. Puis il avait ajouté, à voix basse, ces mots étranges :

– Ce n'est rien... Ce n'est qu'un tremblement de terre !

Le grondement n'en finissait pas de retentir et le sol tremblait fortement. Tout le monde s'était retrouvé dans la rue, les marches de l'escalier avalées quatre à quatre, le cœur battant la chamade. Sauf Mehdi : lui, il était allé choisir un livre dans la petite bibliothèque qui occupait un coin de la pièce. Son choix s'était arrêté sur *Le Général Dourakine*, un choix somme toute très logique – la terre tremblait toujours – car c'était la suite de *L'Auberge de l'Ange Gardien*, qu'il venait de finir la veille. Puis, le livre à la main, il avait descendu à petits pas l'escalier dans lequel résonnait toujours le bourdonnement surnaturel, se ré-

Le Général Dourakine, L'Auberge de l'Ange Gardien : romans de la Comtesse de Ségur, publiés en 1863. La Comtesse de Ségur (1799-1874) est une femme de lettres russe, de langue française, auteure de romans pour la jeunesse.

jouissant d'avance à l'idée de retrouver Jacques et Paul, les enfants de Dérigny.

C'était une nuit de pleine lune, claire et calme, et des gens affolés couraient dans tous les sens. Certains psalmodiaient[1] à haute voix le Coran, d'autres s'interpellaient de loin, demandant si l'on avait vu telle ou telle personne. Mehdi était allé s'asseoir en tailleur sous le lampadaire qui se trouvait en face de la maison – chose curieuse, le séisme de force 6 n'avait pas perturbé l'éclairage public – et avait déchiffré les premiers mots :

Le général Dourakine s'était mis en route pour la Russie...

Le général Dourakine dans sa berline. Illustration de Jeanne Gouppy pour l'ouvrage de la Comtesse de Ségur, vers 1950.

1. **Psalmodiaient** : récitaient en chantant.

La vie marocaine est rythmée par la culture musulmane. La lecture du Coran est un acte quotidien chez les croyants. Face à un malheur, les musulmans invoquent l'aide de Dieu.

Un violent séisme frappe le Maroc le 28 février 1969. Il fait une dizaine de victimes et plus de 200 blessés.

Sentant qu'on l'observait, il avait levé les yeux : son père et son frère, debout à quelques pas, se tenant par la main, le regardaient avec incrédulité[1]. Un peu plus loin, sa mère et sa sœur, agenouillées, s'efforçaient de calmer la voisine, une veuve âgée qui sanglotait, assise sur le pas de sa porte, persuadée que l'Heure[2] était arrivée. Comme on ne lui disait rien, Mehdi avait haussé les épaules, de façon imperceptible, et avait continué sa lecture.

... et Mme Dérigny, que le général avait placée dans sa berline[3] avec les enfants, se laissait aller à son humeur gaie et rieuse.

La terre avait cessé de trembler. C'était presque plus effrayant, ce répit soudain, car on entendait une sorte de sifflement sourd qui venait de tous les côtés et qui annonçait peut-être de pires catastrophes. Il y eut encore quelques à-coups qui faisaient retentir dans le quartier de grands cris *(Ya latif ! Ya latif[4] !)*, puis un grand silence s'installa, empreint d'un sentiment diffus[5] d'angoisse et de désarroi : les gens allaient et venaient, murmuraient quelques paroles, s'étreignaient, examinaient les façades des maisons : certaines étaient maintenant fissurées. Un groupe s'était formé spontanément au milieu du terrain vague qui s'étendait devant le tribunal : les hommes, en rond, avaient joint leurs mains et récitaient à mi-voix des sourates[6] du Coran.

On s'arrêta peu de jours à Paris ; pas du tout en Allemagne ; une semaine seulement à Saint-Pétersbourg...

1. **Avec incrédulité** : sans y croire.
2. **L'Heure** : la fin du monde.
3. **Berline** : voiture.
4. ***Ya latif*** : Que dieu nous protège !
5. **Diffus** : présent mais atténué.
6. **Sourates** : chapitres (du Coran).

À Béni-Mellal, entre-temps, le calme était revenu et, petit à petit, les gens rentraient chez eux. Les plus inquiets avaient étalé des couvertures sur le trottoir et s'apprêtaient à passer la nuit à la belle étoile, redoutant d'autres secousses.

... mais le général était impatient d'arriver avant les grands froids dans sa terre de Gromiline, près de Smolensk...

Sa sœur Salima s'était plantée devant lui.

– Mais qu'est-ce tu fais ? Tu lis ? T'es fou ou quoi ?

Mehdi l'avait regardée avec étonnement. Lui, fou ? C'était plutôt le monde qui avait perdu la raison : tous ces fantômes, éperdus... Il avait haussé les épaules et s'était remis à lire. Quelques minutes plus tard, il avait senti la main de son père sur son épaule, qui le secouait avec précaution.

– Allez, on rentre !

S'extirpant à regret de la berline « commode et spacieuse » du général Dourakine, il avait suivi la petite famille qui remontait dans l'appartement. On s'était rapidement recouchés, sauf le père, qui avait passé la nuit à aller et venir dans le couloir, guettant le moindre bruit.

Le lendemain matin, pendant le petit déjeuner, Mehdi eut l'impression qu'on le regardait d'une façon étrange.

3

Qu'est-ce que je fais ici ?

Mais dans cette cour immense qui ne tremblait pas, il avait des heures à passer et pas le moindre livre à lire. Il leva les yeux, découragé, et se mit à examiner avec attention les bâtiments qui encadraient la cour et qui formaient l'univers où sa vie allait désormais être confinée[1]. Ils étaient assez quelconques, ces grands parallélépipèdes tout blancs de quatre ou cinq étages, troués de fenêtres rectangulaires où se reflétait le ciel, où miroitait parfois le soleil, et qui semblaient ne rien promettre, à première vue, ni ne menacer personne. Pourtant, plus on les regardait, ces blocs massifs, plus ils avaient l'air d'être *à l'affût*[2]. Cette immobilité de pierre et de béton était si parfaite qu'elle ne pouvait être que feinte. Mehdi sentit une marée d'appréhension l'envahir, lentement, tout doucement, jusqu'à ce que la boule, l'inévitable boule, fidèle compagne des moments d'angoisse, se matérialisât au creux de son ventre. Serrant les dents, il se mit à compter les fenêtres de la façade qui se dressait devant lui : cinq étages, huit ouvertures par étage. Cinq fois huit. Quarante. *Ali Baba et les Quarante Voleurs* ➲. Il vit distinctement la couverture

1. **Confinée** : enfermée.
2. **À l'affût** : prêts à attaquer.

➲ **Titre de l'un des contes des *Mille et Une Nuits*, dont le héros, Ali Baba, artisan pauvre de Perse (Iran), découvre la formule magique (« Sésame, ouvre-toi ») permettant d'ouvrir la porte de la caverne où quarante voleurs ont entassé leurs trésors.**

richement illustrée du livre que lui avait donné, l'année précédente, M. Bernard et se souvint qu'il n'avait rien à lire. Au bord des larmes, il secoua la tête, violemment, de droite à gauche puis de haut en bas, puis scruta, l'un après l'autre, les arbres qui se dressaient, bonasses[1], autour des aires de sport. Il eut l'impression de n'avoir jamais vu un arbre, jusqu'à ce jour. Il se demanda si c'étaient des arbres *français*, s'ils étaient différents de ceux qui ombrageaient les rues du côté de Béni-Mellal. Il alla en toucher un, avec précaution, jeta un coup d'œil à la dérobée pour vérifier que personne ne le voyait agir, puis caressa l'écorce rugueuse de la paume de la main. Le végétal restait coi[2], on aurait dit qu'il se retenait de ronronner. Mehdi essaya en sautillant d'attraper une feuille, n'y réussit pas et se contenta d'en ramasser une morte, toute craquelée, qui gisait sur le sol. Il approcha le nez et la flaira. Elle sentait un peu la terre, l'automne, le sec. On ne pouvait rien conclure. Les arbres n'avaient pas… n'étaient pas… Il n'arrivait pas à achever sa pensée.

[…]

L'après-midi passa ainsi, dans un désœuvrement total. Faute de pouvoir lire, Mehdi fixait intensément tout ce qui l'entourait – et tout ce qui l'entourait lui renvoyait l'image de son étrangeté.

Qu'est-ce que je fais ici ?

De temps en temps, il se dirigeait vers l'angle que faisaient les deux bâtiments principaux et se plantait devant un extincteur rouge vif. Il déchiffrait pour la dixième fois ces mots : *Homologué*

1. **Bonasses** : bons, bienveillants.
2. **Coi** : silencieux.

NF-EN3.7/Fonctionnement 27s, support transport acier, capacité 8A 34B 5F/Manomètre de contrôle.

Ces mots n'avaient aucun sens. Ils ne faisaient pas rêver. Mais ils permettaient quand même d'oublier les bâtiments et, surtout, d'éviter la question lancinante[1].

Qu'est-ce que je fais ici ?

Il finit par découvrir, sous un préau, des mots bien plus juteux. Sur un tableau vert étaient « scotchées » des affiches défraîchies, datant sans doute de l'année scolaire précédente. L'une d'elles faisait la réclame du Club alpin français. Elle portait en titre ces mots calligraphiés : *Pourtant que la montagne est belle !* On y voyait des images de monts enneigés, un chalet rustique, des Français souriants portant sur l'épaule des planches de bois étroites, peintes en rouge ou bleu, drôlement recourbées au bout : c'était sans doute ce qu'on appelait des « skis ». En bas de l'affiche, en petits caractères, Mehdi lut deux phrases prometteuses : *Créé en 1946, le Club alpin français de Casablanca est une association marocaine à but non lucratif, régie par le Dahir*[2] *du 15 novembre 1958, et reconnue d'utilité publique. Le CAF de Casablanca est membre à part entière de la fédération des Clubs alpins français.*

Barrant toute l'affiche, en caractères fantaisie de couleur vert pâle, cette menace : *Le CAF, une grande famille !*

Que de mots, que de phrases, que d'énigmes !

1. **Lancinante** : obsédante.
2. **Dahir** : décret royal.

Le Club alpin français a vu le jour en 1874, sous l'initiative de passionnés de montagne, afin de promouvoir des activités telles que l'alpinisme, la randonnée, le ski… Le CAF marocain de Casablanca existe depuis 1946 et assure encore la promotion des zones montagneuses du Maroc.

« Pourtant que la montagne est belle ! » est un vers de *La Montagne* (1964), chanson de Jean Ferrat.

C'était autre chose que l'extincteur !

Fasciné, Mehdi passa de longues minutes devant l'affiche. Puis il s'éloigna, marcha jusqu'à la poutre, fit semblant d'oublier l'affiche, se gratta la joue, regarda le ciel désespérément bleu, se leva sans raison, marcha au hasard et se retrouva *(tiens !)* devant la belle affiche qu'il feignit de redécouvrir. C'était une astuce qu'il avait apprise des chats : faire semblant d'oublier quelque chose, quelque chose de délicieux, pour le plaisir de la redécouverte.

Le CAF, une grande famille !

Ces mots lui rappelèrent quelque chose : sa mère, son frère, sa sœur ; et comment il les avait quittés quelques heures plus tôt ; et l'éprouvante odyssée en 2 CV ➲ qui l'avait mené ici, cornaqué[1] par l'inénarrable Mokhtar...

1. **Cornaqué** : conduit, accompagné (mot familier).

➲ **La Citroën 2 CV (« deux chevaux ») est une voiture française courante à l'époque.**

4

En route vers les Français !

Mehdi, interrogé par M. Lombard lors de leur première rencontre, s'était rendu compte qu'il ne savait pas qui était Mokhtar. Son oncle ? Le mari d'une tante lointaine ? Un ami de la famille ? Tout ce qu'il savait, c'était que ce grand échalas[1] venait parfois chez eux, lorsqu'il était de passage à Béni-Mellal pour ses affaires. Lesdites affaires constituaient un mystère pour tout le monde. Quand on lui demandait ce qu'il faisait dans la vie, il partait d'un grand éclat de rire, racontait une blague, impliquait Dieu et montrait sa sacoche : preuve évidente, mais de quoi ? On le voyait parfois livrer des liasses de journaux aux papeteries de la ville, mais ce n'était quand même pas un vrai métier ? Jovial, serviable, un peu pataud[2], il était apprécié de tous. On l'avait chargé, puisqu'il possédait une voiture, une antique 2 CV, de convoyer[3] Mehdi jusqu'à Casablanca – c'était l'affaire de plusieurs heures de voyage sur une route étroite, encombrée de camions – et de le déposer au lycée français. Personne ne savait où se trouvait exactement cette institution mythique ➋ mais Mokhtar n'aurait qu'à demander son chemin une fois sur place.

1. **Échalas** : homme grand et maigre.
2. **Pataud** : maladroit.
3. **Convoyer** : accompagner.

➋ **Tous les Marocains ont entendu parler du lycée français, mais personne ne peut le situer.**

Un lycée français, ça ne devait pas passer inaperçu, que diable !

La veille, le vendredi, la mère de Mehdi avait pris une petite valise dans un débarras, une valise marron à poignée blanche, et y avait entassé des vêtements fraîchement lavés. On l'avait envoyé ensuite chez le coiffeur, Belhaj le sadique, qui l'avait martyrisé pendant une demi-heure, essayant de dompter sa chevelure rebelle avec un énorme sèche-cheveux qui lui avait brûlé le cuir chevelu sans qu'il osât se plaindre. Il n'avait jamais compris cette manie des coiffeurs de Béni-Mellal de vouloir coûte que coûte rendre lisses les cheveux bouclés ou crépus. C'était la mode, semblait-il. Le lisse, c'était le beau. Sus au crépu ! Quand on voulait déprécier quelqu'un, on disait qu'il ou elle avait le cheveu *kred*... Ravalant ses larmes, serrant les dents, l'enfant était rentré tard à la maison, la tête en feu, et n'avait rien pu avaler en guise de dîner. Pour la première fois de sa vie, il avait connu les affres[1] de l'insomnie. Se tournant et se retournant dans son lit, les yeux obstinément fermés, il voyait très clairement un grand trou noir – c'était même tout ce qu'il voyait – et cet abîme semblait destiné à l'engloutir dans un avenir très proche.

Inquiet d'être encore réveillé au milieu de la nuit, il était sorti de son lit et avait grimpé en silence les escaliers qui menaient à la terrasse. Là, il s'était assis à même le sol, regardant l'immense ciel sombre piqué de millions d'étoiles. Une voix à la fois chaude et grave, d'une beauté ensorcelante, s'était élevée du minaret de

1. **Affres** : tourments.

Le coiffeur Belhaj, à en juger par l'épithète « sadique » qui lui est attribuée, ne devait pas être très doux avec ses clients.

la mosquée du quartier ➲, psalmodiant pendant un bon quart d'heure de longues phrases incompréhensibles. Les cantilènes[1], parfois vigoureuses, parfois plaintives, avaient eu sur l'enfant un effet extraordinaire : il oublia complètement qui il était et ce qu'il faisait là. Plus rien n'existait que ces mélopées[2] que déversait l'espèce de donjon, haut dressé dans la nuit, et que rythmaient les battements de son cœur. Puis la voix s'était tue et le ciel avait commencé à s'éclaircir. Un chat de gouttière, efflanqué[3], craintif, avait alors sauté du mur qui séparait la terrasse des Khatib d'une terrasse voisine et était venu le regarder de loin, silencieux, assis droit sur son derrière, la queue frémissante balayant le sol, petit serpent de fourrure pris de convulsions. Ses yeux brillaient parfois d'une lueur étrange, vert clair, comme si une petite ampoule s'allumait par intermittence dans ses pupilles. Mehdi avait étendu la main très lentement, agitant délicatement les doigts – c'était une promesse de caresse, dans le langage des félins –, mais le matou était resté sur son quant-à-soi[4], refusant de s'approcher, malgré plusieurs tentatives. L'enfant, qui avait réussi jusque-là à apprivoiser tous les chats du voisinage, en ressentit une grande tristesse.

– Alors, toi aussi, tu sais que je m'en vais ?

Il avait fini par descendre de la terrasse, regagner son lit et – enfin ! – sombrer dans le néant. Réveillé à l'aube par les bruits qui venaient de la cuisine – les casseroles qui s'entrechoquent, l'eau qui bout, la porte du réfrigérateur qui se referme –, il était allé s'asseoir, encore à moitié endormi, à sa place habituelle, au bout

1. **Cantilènes** : chants doux et monotones.
2. **Mélopées** : chants monotones, souvent mélancoliques.
3. **Efflanqué** : très maigre.
4. **Sur son quant-à-soi** : dans une attitude réservée.

➲ **Le minaret est la tour du haut de laquelle le muezzin appelle les fidèles à la prière, cinq fois par jour.**

de la table rectangulaire qui occupait une partie du petit patio[1]. Sa mère avait posé devant lui un grand bol de lait chaud et une tartine de pain beurrée. Il avait suçoté le lait et grignoté tristement le pain, qui n'avait aucun goût. Après l'insomnie, il faisait pour la première fois l'expérience du manque d'appétit.

Un quart d'heure plus tard, Mokhtar avait tambouriné à la porte en criant :

– Mina ! Mina !

Se penchant par la fenêtre, la mère de Mehdi avait prié Mokhtar de monter. Celui-ci avait secoué la tête en signe de dénégation[2] et, agitant ses grands bras comme les ailes d'un moulin, il avait fait un geste compliqué qui semblait dire que l'on était pressé et qu'il n'y avait pas un moment à perdre.

Mina avait fourré dans les mains de Mehdi toute la correspondance que le lycée envoyait chaque année aux parents d'élèves, et qui contenait, pour les internes, la lettre détaillant le trousseau ; lettre à peine ouverte, déchiffrée avec étonnement, puis jetée dans une boîte sans qu'on lui donnât suite – depuis quand un enfant de dix ans avait-il besoin de *six* mouchoirs ? Ces Français, tout de même... Elle l'avait embrassé, l'étreignant avec une sorte de tristesse résignée, et lui avait fait promettre d'être le premier de la classe. Il avait promis, d'un hochement de la tête. Son frère et sa sœur, qui allaient faire toute leur scolarité à Béni-Mellal, le regardaient avec curiosité, les yeux tout ronds, comme s'ils assistaient à l'au revoir d'un explorateur en partance pour des Occidents périlleux dont on ne revenait pas. Ils avaient fini par l'embrasser, sur les injonctions courroucées[3] de leur mère

1. **Patio** : cour intérieure.
2. **Dénégation** : refus.
3. **Injonctions courroucées** : ordres furieux.

(« Dites au revoir à votre petit frère, vous n'allez pas le revoir de sitôt ! »). Pour la dixième, centième fois, cette question :

– Pourquoi c'est lui qui va à Casablanca et pas nous ?

– Parce qu'il a *la* bourse...

Ils s'étaient embrassés du bout des lèvres, embarrassés par la pudeur, la *h'chouma*, les bras ballants, évitant de se toucher. Tout de même, les choses se passaient autrement chez la Comtesse de Ségur.

Gribouille

Non, monsieur le curé : il faut que j'embrasse Caroline ; si je ne l'embrassais pas ce soir, j'aurais comme un remords qui m'étoufferait.

Le curé

Quel enfantillage ! Tu oublies que tu as seize ans et que tu deviens un homme.

Gribouille

Est-ce une raison pour oublier ma sœur ? Croyez-vous que je n'embrasserai plus ma sœur et que je la laisserai là quand je serai un homme, comme vous dites ?

Mokhtar s'impatientait. Pas le temps d'entrer, pas le temps d'avaler « au moins un verre de thé », comme Mina l'en suppliait encore, penchée à la fenêtre, non, non, le moteur de la voiture ronflait, il fallait partir.

Mehdi fit donc l'interminable trajet de Béni-Mellal à Casablanca assis dans la 2 CV à côté d'un Mokhtar hilare, engoncé[1]

1. **Engoncé** : serré, gêné.

Extrait de *La Sœur de Gribouille* (1862), de la Comtesse de Ségur (1799-1874).

dans une vieille djellaba marron, une *taguia*[1] posée de guingois[2] sur la tête. Il tenait le volant de la main droite, le bras gauche pendant mollement en dehors de la voiture, se redressant parfois pour faire des signes mystérieux aux voitures et aux autocars qui arrivaient en face : il traçait un cercle dans l'air, avec son index, il faisait parfois une sorte de V de la victoire, il imita même de ses cinq doigts l'onde mouvante des vagues ; tout cela au grand étonnement de Mehdi, qui ne connaissait pas le langage des routiers marocains.

Toutes les demi-heures environ, la 2 CV ralentissait : des voitures, devant elle, roulaient maintenant au pas, une file se formait, une fumée âcre sortant des pots d'échappement. Parfois, il fallait s'arrêter complètement. Personne, pourtant, ne protestait, pas un seul coup de klaxon ne déchirait l'air. Hommes, bétail et véhicules, unis dans une résignation séculaire[3], avaient cessé tout mouvement et attendaient… Enfin, le convoi s'ébranlait, tout doucement, par à-coups, et puis on finissait par arriver au barrage de gendarmerie qui avait provoqué le bouchon.

Un gendarme s'approchait de la portière de la voiture, l'air las ou méfiant, forcément moustachu, tout de gris uniformé[4]. Il portait deux doigts à peine polis à la visière de sa casquette et demandait les papiers de la voiture et ceux du conducteur. Du gamin, d'un coup d'œil éliminé, on n'exigeait rien. Les gendarmes n'avaient pas l'air de se rendre compte que c'était lui qui vivait la grande aventure, courrier du tsar galopant de Moscou

La conduite des Marocains s'accompagne d'une sorte de langage des signes.

1. ***Taguia*** : toque arrondie portée par les musulmans.
2. **De guingois** : de travers.
3. **Séculaire** : datant de plusieurs siècles.
4. **Tout de gris uniformé** : vêtu d'un uniforme gris. L'adjectif *uniformé*, néologisme construit à partir d'*uniforme* contribue au portrait satirique du gendarme.

vers la lointaine Irkoutsk, que c'était à lui de produire blancs-seings, passeports et carnets de vaccination. Seul Mokhtar semblait retenir leur attention. Ils le jaugeaient[1] rapidement. Fugitif ? Ennemi de l'État ? Poussière de tribu, taillable et corvéable ? Parfois il fallait sortir, ouvrir le coffre, parlementer. L'homme en gris désignait d'un doigt impitoyable des phares présumés défectueux, un pneu trop lisse, la portière mal refermée. L'homme en djellaba s'expliquait, jurait, faisait des promesses qui s'évanouissaient dans l'air chaud du matin. Les deux protagonistes finissaient par s'entendre. Une ou deux fois, ils se serrèrent la main d'une drôle de façon, comme si quelque chose était passé, discrètement, d'une paume moite à l'autre.

Certains gendarmes, vieux habitués des routes et de leurs usagers, reconnaissaient Mokhtar. Ils lui faisaient alors signe de passer, d'un geste de la main, agacé ou amical, c'était selon. De toute façon, une 2 CV, un blédard[2] roué[3], un petit garçon frappé de mutisme, tout cela, c'était du menu fretin[4]. Les camions semblaient les intéresser davantage.

Entre les barrages, pendant que le moteur ronflait paisiblement, Mokhtar avait parlé pendant des heures. Il avait commenté les événements – tous ces *jadarmis*[5] scandant la route, il avait peut-être raconté toute sa vie, révélé des secrets inavouables ; mais Mehdi n'y avait rien compris. Mokhtar parlait un arabe

1. **Jaugeaient** : évaluaient.
2. **Blédard** : habitant du *bled*, c'est-à-dire campagnard.
3. **Roué** : rusé, malin.
4. **Menu fretin** : sans importance.
5. **Jadarmis** : mot arabe pour gendarmes.

Le courrier du tsar est le héros du roman d'aventures de Jules Verne *Michel Strogoff*, paru en 1876. Mehdi, dans son périple avec Mokhtar, s'identifie à ce personnage.

Le gendarme jauge Mokhtar afin de savoir ce qu'il peut tirer de lui comme *bakchich*, c'est-à-dire une somme d'argent pour « acheter » son indulgence. L'auteur fait ici allusion à la corruption des policiers.

dialectal[1] riche et pittoresque, truffé de dictons[2] savoureux, peuplé d'images qui venaient du fond des siècles, mais Mehdi n'y entendait goutte[3] : il parlait français à l'école mais aussi à la maison ➲, avec son frère et sa sœur – et ça s'arrêtait là, car il ne jouait jamais dehors, avec les enfants du quartier. Avec son père et sa mère, un *modus vivendi*[4] insolite s'était établi : on lui parlait le plus souvent en dialectal – il s'agissait de quelques phrases, toujours les mêmes (« Mange ! », « Va te laver les mains ! », « Il est temps de dormir ! », « As-tu fait tes devoirs ? ») – et il répondait dans le français de la Comtesse ➲.

Tout ce que Mehdi retint des confidences de Mokhtar, ce fut un long bourdonnement, coupé d'éclats de rire, auquel il répondait, de temps à autre, par une sorte de petit cri désespéré.

[...]

Lorsqu'ils entrèrent à Settat, Mokhtar proféra enfin une parole intelligible :

– Manger !

C'était un rugissement plein de bonne humeur qu'il crut bon de compléter par un sonore :

– *L'hamm !*

Ça, c'était l'un des rares mots que Mehdi comprenait immédiatement, sans aucune ambiguïté : *l'hamm*, cela voulait dire « la viande » – toutes les sortes de viande. La 2 CV sortit en ca-

1. **Dialectal** : régional, issu du parler populaire.
2. **Dictons** : proverbes.
3. **Goutte** : rien.
4. ***Modus vivendi*** : habitude, coutume.

➲ Durant le protectorat français (1912-1956), le français est la langue officielle pour l'administration et l'école. Après l'Indépendance, le Maroc continue de l'enseigner pour maintenir ses liens avec l'Europe.

➲ Le « français de la Comtesse » désigne une langue très soutenue, littéraire, celle que Mehdi a apprise dans ses lectures.

hotant de la route et Mokhtar la gara dans un terrain vague délimité par des petites pierres passées à la chaux. Il ouvrit sa portière, sortit de la voiture en invoquant ses ancêtres, puis s'étira longuement en récitant d'une voix forte quelques formules édifiantes[1] – sans doute pour remercier Dieu d'avoir tenu en laisse ses camions ➲. Puis il se dirigea à grands pas vers une rangée de baraques dont émanaient des odeurs de grillade. Mehdi ouvrit avec difficulté sa portière et sauta à pieds joints dans une flaque de boue qu'il n'avait pas vue. Il s'y enfonça jusqu'aux chevilles et sentit l'humidité traverser ses chaussettes et le similicuir de ses chaussures. Il eut immédiatement les larmes aux yeux, mais fit un effort pour les retenir. S'extirpant de la flaque, tant bien que mal, il suivit Mokhtar en trottinant, inquiet pour la valise qui était restée dans le coffre de la 2 CV, et qui contenait tous ses habits ainsi que les lettres qui engageaient son avenir chez les Français. Mokhtar était arrivé devant une échoppe[2] et échangeait saluts et plaisanteries avec un gros homme moustachu qui se tenait derrière un énorme brasero[3], un chasse-mouches à la main. Ces deux-là avaient l'air de se connaître depuis longtemps. Mehdi arriva à temps pour entendre leur dialogue, dont il saisit quelques bribes.

– Voici donc le petit héritier ! Dieu l'assiste, disait l'homme au chasse-mouches.

– Mais non, répondit Mokhtar, ce n'est pas mon fils, c'est mon neveu, je l'accompagne à Casablanca.

Mon neveu ? Mokhtar était son oncle ?

1. **Édifiantes** : exemplaires, du point de vue de la religion.
2. **Échoppe** : petite boutique.
3. **Brasero** : barbecue.

➲ **Mokhtar rend grâce à Dieu de ne pas avoir eu d'accident.**

Les deux hommes continuèrent leur causette.

– Et que va-t-il faire à Casablanca, ce petit, avec l'aide de Dieu ?

– Étudier ! proclama Mokhtar, plein de fierté avunculaire[1].

« Étudier » se disait *yqra* en dialectal et *yqra* signifiait également « lire ». Mehdi, debout à côté de Mokhtar, eut la vision d'une immense bibliothèque, d'une table infiniment longue et chargée de livres, et d'un enfant – lui – allant de l'un à l'autre, lisant, lisant, lisant, jusqu'à la consommation des siècles. L'Éden !

– Mais pourquoi Casablanca ? demanda le chasse-mouches, y a plus de maître d'école à Béni-Mellal ? Y a plus d'école ?

– Ah ! Mais c'est qu'il va étudier chez les Français ! Au *lyci* Lyautey !

Le rôtisseur ouvrit de grands yeux admiratifs, se pencha au-dessus du brasero – au risque de s'embraser lui-même – et contempla l'enfant. Puis il énonça en hochant la tête :

– Chez les *n'sara*[2] ? Son avenir est tout tracé, *incha'allah !*

Les deux hommes regardèrent Mehdi avec une admiration un peu perplexe – vraiment, il était tout petit, ce futur grand homme.

– Son avenir est tracé, reprit Mokhtar sur un ton sentencieux[3], mais il ne faut pas qu'il devienne lui-même français. Ce serait une catastrophe. Son grand-père était un *calem*[4] réputé.

– S'il passe régulièrement ici, rétorqua l'autre, il restera tou-

1. **Avunculaire** : liée à son statut d'oncle (mot savant).
2. ***N'sara*** : les chrétiens.
3. **Sentencieux** : cérémonieux, solennel.
4. ***Calem*** : porte-enseigne, soldat chargé de porter le drapeau.

Il s'agit du « gros homme moustachu qui se tenait derrière un brasero, un chasse-mouches à la main », évoqué p. 54, l. 208 à 214. Le personnage est réduit à son attribut principal, comme dans une caricature.

jours musulman : est-ce que les chrétiens peuvent cuire des brochettes pareilles ?

Les deux hommes éclatèrent de rire. Dans la foulée, Mokhtar commanda quatre brochettes, trois pour lui, une pour Mehdi. Il ajouta, en se frottant les mains :

– Et ne lésine pas sur *l'harr !*

Ce mot, Mehdi le connaissait : il signifiait « piquant, amer », voire « brûlant ». Ce n'était pas de bon augure. Le rôtisseur prit un pain rond, de taille moyenne, y fit trois trous grossiers avec le pouce et le rompit des deux mains, d'un seul coup, en deux parties égales. Il empoigna un couteau acéré sur le comptoir, le brandit, haut et clair, puis ouvrit chaque moitié d'un geste rapide, y disposa, à l'aide d'une petite cuillère, un lit de sauce piquante rouge, et y fourra les carrés de viande rôtie. Mokhtar salivait en observant la scène. Ses lèvres effectuaient un curieux branle de va-et-vient : elles étaient tantôt jointes en forme de O comme si elles s'avançaient, pleines d'espoir, vers la viande, tantôt allongées en forme de rictus[1] impatient, comme pour protester contre la lenteur des opérations. Sa langue, épaisse, rouge, rugueuse d'aspect, les humectait de temps à autre, à petits coups rapides, pour faciliter la dynamique, comme si elle lubrifiait un piston de chair. Mehdi, le regardant à la dérobée, comprit soudain que Mokhtar « se pourléchait les babines ». C'était une expression qu'il avait souvent rencontrée dans les livres – les ogres se pourlèchent souvent les babines –, mais il n'avait jamais vu la chose « en vrai ». C'était donc ça ! C'était inquiétant, à vrai dire. Et un peu dégoûtant.

1. **Rictus** : sourire grimaçant.

Après avoir pris les deux « casse-croûte » des mains du rôtisseur, Mokhtar commanda aussi deux grands verres de petit-lait[1]. Il planta ses crocs dans le pain, en arracha un bon morceau et se mit à mâcher furieusement, en laissant échapper des râles de jouissance, pendant que le rôtisseur contemplait la scène d'un air satisfait. Mehdi mordit avec précaution dans son pain. C'était, effectivement, très piquant – mais ce n'était pas désagréable, si on en prenait un tout petit peu à la fois. Il se mit à grignoter avec application.

Ils mangèrent debout, alternant les bouchées de pain et de viande avec les rasades de petit-lait. D'autres clients apparurent, affamés, descendant d'un car qui venait de Marrakech – on le devinait à leur accent et ils s'empressèrent de le confirmer, tout contents d'arriver de « la ville de la joie », comme ils disaient. Mehdi n'avait jusque-là jamais vu de *Marrakchi*[2]. Leur bonne humeur l'inquiéta. De qui se moquaient ces gens ? Le brasero, attisé par un soufflet à main, se mit à luire et l'odeur délicieuse de la viande grillée se répandit dans l'air, attirant tous les chats des environs. Ils formèrent une sorte de cercle, à bonne distance, un peu méfiants, attendant qu'on leur jetât un morceau de gras.

Mokhtar, rassasié, lança quelques pièces de monnaie au rôtisseur qui remercia d'un hochement de tête – il avait maintenant fort à faire avec les *Marrakchis*.

À quelques pas de l'échoppe, assise à même le sol, une paysanne mélancolique tenait devant elle quelques poules et deux dindons. Elle regardait dans le vague, sans esquisser le moindre

1. **Petit-lait** : liquide qui apparaît après la coagulation du lait.
2. ***Marrakchi*** : habitant de Marrakech.

mouvement. Mokhtar l'aperçut et fit à Mehdi un geste qui ne pouvait signifier qu'une chose :

– Attends-moi là !

Mehdi vit son « oncle » se baisser sur les animaux et les tâter consciencieusement, l'un après l'autre, les doigts en crochet, l'index fourrageur[1], la paume caressante. Puis il se redressa, aspira une bonne goulée d'air, prit un air indifférent et se mit à marchander d'une voix inaudible. Il ne regardait ni la volaille ni sa gardienne : il considérait au loin un coin du ciel bleu. Les mots tombaient de ses lèvres, l'un après l'autre, comme autant de molles accusations. Il commença par dénigrer la marchandise, disant qu'elle n'avait que la peau sur les os ; qu'elle était à moitié morte, sinon tout à fait trépassée ; que c'était quasiment par pitié qu'on s'intéressait à son cas. À l'entendre, c'était lui qu'il aurait fallu payer pour qu'il débarrassât la bonne femme de ces oiseaux étiques[2] dont il fallait d'urgence organiser l'enterrement. Immobile, la paysanne ne leva pas les yeux une seule fois. Peut-être ne parlait-elle que le berbère ➲ et ne comprenait-elle pas ce que disait ce grand bonhomme lancé dans sa campagne de diffamation[3] ? Lorsqu'il se taisait, après une tirade injurieuse ponctuée par l'offre d'un prix ridiculement bas, elle répétait à voix basse le chiffre qu'elle avait donné d'emblée ou bien secouait la tête, obstinée, sans rien dire. Mokhtar levait les bras au ciel et semblait maudire quelqu'un, le diable probablement. Puis il finit par enfiler son avant-bras dans le col de sa

1. **Fourrageur** : fureteur.
2. **Étiques** : extrêmement maigres.
3. **Diffamation** : diffusion de propos mensongers.

➲ **Populations occupant une vaste zone de l'Afrique du Nord, les Berbères se définissent notamment par leur langue, distincte de l'arabe. Dans le Moyen Atlas, région d'où est originaire Mehdi, on parle le berbère.**

djellaba et, après quelques contorsions, il en sortit son portefeuille. Il tendit à la paysanne quelques billets et s'empara des dindons qui se mirent à glouglouter d'indignation. Ils revinrent vers la 2 CV, Mokhtar demandant à Mehdi s'il avait bien suivi toutes les étapes de la transaction, s'il en avait compris toutes les ruses, les finesses, l'astuce.

– Il faut toujours marchander ! assena[1]-t-il comme s'il énonçait une règle de vie.

Il ouvrit le coffre et y jeta les bêtes entravées[2]. Mehdi vérifia rapidement que sa valise s'y trouvait encore. Rassuré, il remonta dans la voiture qui s'élança de nouveau à la rencontre des camions.

En chemin, Mokhtar lui expliqua patiemment ce qu'il fallait faire des deux oiseaux grotesques qui croupissaient[3] dans le coffre. Il le répéta dix ou onze fois, avec force mimiques, en changeant les mots, jusqu'à ce que Mehdi comprît l'ingénieux plan dans ses grandes lignes.

En gros, il s'agissait de les offrir au directeur du lycée pour se concilier ses bonnes grâces.

[...]

Lorsqu'ils furent enfin arrivés à Casablanca, Mokhtar entreprit de trouver « le lycée des Français ». S'arrêtant le long du trottoir, il hélait des passants qui s'approchaient, pleins de bonne volonté, aussi serviables qu'ignorants de la topographie[4] de leur

1. **Assena** : affirma avec force.
2. **Entravées** : attachées, liées.
3. **Croupissaient** : attendaient sans bouger.
4. **Topographie** : géographie.

Cette réplique de Mokhtar est d'autant plus comique qu'elle est prononcée sur un ton sentencieux, comme « une règle de vie », alors même qu'il semble ne rien avoir obtenu de son marchandage.

ville. Tous avaient pointé le doigt avec assurance vers les quatre points cardinaux, vers des horizons imaginaires, des colonnes de fumée crachées par des cimenteries, des minarets dressés comme des pieux, au loin. La 2 CV, bringuebalante[1], proche de l'épuisement, s'était arrêtée devant des bâtisses qui n'étaient pas ce que l'on cherchait : des écoles, quelques collèges, un dispensaire minuscule, une préfecture au planton[2] peu amène[3] qui menaça d'envoyer à la fourrière le véhicule et ses occupants. Après avoir ainsi erré pendant des heures, ils avaient fini par trouver le lycée, devant lequel la 2 CV, exténuée, se gara.

Mokhtar, intimidé, un peu gauche dans sa grande djellaba marron, n'avait pas osé s'aventurer plus loin que la loge du concierge, devant laquelle il avait déposé l'enfant, la valise et les oiseaux. Tapotant la tête de Mehdi, il avait chuchoté une formule de circonstance, de celles que l'enfant connaissait pour les avoir entendues mille fois, sans savoir ce qu'elles signifiaient :

– *'llah y-hssèn*[4].

Et l'homme, rebroussant chemin, s'en était allé à grands pas vers sa 2 CV.

L'enfant était entré dans la loge, silencieusement.

– Pardon...

1. **Bringuebalante** : branlante, cahotante.
2. **Planton** : gardien.
3. **Peu amène** : peu accueillant.
4. ***'llah y-hssèn*** : Que Dieu te protège !

LECTURE ACTIVE 2

Retour sur le passé de Mehdi

→ Voir aussi étape 2, page 276.

As-tu bien lu ?

1 Relie chaque chapitre au thème et au moment correspondants.

chap. 1 •	• arrivée de Mehdi au lycée Lyautey •	• un samedi d'octobre en début d'après-midi
chap. 2 •	• trajet de Béni-Mellal à Casablanca •	• quelques heures plus tôt
chap. 3 •	• tremblement de Terre •	• quelques heures après
chap. 4 •	• premier après-midi au lycée Lyautey •	• l'année précédente

2 Classe sur la frise chronologique ces quatre chapitres dans l'ordre où ils se sont produits.

chapitre .... → chapitre .... → chapitre .... → chapitre ....

l'atelier

Communiquer à l'aide d'une affiche

▸ ***Objectif.*** S'interroger sur les composantes d'une affiche.

▸ ***Préparation.*** Par groupes de quatre, relisez le passage du chapitre 3 (p. 44, l. 51 à 67) où Mehdi découvre l'affiche du Club alpin français. Dessinez schématiquement cette affiche en mettant en évidence ses composantes (visuel, titre, slogan, informations).

▸ ***Réalisation.*** Choisissez un club (de sport, de théâtre…) que vous appréciez : l'objectif est d'inventer une affiche pour donner envie à vos camarades d'adhérer à ce club. Cherchez un visuel adapté, rédigez un slogan, composez l'ensemble et présentez le résultat à la classe.

▸ ***Réfléchir ensemble.*** Quels sont les atouts de chaque affiche (visuel frappant, slogan efficace, humour, etc.) ?

5

Le monument aux morts

Revivant toutes ces aventures, allant de l'extincteur à l'affiche du CAF, Mehdi passa quelques heures mouvementées. Parmi la foule d'interrogations que le panneau providentiel avait soulevées, une l'intrigua en particulier. Comment un « Club français » pouvait-il être une « association marocaine » ? Sur la photo, tous les visages étaient indubitablement[1] *nasrani :* peau rose et yeux bleus. Et lui, plus tard, quand il saurait skier, pourrait-il en être, de ce CAF mystérieux ? Ou fallait-il avoir les yeux bleus ?

Une grande famille !

Elle était accueillante, cette famille ?

Il alla lire l'extincteur, qui lui semblait fade maintenant. *Manomètre de contrôle.* Peuh.

Tout au long de l'après-midi, quelques internes isolés firent leur apparition. Ceux-là venaient généralement de très loin : Oujda, Midelt, Figuig[2]... On ne prenait aucun risque : on les envoyait largement en avance pour qu'ils soient bien là le lundi matin, moment crucial de la rentrée. Après tout, le train Oujda-Casablanca pouvait tomber en panne ; ou le Sebou déborder de

1. **Indubitablement** : sans aucun doute.
2. **Oujda, Midelt, Figuig** : voir la carte p. 8.

son lit, du côté du Gharb[1] ; ou les tribus passer à l'attaque.

Le soir venu, ils n'étaient que quelques-uns dans la cour, à errer en petits groupes. Mehdi s'était posté à côté de l'extincteur : il était en terrain connu, *Homologué NF*, personne ne pouvait lui chercher noise[2]. Et d'ailleurs, personne ne le voyait : il était à peine plus épais que le cylindre rutilant[3].

Vers les huit heures, dans le crépuscule embaumé, on vit se dresser un homme, devant le réfectoire, et cet homme frappa trois coups secs dans ses mains. Les internes désœuvrés s'approchèrent. La silhouette qui se découpait contre les lumières du réfectoire leva le bras – ils s'immobilisèrent. Une voix de basse, presque caverneuse, prononça lentement ces mots.

– Messieurs ! Soyez les bienvenus, en ce jour de rentrée scolaire ! Jour béni entre tous !

Une pause.

– Je suis Dumont. Dumont tout court. Ni Jean, ni Pierre, ni Nicéphore. Dumont ! C'est moi votre surveillant, ce soir, cette nuit et demain matin. « Il n'y a point de paix pour les méchants, dit l'Éternel. » Je dois sans doute payer les erreurs d'un ancêtre peccamineux[4]. ➲

Il abaissa le bras d'un geste gracieux qui se termina en invitation, la paume vers le haut, les doigts joints tendus vers le flot de lumière qui s'échappait des grandes baies vitrées :

1. **Sebou, Gharb** : cours d'eau.
2. **Lui chercher noise** : chercher à se disputer avec lui.
3. **Rutilant** : brillant, éclatant. L'expression « cylindre rutilant » désigne l'extincteur.
4. **Peccamineux** : enclin au péché.

➲ **Dumont est un surveillant cultivé, qui s'exprime le plus souvent au moyen de citations célèbres. Son travail étant ingrat, il sous-entend qu'il doit expier les fautes d'un ancêtre, comme s'il était maudit depuis plusieurs générations.**

– Messieurs, vos agapes[1] vous attendent !

Les internes entrèrent avec méfiance dans le réfectoire en contournant l'apparition qui parlait un langage si étrange. Maintenant qu'elle n'était plus à contre-jour, la silhouette, on voyait bien que ce n'était qu'un homme.

Ils s'installèrent autour des quelques tables qui étaient dressées. Le réfectoire était immense et très haut de plafond. Des dizaines de tables inutilisées étaient poussées contre le mur du fond, nues, et des chaises empilées les unes sur les autres leur tenaient compagnie. Un cuisinier apporta des marmites pleines de soupe. Tout le monde se servit, sauf Mehdi, qui n'osa pas esquisser le moindre geste. C'était toujours sa mère qui les servait, à Béni-Mellal. Il ne mangea rien et personne ne fit attention à lui. La soupe expédiée, on passa au fameux hachis Parmentier, apporté dans de grandes casseroles. De nouveau, Mehdi resta les bras ballants, trop intimidé pour se saisir de la louche.

Dumont, qui déambulait entre les tables, s'approcha, regarda le bol et l'assiette, tous deux vides, puis Mehdi. Il se pencha exagérément jusqu'à ce que son visage effleurât l'assiette puis le tourna vers l'enfant pétrifié. Leurs nez se touchaient presque, comme deux Eskimos[2] se saluant au-dessus d'un ustensile inutile. Le surveillant refit deux ou trois fois la même manœuvre, l'air effaré, comme s'il constatait un événement considérable. Puis, comme par enchantement, hop ! son visage reprit son impassibilité[3] initiale et ce fut sur un ton glacial qu'il demanda :

– Eh bien, on boude le frichti[4], mon brave ?

1. **Agapes** : festin, banquet.
2. **Eskimos** : autre graphie du mot Esquimaux.
3. **Impassibilité** : passivité, immobilité.
4. **Frichti** : repas (registre familier).

Mehdi ne répondit rien. C'était quoi, le *frichti* ? Il était sûr de n'avoir jamais lu ce mot ni dans les bandes dessinées ni dans les vrais livres. Ça ne sonnait même pas français. Pourtant, l'homme qui le toisait[1] avec sévérité était indubitablement[2] français avec ses yeux bleu clair, sa peau rose, son bouc[3] blond. C'était peut-être un Breton, comme dans *Les Deux Nigauds* ? Le *frichti*, c'est la soupe des Bretons ?

Dumont, constatant que l'enfant était frappé d'aphonie[4], s'empara de la louche, la souleva très haut, à bout de bras, et la plongea dans la marmite qui était restée sur la table. Il versa une rasade[5] généreuse dans le bol de Mehdi.

– Mangez, mon ami, mangez cette soupe, vous m'en direz des nouvelles ! Et ensuite, vous prendrez du hachis. Il s'agit de se sustenter[6], ici, avant d'affronter les pentes arides du savoir. (Il leva la main.) *Ces choses-là sont rudes/Il faut pour les comprendre avoir fait des études !* Et sans calories, pas d'études ! *Une armée marche sur son ventre.*

Mehdi, sous la menace du regard bleu, prit sa cuillère, la trempa dans le *frichti* et la porta à ses lèvres. Ce n'était pas mauvais. Les Bretons savent faire la cuisine, en conclut-il, content

1. **Toisait** : regardait de haut.
2. **Indubitablement** : sans aucun doute.
3. **Bouc** : petite barbe.
4. **Aphonie** : extinction de voix.
5. **Rasade** : quantité de boisson correspondant au contenu d'un verre rempli à ras bord.
6. **Se sustenter** : se restaurer.

Les Deux Nigauds (1863) est un roman de la Comtesse de Ségur.

Vers extraits du poème « Les Pauvres Gens », dans *La Légende des siècles* de Victor Hugo (1859).

« Une armée marche sur son ventre » : détournement d'une phrase célèbre de Napoléon, « Une armée marche sur son estomac », évoquant l'importance des services de l'intendance dans une guerre. Ces services avaient en charge, entre autres, l'approvisionnement en vivres des soldats.

d'avoir appris au moins cela.

Dumont s'éloigna de quelques pas, se campa sur ses ergots[1], les poings sur les hanches, et lança un sonore :

– *Bon appétit, messieurs ! Ô ministres intègres !* ➲

Quelques internes se regardèrent avec étonnement, d'autres, des anciens, haussèrent les épaules en secouant la tête. Quand le surveillant se fut éloigné, le voisin de Mehdi, un garçon maigre et mélancolique, se pencha vers lui.

– C'est Dumont, murmura-t-il.

Je sais déjà cela, pensa Mehdi.

L'autre ajouta :

– Il est fou.

Ah, voilà.

Mehdi murmura, pour dire quelque chose, pour être dans le coup, pour ne pas donner l'impression qu'il refusait la grande amitié que l'autre lui proposait en lui révélant les antécédents psychopathologiques de Dumont :

– Il est breton ?

Le maigrelet enregistra la question, avala la cuillerée de soupe que sa bouche contenait encore, réfléchit pendant quelques instants. Il posa sa cuillère, considéra le plafond, renifla, fit la moue, émit une sorte de chuintement[2] dubitatif puis, las de chercher, il demanda à son voisin :

– Eh ! Dumont, il est breton ?

Le voisin, sans s'arrêter de manger, fronça le sourcil, puis cracha

---

1. **Se campa sur ses ergots** : se dressa sur ses pieds dans une attitude fière et menaçante.Chez les coqs, les ergots sont des doigts servant au combat.
2. **Chuintement** : sifflement dû à un frottement d'air.

➲ **Vers extrait de *Ruy Blas*, pièce de théâtre de Victor Hugo (1838).**

vers une autre table, à voix haute, postillonnant tous azimuts :

– L'est breton, Dumont ?

Ainsi apostrophés, les trois internes qui occupaient cette table se regardèrent, interloqués, l'espace d'une seconde puis, ne firent ni une ni deux : ils se mirent à chanter en chœur, de toute la force de leurs petits poumons :

– *Ils ont des culs tout ronds, vive la Bretagne ! Ils ont des culs tout ronds, vivent les Bretons !*

Le surveillant, qui regardait la cour à travers les vitres, mélancolique, les bras croisés, se retourna, vif comme un chat. Son visage se transforma en masque de tragédie. Il vint vers eux au pas de course, le sourcil en bataille, la narine frémissante. Il tonna :

– Messieurs ? De quoi s'agit-il ? Un binôme ? La Révolution ? La chienlit[1] ?

Un ancien lui cria :

– M'sieur ? Vous êtes breton ?

Le surveillant eut un *haut-le-cœur* (c'est du moins ce qu'il sembla à Mehdi qui n'avait jamais vu un vrai haut-le-cœur mais connaissait l'expression) ; et ce fut sur un ton pathétique qu'il s'écria :

– Et qui s'intéresse donc à mon état civil ? À mes gènes, à mes ancêtres ? Suis-je originaire des Côtes-du-Nord ? Du Morbihan ?

1. **Chienlit** : mot célèbre inventé par le général de Gaulle pour qualifier les émeutiers de mai 1968.

Extrait de la chanson populaire bretonne *Ils ont des chapeaux ronds*.

Dans le théâtre antique, les acteurs portaient des masques qui permettaient aux spectateurs d'identifier les personnages et aux comédiens de jouer plusieurs rôles. Il y avait des masques comiques et des masques tragiques. Ces derniers inspiraient la terreur.

Peut-être mon ancêtre fut-il évêque de Saint-Malo ? Qui le dira jamais ?

– Lui ! s'écrièrent tous les internes en désignant Mehdi du doigt.

Mehdi mourut, là, instantanément, de saisissement. Lui qui, après la catastrophe des dindons, après la confrontation avec l'ogresse, après avoir été surpris à tailler une bavette[1] avec des chênes qui n'en étaient pas ➲, pensait enfin avoir rétabli la situation, être redevenu invisible, silencieux, inodore ; existant à peine, comme il sied[2] à un boursier ; voilà qu'il se trouvait à nouveau sous les feux de la rampe, objet de l'exécration[3] générale, mille doigts tendus vers lui comme autant de poignards, tous voulant sa perte. Il mourut. Quand il ressuscita, le visage de Dumont était quasiment collé au sien – décidément, c'était une manie. Il sentait le tabac.

– C'est vous qui m'accusez d'être breton ?

Mehdi, tétanisé, ne bougeait pas. L'autre insista :

– Vous m'avez probablement déjà vu jouer du biniou ? Arborer une coiffe bigoudène[4] ?

Biniou[5] ? Bigoudène ?

Des éclats de rire, des ricanements, des lazzi[6] fusaient de toutes les tables et se réverbéraient sur les murs pendant que Mehdi gardait obstinément les yeux fixés sur le bord de son bol. Dumont se redressa et s'ébroua tel un pur-sang – comme

1. **Tailler une bavette** : discuter.
2. **Il sied** : il convient.
3. **Exécration** : aversion, dégoût.
4. **Coiffe bigoudène** : coiffe traditionnelle des femmes de Pont-l'Abbé, en Bretagne.
5. **Biniou** : instrument à vent typiquement breton.
6. **Lazzi** : plaisanteries, moqueries.

➲ **Dans le chapitre 3, Mehdi passe un moment seul dans la cour. Intéressé par les arbres, il s'adresse à eux, avant d'être surpris par Dumont.**

ça, pour rien. Le cuisinier apportait les desserts : des éclairs au chocolat. Quand il fut à sa hauteur, Dumont l'arrêta, le bras tendu contre sa poitrine, prit le plateau et distribua lui-même les éclairs à la table de Mehdi. Il en déposa deux devant l'enfant qui n'en crut pas ses yeux. Que se passait-il ?

Dumont déclamait :

– Double ration pour celui qui m'a insulté ! Il faut être doublement généreux devant l'adversité[1]. « *Donne-lui tout de même à boire, dit mon père* ➲ » Hugo ! Chapeau bas, mes amis ! Toute la France en exactement dix mots ! C'est ça, la véritable noblesse ! Apprenez cette leçon, messieurs, vous en aurez peut-être l'usage dans vos vies qui ne font que commencer et que je vous souhaite longues et belles !

Il se pencha et murmura à l'oreille de Mehdi.

– Ce n'est pas vrai, que vous m'ayez insulté. Les Bretons sont des gens très bien, quoiqu'un peu celtes ➲. Mais bon, il ne faut jamais perdre une bonne occasion de faire une scène. La colère, l'indignation, ce sont les émotions les plus faciles à jouer. Et les plus gratifiantes[2].

Dumont s'éloigna, d'un pas dansant, et alla de nouveau se poster près d'une vitre, où il reprit son air cafardeux[3]. Le maigrelet lugubre se pencha vers Mehdi :

– Tu partages un éclair avec moi ? T'en as deux, c'est pas juste, moi j'en ai qu'un et, en plus, t'es un nouveau et, même, t'es tout petit. Et c'est grâce à moi que t'en as deux.

1. **Adversité** : difficulté.
2. **Gratifiantes** : valorisantes.
3. **Cafardeux** : triste.

➲ **Vers extraits du poème « Après la bataille », dans *La Légende des siècles* de Victor Hugo (1859).**

➲ **Les Celtes, peuples ayant migré dans diverses régions d'Europe, sont vraisemblablement arrivés en Bretagne par les Îles britanniques au ve siècle après J.-C.**

Mehdi poussa la pâtisserie vers son voisin qui l'engloutit en quelques bouchées. Satisfait, il tendit la main au partageux :

– Je m'appelle Nagi. Je viens de Midelt[1].

– Moi, je suis Mehdi Khatib. Je viens de Béni-Mellal.

– Béni-Mellal ? Mais ce n'est pas très loin ! Pourquoi tu es venu le samedi ? Tu aurais pu attendre dimanche, non ?

Mehdi sentit qu'il lui fallait dire la vérité. Toute la vérité, rien que la vérité. Il y a des moments dans la vie où l'on ne peut se dérober. Assez finassé, assez rêvé, assez menti ! Il se lança résolument.

– Mes parents, ils sont très très riches, ils vont passer la semaine à New York, en Amérique, alors ils m'ont déposé ici, et puis ils sont allés à *l'aéroport*, et puis alors ils ont pris l'avion et puis, et puis ils sont allés à New York.

– À New York, en Amérique ?

– Ouais, la vraie.

Ledit Nagi émit un petit sifflement et considéra Mehdi avec admiration. Celui-ci essayait d'imaginer une suite aux aventures de ses géniteurs[2] au pays des *cow-boys* mais il sécha lamentablement *(que font les gens à New York ?)*. Heureusement, le dénommé Nagi n'exigea aucun détail ni aucune preuve. Quand tout le monde eut fini de manger (Mehdi était passé directement de la soupe à l'éclair), Dumont tapa dans ses mains et clama :

– Assez bâfré[3], messieurs ! Une demi-heure dans la cour et puis tous au dortoir ! Profitez-en pour marcher, ça fait du bien !

La petite troupe sortit du réfectoire et s'égailla[4] dans la nuit.

---

1. **Midelt** : voir carte, p. 8.
2. **Géniteurs** : parents.
3. **Bâfré** : mangé avec excès (terme familier).
4. **S'égailla** : se dispersa.

Au moment où Mehdi passait devant le surveillant, celui-ci l'attrapa par le col et le plaqua contre la porte vitrée.

– Minute, papillon !

Ils étaient maintenant seuls. Dumont scrutait les yeux de l'enfant saisi.

– Tout cela ne me dit pas pourquoi vous m'avez traité de Breton, tout à l'heure. Eh bien, parlez !

Mehdi, cloué contre le verre froid, se mit à balbutier.

– M'sieur... Vous avez dit *frichti*... Je croyais qu'vous étiez breton... comme dans *Les Deux Nigauds*...

Le tueur au regard bleu murmura, comme s'il entamait une conversation avec lui-même :

– V'là qu'i m'traite de nigaud. Et l'année n'a même pas encore commencé. Ça promet.

Il relâcha Mehdi qui n'osa pas bouger. Dumont leva le doigt et énonça :

– Quand on ne sait pas, il faut demander. N'hésitez jamais à poser des questions ! Tout commence par là : une interrogation. Le grand philosophe Platon (notez ce nom, mon ami !), le grand Platon l'a écrit, il y a plus de deux mille ans – vous n'étiez pas encore né : « *Cet état, qui consiste à s'émerveiller, est tout à fait d'un philosophe ; la philosophie en effet ne débute pas autrement.* » C'est dans le *Théétète*, je crois. S'étonner, s'émerveiller, demander : il ne faut jamais perdre une occasion de s'instruire ➲. Bon. Voyons. *Frichti*, ça veut dire : la nourriture. C'est de l'argot. Mais il ne faut pas mépriser l'argot ! La belle langue d'aujourd'hui...

Mehdi fut pris d'une envie pressante d'uriner mais il n'osa pas bouger.

➲ **Dumont évoque l'art du philosophe qui consiste à interroger le monde, à exercer sa curiosité.**

– ... la belle langue d'aujourd'hui, elle s'est bâtie sur l'argot d'hier. Au lieu de *frichti*, j'aurais pu dire mangeaille, bouffe, boustifaille, tambouille, pitance, que sais-je ! Allez, répétez, jeune homme !

– Mangeaille, bouffe...

– Boustifaille, tambouille, pitance !

– Boustifaille, tambaille, pitance...

– Bravo, Petit-Breton ! Mais d'abord, savez-vous qui était Petit-Breton ?

Mehdi, dont la vessie était sur le point d'exploser, gémit :

– Non, m'sieur...

Dumont eut de nouveau un haut-le-cœur – cette fois-ci, il l'exécuta de façon encore plus convaincante que pendant le repas.

– Petit ignorant ! Lucien Petit-Breton a remporté deux fois le Tour de France, il a été champion du monde... Et il est mort pour la France. Voilà le héros dont vous usurpez[1] le nom ! Vous savez ce que cela veut dire, « mort pour la France » ?

Mehdi, dévoré par une douleur intolérable au niveau de l'aine, tout occupé à évacuer quelques gouttes d'urine pour ne pas mourir, fût-ce pour la France, ne répondit rien. Dumont secoua la tête et le prit par la main.

– Venez, je vais vous montrer quelque chose.

Ils traversèrent toute la cour, sous le regard des internes (on entendait dans les fourrés des murmures pleins d'espoir : « il va lui mettre une tannée[2] », « il l'emmène chez Lombard », « il va le tuer »). Dans le hall d'entrée, à proximité de la loge du

1. **Usurpez** : volez.
2. **Tannée** : correction, raclée (terme familier).

concierge, Dumont s'arrêta devant un panneau de marbre rose, qui ornait un des murs. Des noms y étaient gravés, qui formaient quelques colonnes bien rangées, trois ou quatre au total. Les lettres étaient faites d'encoches dorées, ce qui les rendait difficiles à déchiffrer. En haut, à gauche, une effigie[1] en bronze montrait le visage émacié[2] d'un homme au regard douloureux, surmontant un nom : *Pierre Simonet.* Dumont se planta devant le petit pan de mur rose et se recueillit un instant, la tête inclinée, l'œil solennel. Puis :

– Voilà ! *(Geste.)* Tous ces noms, ce sont des anciens du lycée, des profs ou des élèves, il y en a exactement cent trois, qui sont tombés pendant la guerre, pour défendre leur patrie : la France. C'est pourquoi on dit qu'ils sont « morts pour la France ». Comme Petit-Breton. On dit aussi « tombés au champ d'honneur ». Vous m'entendez ? Au champ de quoi ?

– Donneur ?

– Parfaitement ! *Dulce et decorum est pro patria mori.* C'est du latin, c'est dans une ode d'Horace. Vous comprenez le latin ? C'est pas grave, vous en ferez cette année. Belle langue, le latin... Mais morte, hélas, morte, *dead, kaputt,* comme tous ces braves *(ample geste enveloppant).* Répétez, Petit-Breton ! *Dulce et decorum...*

– *Douché et décor homme.*

Dumont passa la main à plat sur la plaque de marbre, comme s'il la caressait.

1. **Effigie** : représentation d'une personne.
2. **Émacié** : amaigri.

Dulce et decorum est pro patria mori **est un vers célèbre du poète latin Horace (65-8 av. J.-C.). Ce vers, extrait d'une ode – poème lyrique célébrant un personnage ou un événement –, signifie : « Il est doux et glorieux de mourir pour sa patrie. »**

– Vous remarquerez que le premier est « Ahmed, Lucien ». Aucune idée de qui était ce M. Lucien Ahmed mais on ne pouvait rêver meilleur nom pour mener un cortège funèbre franco-marocain. Un programme à lui tout seul ! La fraternité d'armes incarnée dans un nom ! *(Songeur.)* On a eu une Mlle Lucien ici, autrefois, comme professeur d'histoire. Une vieille fille, d'une grande douceur... C'était peut-être son enfant, laissée en bas âge... ?

Il se tut un instant.

– Évidemment, vous devez vous demander où sont les noms des Marocains musulmans...

Mehdi, tout occupé à contenir les flots, ne se demandait rien du tout.

– Beaucoup sont morts pour la France, certes, mais ici, il n'y a que les noms d'anciens élèves ou professeurs de Lyautey. Or, à l'époque, avant la guerre, ils étaient peu nombreux à fréquenter les lycées français. C'est regrettable mais c'est comme ça. Heureusement, les temps ont changé, vous en êtes la preuve vivante. Vous venez d'où ?

– Pipi Mellal !

– Ah, Béni-Mellal, je vais faire des randonnées par là-bas, c'est très beau... *(Revenant au monument.)* Vous remarquerez aussi la diversité des patronymes. Un *Jacques de Menorval* y côtoie un simple *Jean Martin*, un *Éric de Seinelhac* (ça fleure bon la vieille France, ça !) ne croit pas déchoir[1] en voisinant avec un

1. **Déchoir** : s'abaisser.

Dumont fait allusion ici aux soldats marocains, les tirailleurs et les goumiers, engagés dans l'armée française durant la Première et la Seconde Guerre mondiale.

Dumont compare la plaque de marbre du monument aux morts à un cortège de personnages qui ont versé leur sang pour la patrie. La tête de liste, le soldat Ahmed Lucien, à travers son nom et son prénom, fait la synthèse des deux pays, la France et le Maroc.

Jean Simond. Contrairement à ce que prétend ce mécréant[1] de Régnier (j'espère que vous ne subirez pas son influence délétère[2]), la lutte des classes, si elle existe, est très secondaire devant ça : le coude-à-coude dans les tranchées pour défendre la nation ! *Heureux les épis mûrs et les blés moissonnés...* ➲

Sa poitrine se gonfla d'émotion.

– Et puis la diversité des patronymes, c'est aussi cela : *Georges Naïmi, Jean Ferracci, Maurice Leibovici, Paul Katzman... (Son doigt courait sur le marbre au fur et à mesure qu'il appelait les morts.)* Il y a là-dedans du Juif, de l'Italien, du Roumain, du Teuton[3]... et tout cela fait d'excellents Français ! Un jour, vous en serez un, qui sait ? Si vous allez jusqu'au bicorne[4]... Polytechnique ! On ne vous laissera plus repartir...

Il baissa les yeux sur le futur polytechnicien qui dansait d'un pied sur l'autre.

– Mais... qu'est-ce que vous avez à gigoter comme ça ? Un peu de respect devant le monument aux morts, Petit-Breton ! grogna-t-il.

Mehdi suffoquait :

– M'sieur ! Il faut que j'aille... que j'aille aux W.-C.

Le surveillant leva les bras au ciel.

– Mais allez-y ! Allez-y, mon ami ! Est-ce que je vous retiens ? Suis-je opposé à l'évacuation des liquides ? Suis-je l'ennemi des grandes eaux ? ➲ Les toilettes, c'est par là !

1. **Mécréant** : incroyant, païen.
2. **Délétère** : mauvaise, néfaste.
3. **Teuton** : Allemand.
4. **Bicorne** : couvre-chef des élèves de Polytechnique, prestigieuse école militaire d'ingénieurs.

➲ Vers extrait du poème *Ève*, de Charles Péguy (1913).

➲ **Dumont change de registre. Après une savante leçon sur les patronymes des soldats figurant sur la plaque commémorative, il revient à une réalité triviale devant l'envie pressante de Mehdi.**

Mehdi fila vers les lieux en répétant « Douché et décor homme ! Douché et décor homme ! » pour penser à autre chose qu'à sa vessie qui menaçait de l'engloutir dans une gigantesque conflagration[1].

Quand il revint des lieux, Dumont avait disparu. Mehdi, doublement soulagé, s'approcha du panneau de marbre et se mit à épeler les noms dans sa tête. Comment avait-il pu perdre son temps avec l'extincteur alors qu'il y avait tous ces noms fantastiques à lire ! Le deuxième nom, juste après Ahmed, était *Baltenberger, Maurice*. Ça ressemble à quoi, un *Baltenberger* ? Il devait au moins être blond, grand et méchant, avec un tel patronyme : il pouvait se le permettre. *Guillaume de Bourgoing*. (Il devait être roux, il portait un heaume et une cotte de mailles, il était sans peur et sans reproche ➔) *Guetz, Max. Yvan Le Gueut, André Charvet, Régis Charvet...* Deux frères ? Un père et son fils ? Étrange !

Il entendit au loin un rugissement suivi d'une belle phrase et il se hâta de courir se joindre au petit groupe des internes du samedi. Dumont les fit se mettre en file indienne, et tapa dans ses mains. Ils le suivirent, comme des canetons, en direction du dortoir, qui se trouvait au troisième étage de l'immeuble.

Alors qu'ils montaient l'escalier, à la queue leu leu, ils croisèrent Morel qui descendait de sa chambre, située au dernier étage de l'immeuble. Morel s'exclama, jovial :

– Alors, Dumont, toujours aussi facho[2] ?

---

1. **Conflagration** : explosion.
2. **Facho** : abréviation de *fasciste*. Ici, le mot facho a plutôt le sens d'« autoritaire ».

➔ **Mehdi évoque un chevalier célèbre, Pierre Terrail, seigneur de Bayard, à qui l'on attribue les qualificatifs de « sans peur et sans reproche », et qui symbolise les valeurs de la chevalerie de la fin du Moyen Âge.**

Ledit Dumont continua son ascension sans dire mot, la tête fièrement portée, droit comme un I. Seule une petite crispation de la mâchoire trahissait son irritation.

Morel était maintenant à la hauteur de Mehdi.

– Tiens ! Bonjour, Fatima !

– Bonne nuit, m'sieur, murmura machinalement Mehdi.

Ce fut la dernière nuit de Morel. Au petit matin, la femme de ménage le trouva mort dans son lit, un grand pieu enfoncé dans la poitrine, les yeux grands ouverts, un rictus hideux voltigeant sur ses os décharnés. Le seul indice dont disposaient les enquêteurs était un bout de papier pelure roulé en boule, qui bouchait la gorge du supplicié comme une poire d'angoisse[1]. Déroulé, on pouvait y déchiffrer ces mots mystérieux tracés en lettres de sang : *Je ne m'appelle pas Fatima, m'sieur.* Même le grand Sherlock Holmes, appelé à la rescousse, n'y comprit goutte. Il s'en retourna bredouille dans son Londres brumeux, flanqué du fidèle Watson. Jamais on ne découvrit l'assassin...

... qui se demandait, pour l'heure, comment mettre son pyjama rose sans déclencher l'hilarité générale. Il alla se brosser les dents, puis revint se glisser dans son lit, tout habillé ; prit le pyjama et le fourra sous les draps ; enleva son pantalon, au prix de mille contorsions ; passa enfin l'horrible vêtement rose...

Il posa sa tête sur l'oreiller, ferma les yeux et commença à réciter à voix basse les noms qui figuraient sur le monument aux morts. *Ahmed, Baltenberger, Bard, Basset, Beau...* Il s'endormit rapidement.

1. **Poire d'angoisse** : instrument de torture du Moyen Âge.

Mehdi convoque, dans son imagination débridée, le personnage de Sherlock Holmes, célèbre détective créé par Sir Arthur Conan Doyle (1859-1930).

Le lendemain matin, un rayon de soleil vint lui caresser les paupières. Il émergea lentement du néant. Où était-il ? Il vit d'abord de grandes fenêtres ouvertes, d'où entraient des flots de lumière qui menaçaient de tout noyer, puis des rideaux blancs qui se balançaient au gré des courants d'air comme autant de linceuls[1] volants (la *g'naza*[2] !), des lits superposés, vides comme des cages attendant le retour des fauves, un plafond immense sur le point de s'effondrer. Une odeur de lavande lui remplit le nez. Il entendit des bruits étouffés de douche, des éclats de voix. Où était-il ? Renonçant à comprendre, il se tourna sur le flanc, décidé à se rendormir, à retourner au néant, lorsque son regard rencontra l'œil bleu d'un homme accroupi à son chevet et qui l'examinait avec attention. Ah, oui ! Le fou... Dumont... Platon... *bigoudène*... Mort pour la France ! Tout lui revint, d'un coup. Le cauchemar continuait. La vie.

– Tout va bien, Petit-Breton ? Vous n'avez besoin de rien ?

Le ton était sarcastique mais Mehdi ne le perçut pas. Mal réveillé, il répondit :

– J'ai rien à lire, m'sieur.

Dumont resta figé pendant quelques secondes. Puis il se leva.

– Tous vos petits camarades sont réveillés ! tonna-t-il. J'ai sonné deux fois le réveil. Il faut croire que vous êtes sourd. Allez ! On se lève, on prend sa douche, on s'habille et on va déjeuner. Et qu'ça saute !

Mehdi ne bougea pas, attendant que l'homme s'éloigne. Celui-ci, se méprenant sur l'immobilité de l'enfant – une forte tête,

1. **Linceuls** : pièces de toile servant à ensevelir les morts.
2. ***G'naza*** : funérailles.

peut-être ? –, se baissa, empoigna un bout du drap et l'arracha d'un coup sec, révélant le corps malingre enveloppé comme un bonbon. Dumont, pensif, demanda :

– C'est votre maman qui vous fait porter des pyjamas roses ?

Croyant voler au secours de sa mère, Mehdi cria :

– C'est l'ogresse !

Dumont, cette fois-ci vraiment interloqué, rejeta le drap qu'il tenait toujours à la main et murmura :

– Vous avez bien dit « l'ogresse » ? Oh, là, là, on est de plus en plus mal parti, Petit-Breton. *Vipère au poing*... Une Folcoche au Maroc... ➲ Il fallait bien que ça arrive. Toutes les Fatma ne peuvent être des parangons[1] de dévouement, en dépit de ce qu'on prétend... Eh bien, vous serez le Bazin du *bled*... En attendant, levez-vous et débarrassez-vous vite de votre rose accoutrement, si vous ne voulez pas devenir la risée de vos petits camarades. Cet âge est sans pitié.

Mehdi s'habilla très vite, oublia de faire sa toilette et ce fut avec des yeux chassieux[2] qu'il s'assit au réfectoire. Il se demandait ce que c'était, un *basin du bled*. Un oiseau, peut-être ? Dumont, contrarié, passait de table en table.

– Messieurs, c'est une catastrophe, la logistique est défaillante. Vous n'aurez que du café et des croissants. Le reste, le jus d'orange, le beurre, les confitures, a été commandé pour demain matin par je ne sais quel imbécile qui a oublié les rentrants du samedi : vous, messieurs. Veuillez accepter les excuses de la direction. Vos billets vous seront remboursés. D'ailleurs, si la

1. **Parangons** : modèles.
2. **Chassieux** : visqueux.

➲ **Folcoche est le surnom donné à une mère autoritaire et méchante dans le roman autobiographique d'Hervé Bazin, *Vipère au poing*, publié en 1948.**

direction avait le sens de l'honneur, elle se serait perforée de trois coups d'épée, comme Vatel.

Nagi, de plus en plus lugubre, se pencha vers Mehdi :

– Je t'l'avais dit, hein, que Dumont était fou ? On pige jamais ce qu'il raconte.

Mehdi hocha la tête. Tout cela n'augurait rien de bon.

Il sortit du réfectoire en se demandant s'il allait d'abord lire l'affiche du CAF, l'extincteur ou le monument aux morts. Il n'eut pas le temps de faire un choix. Dumont fondit sur lui. Miracle ! Il souriait ! Ou faisait semblant ! C'était plutôt un projet de rictus, une sorte de contraction nerveuse des lèvres, mais c'était déjà ça. Il fourra un livre dans les mains de Mehdi :

– Eh bien, Petit-Breton ! Vous vous plaigniez tantôt de n'avoir rien à lire. Je ne laisserai personne dire que le lycée Lyautey est un désert culturel ! Voilà de la lecture, mon ami. Amusez-vous bien !

Et il s'éloigna à grandes enjambées. Mehdi, ravi, déchiffra le titre : *Le Théâtre et son double*, d'un certain Antonin Artaud. Il alla s'asseoir sur la poutre et se mit à lire. Il ne comprit rien à la première phrase *(Jamais, quand c'est la vie elle-même qui s'en va, on n'a autant parlé de civilisation et de culture)*. Il ne comprit rien à la deuxième phrase, qui était d'ailleurs trop longue *(Et il y a un étrange parallélisme entre cet effondrement généralisé de la vie qui est à la base de la démoralisation actuelle et le souci d'une culture qui*

François Vatel (1631-1671), pâtissier et maître d'hôtel du siècle de Louis XIV, est resté célèbre en raison du motif de son suicide : un retard de livraison de fruits de mer. Ce suicide est raconté par Mme de Sévigné dans une lettre adressée à sa fille.

Le Théâtre et son double (1938), d'Antonin Artaud, est un recueil d'essais sur le théâtre.

n'a jamais coïncidé avec la vie, et qui est faite pour régenter la vie). Il ne comprit rien à la troisième phrase, qu'il ne finit même pas *(Avant d'en revenir à la culture, je considère que le monde a faim...).* Il se leva et alla lire l'affiche du CAF.

Petit à petit, des familles commencèrent à arriver.

[...]

Vers la fin de l'après-midi, il remonta au dortoir, curieux de voir ses nouveaux condisciples[1]. Il alla s'installer au fond du dortoir, sur son lit, et tendit le cou pour voir ce qui se passait.

Un garçon entra bientôt, un petit étui à la main, suivi d'une sorte de factotum[2] qui portait une valise dans chaque main, ainsi que quelques housses sur l'épaule. Mehdi, toujours acagnardé[3] dans son coin, écarquilla les yeux : les cheveux du nouvel arrivant étaient blancs ! Il ne devait pourtant pas avoir plus de douze ans. Le garçon hésita un instant, se retourna, puis sautilla quelques instants pour voir s'il y avait des bagages sur les lits supérieurs. Il constata que tous étaient occupés sauf celui qui surplombait le lit de Mehdi. Il y jeta son petit étui, qui avait une forme oblongue, et fit un sourire en forme de grimace à celui qui allait devenir son *voisin du bas*. Il se baissa un peu pour mieux le regarder.

– Je parie que t'es un *nouveau*. T'es un nouveau, hein ? Tu entres en sixième ? Eh bien, bonjour ! Je suis Sidi Mohammed Khalid M'Chiche El Alami. Je suis un ancien. J'entre en cinquième.

1. **Condisciples** : camarades, compagnons d'étude.
2. **Factotum** : homme à tout faire, majordome.
3. **Acagnardé** : installé de manière confortable, oisive.

Il n'avait pas dit « je m'appelle Sidi... » mais « je suis Sidi... ». Étrange.

– Et toi ?

Mehdi fit un effort pour parler, malgré la boule dans son estomac.

– *Je suis* Mehdi Khatib.

– Tu viens d'où ?

– Béni-Mellal.

Sidi Mohammed Khalid M'Chiche El Alami souleva un sourcil, de façon exagérée, comme s'il jouait un personnage dans une pièce de théâtre. Il se prit le menton dans la main droite et s'écria, d'une voix suraiguë :

– *Bnimlal ?* C'est où, ça ?

Mehdi ne comprit pas la question. Il ne s'était jamais demandé *où* était Béni-Mellal. C'était sa ville natale et il n'en était jamais sorti. Son tourmenteur, dont les yeux étaient cachés derrière des lunettes à verres bleus, semblait attendre une réponse, le sourcil en accent circonflexe, le menton disparu dans le poing. C'est alors que l'occupant du box d'en face, qui avait suivi le dialogue tout en rangeant soigneusement ses affaires, une à une, dans son armoire, jeta d'un ton dédaigneux, sans se retourner :

– Béni-Mellal ? C'est très loin. C'est dans la montagne.

L'albinos[1] se retourna et son visage se fendit dans un vrai sourire. Il cria joyeusement :

– On ne t'a pas sonné, Savall !

Le dénommé Savall continuait de ranger ses affaires, une valise ouverte déposée sur son lit. Il répliqua, sans se retourner :

– Toujours aussi con, Khalid ?

1. **Albinos** : personne atteinte d'albinisme, anomalie génétique caractérisée par une peau et des cheveux très blancs.

Ils éclatèrent tous deux de rire. Puis Savall se retourna et les deux garçons se serrèrent la main, comme deux hommes. Khalid parut ensuite se désintéresser de la question géographique. Il constata que le factotum avait ouvert ses valises et commencé à en sortir des chemises et à les accrocher dans l'armoire. Il se recula un peu pour mieux contrôler la manœuvre, l'œil sévère. Au bout de quelques instants, il alla inspecter le travail. On le vit se pencher, fourrer sa blanche toison dans l'armoire puis la ressortir. Perplexe, il se pencha vers Mehdi :

– Mais où sont tes chemises ?

Sans attendre la réponse, il se pencha et se mit à farfouiller dans les deux tiroirs du bas, dans lesquels s'entassaient pêle-mêle les vêtements de Mehdi. Il en sortit une chemise bleu ciel toute froissée qu'il brandit comme un trophée.

– Idiot ! Tu abîmes tes vêtements ! Il faut les accrocher, il ne faut pas les foutre en boule dans le casier. Il est vraiment nul, lui !

Le dénommé Savall se retourna pour constater, lui aussi, les dégâts. Les deux « anciens » examinèrent gravement la chemise coupable qu'exhibait l'albinos, le bras levé haut.

– Il a raison, dit Savall. T'auras l'air de quoi avec un chiffon pareil ? C'est pas avec ça que tu vas draguer Mme Gobert.

Mme Gobert ? C'est dans quel livre ?

L'albinos tendit la chemise à Mehdi et annonça à la cantonade :

– Bon, allez, à t'à l'heure ! Je vais dire au revoir à mes parents. Ils sont restés en bas, chez Lombard, à bavarder.

Savall, soudain intéressé, demanda :

– Ils connaissent bien Lombard, tes parents ?

Sidi Mohammed Khalid M'Chiche El Alami répondit sur un ton très naturel :

– Ben ouais, il vient parfois chasser à la ferme, avec mon père.

Il s'en alla, suivi du factotum, qui n'avait pas prononcé un seul mot. Mehdi ressentit une vague complicité avec lui. Il aimait bien les taiseux[1], qui lui semblaient être des chats à corps humain. Resté seul avec Savall, il évita de le regarder pour ne pas le provoquer.

Quelques instants plus tard, un autre garçon, jovial, un peu gros, entra dans le box. Il serra avec énergie la main de Savall et les deux garçons entamèrent une discussion animée. Ils s'exprimaient dans une langue étrange que Mehdi ne connaissait pas. Ce n'était pas du français, bien sûr, ni de l'arabe, dont Mehdi connaissait les sonorités à défaut de comprendre tous les mots. Tout à coup, à sa grande horreur, une question jaillit de ses lèvres, il ne sut comment – il croyait pourtant maintenir sa bouche hermétiquement close :

– C'est quoi ?

Les deux garçons s'arrêtèrent net de parler et se tournèrent vers lui. Ils parlèrent en même temps, sur le même ton, ce qui fit que Mehdi entendit :

– *Quoi c'est quoi qu'est-ce quoi tu dis qu'il dit quoi ?*

Il était trop tard pour reculer. Il avait lui-même provoqué le désastre. Il fallait mourir en héros, l'étendard claquant au vent, le regard tourné vers les hauteurs, en vrai basin du bled[2], avec le seul regret de n'avoir jamais rencontré Mme Gobert. Il répéta sa

1. **Taiseux** : personnes qui parlent peu.
2. **Basin du bled** : voir p. 79, note et texte l. 425 à 432.

question, d'une petite voix tremblante :

– C'est quoi, là, la langue que vous parlez ?

Les deux garçons répondirent d'une seule voix :

– Ben, c'est de l'espagnol.

Savall ajouta, le regard soupçonneux :

– Ça t'dérange ? T'as un problème ? T'es raciste ?

C'était la fin. Il ne répondit rien, résigné, stoïque. Mais le gros garçon vint à son secours.

– Salut, je m'appelle Ramón Fernández, je suis en cinquième. Lui, c'est Juan. Et toi, tu es qui ?

Mehdi n'avait jamais vu d'Espagnol et voilà qu'il en avait deux en face de lui. Il écarquilla les yeux. Ils avaient l'air normaux, tous les deux. Ramón Fernández, n'ayant obtenu aucune réaction, se rembrunit[1].

– Qu'est-ce t'as à me regarder comme ça ? Tu veux ma photo ?

– J'ai jamais vu d'Espagnol, murmura Mehdi.

Les deux garçons se regardèrent puis éclatèrent de rire en même temps. Le dénommé Ramón reprit :

– Ah ouais ? T'as jamais vu Pirri et Amancio[2] à la télé ? Le Real Madrid ?

– Non. On n'a pas de télé à la maison.

– Tu n'as jamais regardé la télé ?

– Non.

– Tu n'as jamais regardé la télé *de ta vie* ?

– Non.

Les deux Espagnols se regardèrent de nouveau, au comble de la stupéfaction. C'était quoi, ce *nouveau* ? Il sortait d'où ? D'une

1. **Se rembrunit** : s'assombrit.
2. **Pirri et Amancio** : célèbres footballeurs espagnols des années 1960.

grotte, dans la montagne ? Savall enfonça son index dans la poitrine du nouveau.

– T'as jamais regardé la télé ? Tu vas pas m'dire que t'as pas vu les Américains débarquer sur la Lune, en juillet ? Il y a deux mois ? Tout le monde l'a vu, même les chèvres !

Mehdi baissa la tête. Juan haussa les épaules et se remit à inspecter son armoire. Ramón s'en alla, non sans avoir jeté un coup d'œil apitoyé sur l'extraterrestre qui n'avait jamais vu Pirri ni Amancio.

Buzz Aldrin faisant ses premiers pas sur la Lune, le 20 juillet 1969.

Le 20 juillet 1969, la mission du programme spatial américain Apollo 11 permet à des astronautes de marcher pour la première fois sur la Lune. Cet événement est retransmis en direct, à la télévision et à la radio, dans le monde entier. D'où la stupéfaction des camarades de Mehdi qui constatent qu'il n'a pas été témoin de ce fait marquant de l'histoire récente.

6

L'illustre Morel

Vers les sept heures du soir, Morel entra dans le dortoir et se mit à hurler, sans raison.

– Bon, allez, bande de clowns, tout le monde au réfectoire ! Et qu'ça saute !

Les internes qui traînassaient dans les travées, bavardant, riant, échangeant des plaisanteries, se dirigèrent vers la porte. Mehdi les suivit, l'estomac noué. Ils descendirent les marches de l'escalier qui conduisait au rez-de-chaussée et suivirent le couloir qui menait au réfectoire. Là, ils s'installèrent autour de tables entourées de huit chaises. Mehdi resta debout entre deux tables, hésitant. Allait-il s'asseoir à côté des deux Espagnols, à gauche, ou de Sidi Mohammed Khalid M'Chiche El Alami, à droite ? Il avait l'impression d'être un intrus dans les deux cas.

Morel, qui surveillait la manœuvre, s'approcha, feignant d'être courroucé[1].

– Ben alors, quoi ? Tu vas manger debout ? Comme un pélican ?

Mehdi sursauta, leva les yeux vers le surveillant et, sans qu'il sût comment, sa bouche formula cette question :

– Ils mangent debout, les pélicans ?

1. **Courroucé** : en colère.

Il avait complètement oublié, pendant une seconde, où il était et ce qu'il faisait là. Le mot « pélican » avait fait resurgir en lui cette douce soirée de printemps, deux ans auparavant, où il avait lu un livre pour enfants qui contenait quelques images de l'étrange animal à la grande poche sous le bec. Dans l'une de ces images, la poche était remplie de poissons et il n'avait trouvé personne pour lui expliquer comment lesdits poissons s'étaient retrouvés là, ni comment l'oiseau s'arrangeait pour les faire passer dans son estomac. L'occasion se présentait enfin de résoudre l'énigme.

Morel leva les bras au ciel.

– Ma parole, mais il est obsédé par les volatiles, lui ! Qu'est-ce que j'ai fait au Bon Dieu pour tomber sur des mabouls[1] pareils ? Qu'est-ce ça peut t'foutre *comment que* les pélicans mangent ? D'ailleurs, ma langue a fourché, je voulais dire : un flamant rose. C'est ces abrutis d'flamants roses qui sont toujours debout, l'air con et la vue basse, avec la patte repliée... Comme toi, quoi ! Allez, va t'asseoir !

[...]

Le cuisinier vint déposer au milieu de la table une grande casserole et en enleva le couvercle d'un geste brusque du poignet, avant de le déposer sur la table. Puis il grommela quelque chose et disparut. Morel alla chercher une louche sur une crédence[2] et vint lui-même servir les trois compagnons. Il déposa avec précaution un monceau jaunâtre qui ressemblait à de la purée dans l'assiette de Mehdi.

1. **Mabouls** : fous (registre familier). Ce mot est un emprunt à l'arabe. Voir la discussion entre Mme Berger et Denis à ce sujet (p. 222).
2. **Crédence** : dispositif permettant de suspendre des ustensiles de cuisine.

– T'es cinglé, répéta-t-il, mais ça n'empêche pas de manger. Même les fous ont un estomac. En plus, c'est du hachis Parmentier, *ça tient bien au corps.*

Il regarda le bol vide de Mehdi, qui s'efforçait de comprendre cette nouvelle expression. (Ça voulait dire quoi, « ça tient bien au corps » ? Comment faisait-elle, la purée, pour « tenir » quoi que ce soit ? Elle s'agrippait aux parois, dans l'estomac ?)

– Mais t'as pas mangé ta soupe, mon lascar[1] ! s'exclama-t-il. Ah, ça va pas, ça va pas... Bon, je ferme les yeux cette fois-ci mais tu dois manger ta soupe chaque soir. C'est plein de vitamines et ça fait grandir. T'es pas plus grand qu'une fauvette des marais[2]...

Mehdi eut l'impression que le cauchemar de la veille recommençait. La soupe à laquelle il n'avait pas touché, le hachis... Allait-on manger ça tous les soirs, toute l'année ? *(Et qui était Parmentier ?)* M'Chiche interrompit Morel sur un ton moqueur :

– Mais moi non plus, j'ai pas mangé ma soupe, m'sieur.

Morel rugit :

– Tu veux ta baffe, M'Chiche ? Je me fous que t'aies pas mangé, toi : ton père possède la moitié du Gharb et il produit des millions de tonnes de riz chaque année, tu bouffes ou tu bouffes pas, tu t'débrouilles avec lui, j'm'en fous ! Mais lui, là, le pélican (il montra Mehdi du doigt), d'abord il est barjot, ensuite il vient d'on ne sait où avec une bourse de la République française, ça fait quatre ou cinq bonnes raisons de s'occuper de sa petite santé et moi, con et obéissant, fier de mon pays, la France éternelle,

1. **Lascar** : bonhomme, garçon (familier et affectueux).
2. **Fauvette des marais** : oiseau de petite taille.

M'Chiche est un enfant issu de la classe aisée du Maroc. Son père est riche, ce qui explique sa présence dans le lycée français de Casablanca.

je vais faire ça pendant toute l'année, m'occuper du petit Chose[1], du p'tit boursier d'la République, j'suis là pour ça, et si t'es pas content, M'Chiche, la mort de tes os, ma parole, je te fais avaler mon parapluie !

La moitié du Gharb ➲ haussa les épaules.

– On vous a jamais vu avec un parapluie, m'sieur. I pleut jamais, ici.

– C'est une métaphore, p'tit con.

– Des promesses, toujours des promesses...

Morel, estomaqué[2] par l'aplomb[3] de Khalid M'Chiche El Alami, éclata de rire et mit une taloche[4] à Mehdi, sur le sommet du crâne – sans la moindre raison. Puis il s'en alla, riant toujours.

Mehdi, le crâne endolori, plongea sa cuiller dans la boule jaune et goûta avec précaution. C'était un peu fade mais ce n'était pas mauvais. À l'intérieur de la purée, surprise, il y avait de la viande hachée – pas aussi goûteuse que celle que sa mère faisait, mais tout à fait comestible. Il mangea de bon appétit sous le regard intéressé de son voisin qui avait rabattu ses lunettes bleues sur le bout de son nez. Mehdi, se tournant machinalement vers lui, sursauta en apercevant les deux globes blanchâtres, injectés de filaments de sang, fixés sur lui. M'Chiche ricana :

– Qu'est-ce t'as à te goinfrer comme un cochon ? Tu viens du pays de la faim ?

Mehdi se méprit[5] sur le sens de la question.

1. **Le petit Chose** : personnage d'Alphonse Daudet, héros du roman du même nom (1868).
2. **Estomaqué** : stupéfait.
3. **Aplomb** : assurance.
4. **Taloche** : petite claque (registre familier).
5. **Se méprit** : se trompa.

➲ **La périphrase « la moitié du Gharb » désigne M'Chiche par métonymie*. Ce procédé participe de la tonalité comique du roman.**

– De la fin de quoi ? La fin du monde ?

– Idiot : de la faim, f-a-i-m. *Blad aj-jouc.*

C'était les premiers mots qu'il prononçait en arabe. Il continua.

– Ma grand-mère me parle parfois du pays de la faim. Il paraît que les gens y mangent des sauterelles et des souris, tellement ils crèvent la dalle. C'est d'là qu'tu viens ?

Mehdi, furieux, piqua du nez dans son assiette et ne répondit rien. M'Chiche continua, sur le même ton ironique.

– Ah mais c'est vrai : tu viens de *Bnimlal.* Mais ça ne veut rien dire : c'est peut-être là-bas, *blad aj-jouc.*

Changeant de sujet :

– À propos *(à propos de quoi ?)*, pourquoi Morel il t'appelle Fatima ?

Mehdi, à bout, se mit à pleurer. C'était furtif[1], quelques larmes dans les yeux, un petit reniflement, mais son bourreau s'en rendit compte. Il poussa un soupir.

– Bon, ça va, si on peut plus poser de question... Et toi, tu viens d'où ?

Il s'était tourné vers Samir Tanji qui avait suivi attentivement leur échange tout en faisant un sort à son hachis.

– De Marrakech, répondit-il, très fier.

M'Chiche fit la moue en dodelinant de la tête.

– Ouais, c'est pas mal, Marrakech, concéda-t-il. On a une villa là-bas, dans la Palmeraie[2]. Une grande villa. On y va pour skier dans l'Oukaïmeden. Mais qu'est-ce que tu fais ici ? Il y a un lycée de la mission à Marrakech, non ? Mes cousins y vont.

1. **Furtif** : discret.
2. **Palmeraie** : quartier huppé de Marrakech.

Ça s'appelle Victor-Hugo, non ?

Samir Tanji le regarda droit dans les yeux et dit :

– On m'a mis ici parce que mes parents sont en train de divorcer et que ma mère a l'intention de venir s'installer à Casablanca. Ils veulent pas que je change de lycée au cours de l'année.

Cette fois-ci, M'Chiche fut vraiment impressionné. Il émit une sorte de sifflement.

– Ben, mon vieux !

Puis il ne trouva rien à ajouter et se mit à fouiller, du bout de sa fourchette, dans la casserole à demi pleine de hachis. Il se livra à une opération compliquée qui consistait à dégager la viande hachée de sa gangue de purée et à la déposer dans son assiette. Samir Tanji, voyant que l'autre était en train de confisquer l'essentiel de ce qui restait dans la casserole, protesta :

– Eh là ! Et si j'en reveux ?

M'Chiche haussa les épaules.

– D'abord, on ne dit pas : j'en reveux, on dit : je veux *du rab*. Ou du rabiot.

Mehdi, qui s'était arrêté de pleurer, l'interrompit étourdiment :

– Comment ça s'écrit ?

– Ça s'écrit pas, imbécile, ça se dit : je veux *du rab*, tu veux *du rab*, il veut *du rab* (il désigna Samir Tanji du bout de la fourchette qu'il tenait toujours à la main).

Mehdi protesta d'une voix fluette :

– Mais... si ça se dit, ça s'écrit ! C'est obligé.

– Pas du tout, répliqua d'une voix lasse le garçon aux lunettes bleues. C'est de l'argot. Ça s'écrit pas. Si tu sais pas ça, c'est que tu es vraiment nul. Ce qui ne m'étonne pas d'ailleurs, vu que tu viens du pays de la faim.

Mehdi, rouge de honte, se reprocha amèrement d'avoir ouvert la bouche. Parler, ça débouchait toujours sur ça : l'humiliation. Il mangea tristement la poire que le cuisinier vint déposer devant lui. Puis il remonta au dortoir et alla s'étendre tout habillé sur son lit. Le dortoir était vide car les autres internes étaient restés dans la cour, à bavarder et à raconter des blagues.

Une heure plus tard, le dortoir se remplit. M'Chiche El Alami arriva sans se presser, ouvrit l'armoire et en sortit un très beau pyjama vert pomme, qui semblait luire dans la lumière crue que dispensaient les ampoules fixées au plafond. Il se déshabilla derrière la porte de l'armoire et alla bavarder avec les voisins. Ramón Fernández lui lança d'un ton moqueur :

– Eh M'Chiche, t'as l'air d'une plante verte, avec ton pyjama ! Il faudrait te mettre en pot. Fais gaffe, si un mouton passe dans le coin, il te broute.

Des éclats de rire saluèrent la saillie[1]. M'Chiche répondit tranquillement :

– La plante, elle te dit merde. Et le pyjama vient de Paris, direct des Champs-Élysées. Tu peux en dire autant, Espagnol *hazeq* ?

– Ça veut dire quoi, *hazeq* ?

– Ben, demande-le à ton chauffeur marocain, ou à ton jardinier, ils comprennent l'arabe, eux.

1. **Saillie** : plaisanterie subtile.

– Mais je n'ai ni chauffeur ni jardinier, idiot. Mon père est maraîcher. Tu crois qu'on est tous des rupins[1] comme toi ?

– C'est bien ce que je disais. Espagnol *hazeq* : fauché.

– Sale capitaliste ! On vous aura ! Les aristocrates, à la lanterne[2] !

– C'est ça, c'est ça...

Et il revint dans le box. Il s'agenouilla et alla chercher quelque chose dans sa valise, sous le lit. Puis il se redressa et se pencha vers Mehdi allongé de tout son long.

– Tiens, prends, lui dit-il.

Mehdi n'en crut pas ses yeux. C'étaient des albums de bandes dessinées, il y en avait au moins dix, et des plus beaux, des plus chers : *Tintin, Astérix, Achille Talon*, etc. Il n'en avait jamais vu autant. C'était un rêve, bien sûr. Dieu se moquait de lui. Il s'en empara quand même et les serra sur sa poitrine afin d'en profiter un peu, juste avant de se réveiller. Mais M'Chiche continuait de le regarder à travers ses lunettes bleues. Une lueur ironique se mêlait à ce qui ressemblait à... à de la bonté. *(Ce ne peut pas être de la bonté*, pensa Mehdi. *Je rêve vraiment.)*

– Je te les donne, bougonna M'Chiche. Parce que je n'aurais pas dû te dire que tu venais de *blad aj-jouc*. En fait, c'était juste une blague. Je croyais que tu allais rire ou réagir ou...

Mehdi, interloqué[3], ne disait rien.

– Enfin, tu aurais pu aussi me traiter de tous les noms. Faut s'défendre, quoi. Mais je crois que tu n'as pas compris que je

1. **Rupins** : riches (argot).
2. **Les aristocrates, à la lanterne** : paroles d'une célèbre chanson de la Révolution française. Les exécutions par pendaison avaient lieu sur les poteaux supportant l'éclairage public, d'où le mot *lanterne*.
3. **Interloqué** : stupéfait.

Ramón est issu d'une famille espagnole installée au Maroc. Son père cultive des légumes pour les vendre.

plaisantais. En fait, tu n'as aucun sens de l'humour. Le prof' de français, il dit que c'est nécessaire pour survivre, le sens de l'humour. Bon, allez, donne-moi ça (il reprit les bandes dessinées), je les mets dans ton casier, elles sont à toi pour le moment. Tu me les rendras quand tu les auras finies. C'est plus la peine de bouder, p'tit con. Amis ?

Il tendit la main à Mehdi qui la serra, ébahi, jeta les *Tintin* et les *Astérix* dans l'armoire, puis grimpa lestement le long de la petite échelle, comme un gros caméléon vert, en criant « Vive Franco ! » en direction de Ramón Fernández.

– Et ta sœur, facho ! répondit l'autre.

– Elle bat l'beurre, répliqua le caméléon.

Puis ils se turent car les lumières venaient de s'éteindre. Mehdi en profita pour mettre discrètement son pyjama rose. À travers les vitres, dans l'entrebâillement des rideaux, on pouvait voir les lueurs blanchâtres que dispensait une lune généreuse et totalement indifférente.

C'était sa deuxième nuit à l'internat. Recroquevillé contre le mur, tenant dans son poing serré un coin du drap qui recouvrait son corps malingre, Mehdi revit le film des événements – il pensa vraiment au mot *film*, car il lui semblait maintenant n'avoir rien vécu, il lui semblait qu'il avait *vu* tout ce qui lui était arrivé. Bien sûr, il avait eu à plusieurs reprises, au cours de la journée, le ventre noué et le cœur affolé, il avait même tremblé de peur, parfois, mais cela pouvait aussi arriver en regardant un film. Drôle de journée, tout de même. Il était passé de main

M'Chiche provoque Ramón Fernández en faisant allusion à Franco, le dictateur espagnol qui a gouverné l'Espagne de 1936 à 1975.

en main – sa mère, puis Mokhtar, puis Miloud, puis Lombard, puis Morel... – et cette chaîne qui lui voulait du bien (à ce qu'il avait compris) aboutissait là, dans ce lit étroit, dans cette pièce immense qu'il devait partager avec des dizaines de parfaits inconnus. Les yeux grands ouverts, il était tout à fait incapable de s'endormir. C'était une sensation qu'il n'avait éprouvée qu'une seule fois dans sa vie : l'avant-veille, à Béni-Mellal. Une *insomnie*. Allait-il devenir un... un *insomniaque ?* Où avait-il lu ce mot ?

Insom/niaque. Niaque, niaque, niaque. Dans la claire nuit d'angoisse, quelques phrases se mirent à voltiger dans les airs. « *Je ne me souviens pas de mon enfance ; je fus probablement malheureux comme tous les ânons...* »

Quelqu'un se mit à tousser, faiblement, au milieu du dortoir. Aussitôt, une voix malicieuse, s'efforçant de prendre un ton sévère, retentit :

– Les malades, à l'infirmerie !

C'était l'un des deux Espagnols, sans doute Ramón Fernández. Des rires fusèrent. Tiens, pensa Mehdi, il n'était pas le seul à être éveillé. La toux sèche reprit et, cette fois-ci, ce furent trois ou quatre internes qui crièrent, dans un bel enchevêtrement de voix aiguës, graves ou moqueuses :

– Les malades, à l'infirmerie !

– C'est Khalès qui crache ses poumons !

– Va falloir l'achever !

Le « malade » protesta :

– M'faites pas chier, les gars, j'suis pas malade, j'ai juste... juste...

Phrase extraite du roman de la Comtesse de Ségur, *Mémoires d'un âne* (1860).

Il n'arrivait pas à trouver ses mots. Sans doute voulait-il dire « j'ai un chat dans la gorge » – du moins, c'est ce que pensa Mehdi. Il se demanda s'il lui fallait voler au secours du dénommé Khalès en lui soufflant la bonne formule mais avant qu'il ait pu se décider, les voix reprirent, impitoyables, criant, susurrant, chantant :

– Mais oui, t'es malade, Khalès !

– Faut pas nier l'évidence !

– C'est la fin, Khalès !

– T'as la peste !

– T'es en train de crever !

– Il est mort, Khalès !

Et un chœur improvisé entonna une chanson, en latin :

– *De profundis, morpionibus...*

On entendit soudain un grand chambardement. La porte de la petite chambre venait de s'ouvrir avec violence. Morel déboula comme un sanglier entre les deux rangées de lits et se mit à hurler :

– Vos gueules, bande de petits merdeux ! Je dors, moi ! J'ai besoin de silence ! Qu'est-ce que c'est que ce bordel ? Si j'entends encore une voix, je viens personnellement lui casser la gueule !

Casser la gueule à une voix ? Mehdi fut choqué d'entendre une phrase aussi illogique mais il n'osa pas protester. Il tira le drap sur sa figure et cessa de respirer. Le pion allait et venait en pestant dans ce dortoir qui semblait maintenant désert tant le silence qui y régnait était absolu. Khalès ne toussait plus. Il était

Les internes détournent une oraison funèbre latine, le *De profundis*, chantée lors des enterrements : ils latinisent le mot *morpions* en *morpionibus*.

peut-être vraiment trépassé[1] ? Avant de regagner sa chambre, le pion donna un coup sec sur le montant du lit le plus proche, comme pour attirer l'attention de tous les macchabées[2] qui peuplaient sa nécropole, et il prononça d'une voix forte cette belle sentence[3] qui se grava à jamais dans la mémoire de Mehdi :

– *Faut pas confondre sympathique et con !*

Puis la porte se referma avec violence et on n'entendit plus rien, sauf ce chuchotement (Savall ? Fernández ?) qui établissait la seule conclusion possible de l'incident :

– C'est la faute à Khalès !

Mehdi se souvint à temps, juste avant de mourir, qu'il pouvait respirer de nouveau et il aspira une énorme bolée d'air frais. Puis il ferma les yeux. Il s'efforça d'imaginer un visage « sympathique », il n'en trouva aucun, puis celui d'un « con » : Morel s'imposa. Comment pouvait-on confondre les deux ?

Il finit par s'endormir, perplexe.

[*Chapitre 7, « La fille à Chamayrac »*

Le lendemain, le surveillant Morel, qui s'exprime mal, parle de la « fille à Chamayrac ». À la stupéfaction de ses camarades, Medhi se permet de corriger la faute de français du surveillant, lui expliquant qu'il faut dire la « fille de Chamayrac ».]

1. **Trépassé** : mort.
2. **Macchabées** : cadavres.
3. **Sentence** : proverbe à valeur morale.

LECTURE ACTIVE 3

Les premiers jours à l'internat

→ Voir aussi
étape 3, page 278.

As-tu bien lu ?

1 **Chapitre 5.** Dumont donne à Mehdi le surnom Petit-Breton parce que...
☐ Mehdi est petit et Breton ☐ Mehdi se demande si Dumont est Breton

2 **Pages 85-86.** Pourquoi Mehdi donne-t-il à ses camarades l'impression qu'il est un extraterrestre ?

3 Quelles sont les premiers supports de lecture de Mehdi au lycée ?
☐ un extincteur ☐ une affiche du Club alpin français
☐ un monument aux morts ☐ un roman de la Comtesse de Ségur

4 À la fin du chapitre 6, combien de temps s'est écoulé depuis l'arrivée de Mehdi au lycée ?
☐ une matinée ☐ un week-end ☐ une semaine

l'atelier

Faire l'éloge de la langue à la manière de Dumont

▶ ***Objectifs.*** Travailler sur la notion de registre de langue.

▶ ***Préparation.*** Par groupes de deux, relisez le passage du chapitre 5 (p. 72, l. 240 à 246) où Dumont liste des mots désignant la nourriture. À l'aide d'un dictionnaire en ligne, classez les mots en fonction de leur registre (soutenu, courant, familier, populaire) et enrichissez la liste. Puis, sur un autre thème, construisez une liste similaire de mots de différents registres.

▶ ***Réalisation.*** Deux par deux, reproduisez la scène où Dumont cherche à convaincre Mehdi de la richesse de la langue française. N'hésitez pas à improviser sur le thème.

▶ ***Réfléchir ensemble.*** Pourquoi la scène est-elle drôle ?
En quoi caractérise-t-elle Dumont ?

8

Mehdi apprend à jouer du xylophone

La première semaine passa rapidement. Une certaine routine s'installa dans la vie de Mehdi même si chaque jour, avec son lot de nouveaux professeurs et de nouvelles matières, était différent du précédent. Le matin, le surveillant les réveillait vers sept heures. Ils avaient chacun leur méthode. Celle de Morel était la plus extravagante : une bordée d'injures qui résonnait longtemps sous le plafond et dont on comprenait mal à quoi elle rimait. Madini se contentait de taper très fort dans ses mains, en passant entre les lits, s'étant fait le masque du loup solitaire. Si quelqu'un s'obstinait à dormir, entortillé dans ses draps, la tête tournée vers le mur, Madini entrait dans le box et se mettait à applaudir tout près de son oreille, de plus en plus fort, comme s'il assistait au concert d'un sourd. Personne ne résistait à ce traitement et même les « anciens », qui mettaient un point d'honneur à ne jamais se lever avant les « bizuths[1] », finissaient par rabattre le drap sur leur poitrine et se dresser en grommelant.

Dumont se plantait devant la piaule[2] et disait d'une voix forte : « Messieurs, debout ! *Le vent se lève ! Il faut tenter de vivre !* »

1. **Bizuths** : nouveaux.
2. **Piaule** : chambre (registre familier).

Expressions extraites du poème de Paul Valéry, *Le Cimetière marin* (1920).

Ayant prononcé cette phrase énigmatique, toujours la même, il faisait des allées et venues dans le dortoir. Si quelqu'un restait au lit, Dumont s'approchait de lui, croisait les bras haut sur la poitrine et le fixait de son regard bleu. C'était magique : le gisant[1], même s'il avait les yeux fermés, commençait à remuer, comme transpercé par un rayon laser, et ne tardait pas à ouvrir les yeux.

Régnier, lui, avait une approche personnalisée : il se penchait sur chaque lit et secouait le dormeur jusqu'à ce que celui-ci donnât des signes de vie – le plus souvent, un grognement ou un chuintement. Mehdi remarqua que Régnier ne secouait pas tout le monde de la même manière. C'est tout juste s'il le toucha, lui. Plutôt une caresse qu'autre chose. En revanche, il se rua sur M'Chiche El Alami et se mit à le pétrir comme de la pâte molle jusqu'à ce que M'Chiche hurle :

– Ça va, merde, chuis réveillé !

Et, entre ses dents, il siffla :

– Sale communiste ➲ !

La sarabande[2] des *profs* commença. Le professeur de mathématiques, M. Marcellus, avait l'œil noir et vif, des mains d'étrangleur et le crâne luisant. Personne n'osait parler pendant son cours. Un seul regard, lancé en demi-cercle, décourageait toutes

1. **Gisant** : dans l'art chrétien, sculpture funéraire représentant un personnage couché. L'auteur emploie ici ce terme pour indiquer l'immobilité absolue des adolescents endormis.
2. **Sarabande** : défilé désordonné.

➲ **M'Chiche, en traitant de communiste le surveillant Régnier, confirme ses opinions politiques, ou tout au moins celles de ses parents, entrevues au chapitre 7, quand il crie « Vive Franco ».**

les velléités[1] de chahut. Il introduisit les diagrammes de Venn ➲ dans un silence de plomb. Après les avoir dessinés au tableau, il se mit à en parler plaisamment comme de « patates » (« L'intersection de la patate A et de la patate B… »). Les enfants redoublèrent de mutisme[2] apeuré.

– Il n'est pas interdit de rire ! tonna-t-il.

On entendit une mouche voler.

Les autres professeurs étaient moins effrayants mais ils avaient chacun leur façon de faire régner l'ordre et le silence. Sauf le professeur de musique.

Mehdi en avait tant rêvé, de ce premier cours de musique, dès qu'il l'avait repéré sur « l'emploi du temps » qu'on avait remis aux élèves, le lundi matin ! Les quelques mots qu'il connaissait et qui se rapportaient à la musique s'étaient mis à danser dans sa tête. *Cantate, sérénade, mélodie, refrain, ritournelle…* Et aussi la *crécelle d'un lépreux*, expression cueillie dans un de ces « livres pour les grands » que son père ne l'empêchait pas de lire. Il se voyait déjà installé devant un piano, jouant avec entrain une « sonate » ou une « fugue » – il n'avait aucune idée de ce que ces mots signifiaient, mais qu'ils étaient beaux ! Ils avaient leur musique en eux-mêmes, ils chantaient rien qu'à être prononcés. « Fugue » avait quelque chose de fuyant mais aussi, vers la fin, de rugueux, comme une course échevelée qui finirait contre un mur (le monument aux morts ?). « Sonate » promettait des sons qui tintinnabulent[3], des cloches, comme dans *Heidi*[4], peut-

1. **Velléités** : intentions.
2. **Mutisme** : silence.
3. **Tintinnabulent** : tintent comme des clochettes.
4. **Heidi** : personnage du roman *Heidi* (1880), de Johanna Spyri. Heidi est élevée par son grand-père en montagne, un milieu qu'elle ne connaît pas.

➲ **Schémas composés de cercles qui s'entrecroisent, utilisés pour représenter des relations logico-mathématiques.**

être un carillon. Il était convaincu, maintenant qu'il était au lycée des Français, qu'on allait faire de lui un virtuose, avant la fin de l'année – dès Noël, peut-être. Il fut un peu déçu lorsqu'il entra dans la salle de classe, qui ressemblait à toutes les autres ➲, et qu'il dut s'asseoir derrière un pupitre quelconque, portant les mêmes scarifications *(Mort aux vaches, X... est un con, etc.)*. Le professeur, M. Doucet, semblait constamment au bord de la panique. Il distribua aux élèves des petits xylophones, d'un air craintif, puis alla vite se cacher derrière une sorte de lutrin[1] de bois qui trônait sur l'estrade. Seules ses grosses lunettes en émergeaient, surmontées d'un crâne fuyant comme une fugue. Il énonçait les notes en tapant sur un instrument invisible – il s'en passait des choses, derrière le lutrin ! Les élèves, invités à retrouver les notes sur le petit xylophone, commencèrent par donner quelques petits coups perplexes, qui formèrent une charmante cacophonie flottant mollement dans l'atmosphère moite de la salle. Doucet continuait d'égrener des syllabes incompréhensibles *(do, ré, mi, fa...)*. Quelqu'un, au dernier rang, s'enhardit et tapa plus fort sur les petites lattes argentées. TIC, TAC, TIC, TIC, TIC... Doucet ne réagit pas. Erreur fatale.

Ce fut la curée. ➲ Comprenant qu'ils avaient un *faible* en face d'eux, les *déconneurs* se déchaînèrent. Chacun se mit à taper de

1. **Lutrin** : pupitre où sont posées les partitions.

➲ **Mehdi pensait que la salle de musique serait exceptionnelle mais il retrouve les mêmes pupitres (bureaux en bois à plan incliné), sur lesquels sont gravées les mêmes inscriptions que dans les autres salles.**

➲ **La curée est ce que l'on obtient en profitant de la faiblesse de celui que l'on a vaincu.**

plus en plus fort sur son xylophone, avec le petit maillet à tête rouge, et puis, c'était couru, un petit génie découvrit qu'il était encore plus amusant de taper sur la tête de son voisin. Une telle innovation fut promptement imitée et la classe ne résonna plus de sons cristallins mais de mates vibrations, de tapes molles et d'injures diverses. On découvrit vite les possibilités lyriques des increvables « ta mère ! » ou « ta sœur ! » ➊ modulés par un maillet s'abattant sans pitié sur la chair, l'os ou le cheveu. Doucet essaya d'abord de s'opposer au chahut avec l'innocence des martyrs sautant les pieds joints dans la fosse aux lions ➋ . Émergeant de son lutrin, il s'avança vers la cohue, tremblant, offrant sa poitrine au danger, et voulut abattre sa main sur un pupitre du premier rang en criant « silence ! ». Il s'y prit si mal qu'il fracassa d'un seul coup sa montre Lip[1] (des ressorts en jaillirent) et bêla :

– Licence[2] !

Licence ? La salle explosa de rire. Doucet, hébété, regardait sa montre tout à fait morte. Machinalement, il essaya de la remonter (ses doigts dodus s'affolaient autour de la petite couronne) alors qu'on voyait bien que le boîtier était à moitié ouvert, exhibant ses entrailles. Un tel clown méritait qu'on le bombardât à coups de boules de papier. Un justicier de onze ans, n'écoutant

1. **Lip** : marque française de montres.
2. **Licence** : liberté excessive.

➊ **Par un savoureux renversement, l'auteur compare les insultes proférées par les élèves à des éléments musicaux. Il insiste ainsi, grâce au registre comique, sur l'absence d'autorité du professeur de musique.**

➋ **Le professeur pense avec naïveté qu'il va mettre fin au chahut en descendant de son estrade et en se rapprochant des élèves. Il est comparé aux martyrs chrétiens jetés aux fauves qui restent convaincus de la puissance de leur foi.**

que sa conscience ➲, s'offrit à exécuter la punition. La première boule, jaillissant du fond de la classe, frappa Doucet entre les deux yeux – ou, du moins, sur le pont de ses lunettes. Choqué, le professeur de musique s'écria :

– Trois heures de colle !

Le naïf... Ne savait-il pas que l'expression « trois heures de colle » devait, pour être effective, être précédée d'un nom ? Lancée nue, elle ne signifiait rien, il aurait pu tout aussi bien japper en japonais. Trois heures de colle, qui ? Trois heures de colle, quoi ? Une bronca[1] monstre accueillit son imprécision. Abasourdi, il se retira lentement, à reculons, et alla se réfugier derrière le lutrin.

Mehdi, assis au premier rang, n'avait rien compris à l'affaire. Il entendait le vacarme que faisait la classe en folie, derrière lui, mais n'osait pas se retourner. Parfois une boulette de papier tombait sur son pupitre mais il résistait à l'envie de l'ouvrir pour la lire. Sa voisine de pupitre, une fillette plus grande que lui et que les professeurs nommaient « Mlle Kirchhoff », secouait la tête d'un air désolé et murmurait :

– Oh ! Ils exagèrent !

Tout ce tapage avait atteint l'oreille exercée de M. Lombard, dont le bureau était situé au rez-de-chaussée de l'immeuble. Il ne fit ni une ni deux. La porte de la salle de classe s'ouvrit violemment et le surveillant général apparut. Il s'était fait la tête des mauvais jours : lèvres serrées, œil noir, sourcils frémissants. Son front dégarni semblait prêt à donner des coups de boutoir[2].

1. **Bronca** : désordre, vacarme.
2. **Coups de boutoir** : coups violents.

➲ **Ironiquement, l'auteur fait comprendre qu'un élève se sent le devoir de punir le professeur.**

Il alla droit au fond de la salle, en extirpa un élève au hasard et lui donna une gifle retentissante. Puis il désigna tout le dernier rang : « Toi, toi et toi, quatre heures de colle ! Allez, vos noms, et que ça saute ! » Il nota les noms dans un petit calepin, alla se planter devant le premier rang et se mit à rugir :

– Mal élevés ! Voyous ! Vous vous prenez pour qui ? Qu'est-ce que c'est que ce chabanais[1] ? On vous entend depuis la cour ! C'est une honte ! Mais je vous préviens : ça va changer ! Pas question de tolérer un chahut au lycée Lyautey ! Les meneurs, je les mettrai personnellement à la porte ! Vous irez à Marrakech ou à Rabat voir si j'y suis !

Un silence de plomb régnait maintenant dans la salle. M. Lombard continuait de fixer la salle d'un œil charbonneux[2] jusqu'à ce que plus personne n'osât lever la tête. Satisfait, mais n'en laissant rien paraître, le surveillant général s'en alla non sans avoir glissé quelques mots derrière le lutrin :

– Voyons, monsieur Doucet, il faut les tenir ! Un peu d'autorité !

Le reste de la leçon se fit sans se faire, au son tristounet d'un xylophone violé[3] sans conviction. En sortant de la classe, après la sonnerie qui annonçait la récréation, Mehdi se demandait s'il lui fallait renoncer à son rêve d'être Paganini[4] avant Noël.

---

1. **Chabanais** : chahut, tapage.
2. **Charbonneux** : noir comme le charbon.
3. **Violé** : maltraité.
4. **Paganini** : Niccolò Paganini (1782-1840), violoniste et compositeur italien virtuose.

9

Les prolétaires n'ont pas de patrie

La semaine scolaire prit fin, le samedi matin, par un cours de géographie qui passionna Mehdi. Il crut se découvrir une nouvelle vocation. Il fixait avec fascination, les yeux écarquillés, les cartes colorées que déroulait d'un geste vif l'imposant M. Porte, comme un prestidigitateur qui fait jaillir de son chapeau une succession de lapins. Il les plaquait de la main gauche contre le tableau et il pointait l'index de la main droite sur plusieurs endroits vivement colorés, en énonçant avec autorité des noms et des mots inconnus : *sillon rhodanien, massif du Jura, drainage, coteaux*... Il avait l'air de faire aux élèves le tour du propriétaire, pas peu fier de posséder la France et de si belles cartes.

À la fin du cours, la fillette qui s'asseyait toujours à côté de Mehdi, au premier rang, mais qu'il n'avait jamais osé regarder, lui demanda :

– Tu t'appelles comment ?

– Khatib.

– Kaki ?

– Kha-tib.

– C'est très joli comme nom, Kaki. Tu es minuscule, mon petit Kaki.

Il s'enhardit enfin à la regarder en face. Elle avait de grands yeux pervenche[1], de longs cheveux blonds et portait une sorte de salopette rose croisée dans le dos. Elle sentait le savon frais. Elle se leva, ramassa ses affaires et lui dit d'une voix chantante :

– Je m'appelle Cathy Kirchhoff. (Il le savait bien, il avait tendu l'oreille lors de l'appel et il avait une mémoire infaillible.) Au revoir, mon petit Kaki !

Il était midi passé quand Mehdi, la tête pleine des monts et des vaux de M. Porte mais l'estomac tenaillé par la faim, se rendit au réfectoire. Il vit avec étonnement que celui-ci était dépeuplé : la plupart des tables étaient vides, les autres clairsemées. Seuls une dizaine d'internes s'étaient rendus au réfectoire pour le déjeuner. Les autres, un sac ou une valise à la main, avaient déjà quitté le lycée en compagnie de leurs parents ou de leur correspondant.

Mehdi, tout étonné de se trouver seul à table, regardait autour de lui quand Morel fit son apparition, le torse bombé, le regard impérieux[2]. Il « gueula » un bon coup :

– Allez, les orphelins, on se regroupe ! Remplissez-moi les tables, de ce côté !

Il désigna d'un coup de menton les tables qui s'alignaient le long du mur. Son regard achoppa[3] sur Mehdi, seul à sa table, les pieds ballants, qui le regardait avec appréhension. Il rugit :

– Alors, la marquise, tu attends que le *butler*[4] vienne te servir ? Une table pour toi tout seul ? Allez, zou ! Fatima, au fond, comme tout le monde !

---

1. **Pervenche** : bleu tirant sur le mauve.
2. **Impérieux** : dominateur.
3. **Achoppa** : buta.
4. ***Butler*** : maître d'hôtel, en anglais.

Mehdi dégringola de sa chaise et alla s'asseoir à une des tables du fond. On ne l'avait encore jamais traité de marquise. Il en éprouva un vif sentiment d'humiliation, mêlé de perplexité. Les ducs et les comtes et les marquis, c'était tout de même des gens distingués ? Mais il y avait ce maudit féminin qui gâchait tout. Pourquoi Morel ne l'avait-il pas traité de petit comte ? C'est si facile de faire plaisir aux gens.

Il mangea en silence son hachis Parmentier puis son yoghourt sans oser lever les yeux sur les autres internes. Ceux-ci bavardaient sans lui prêter la moindre attention. L'un d'eux but une rasade de vin, claqua la langue et s'écria :

– Encore une que les Allemands n'auront pas !

Les autres éclatèrent de rire, sauf celui qui faisait face à Mehdi. Il murmura lentement, d'une voix menaçante :

– C'est pour moi que tu dis ça ?

Celui qui venait de boire lui répondit gaiement :

– Mais pourquoi tu te sens toujours visé, Kohlauer ? C'est juste une expression. Mon père l'utilise toujours après avoir sifflé une bouteille. Ça fait rire ma mère.

– Ouais. Comme par hasard, c'est toujours les Allemands qui trinquent.

– Ça va, on l'saura, qu't'es un Boche. Mais je t'le répète : j'te visais pas !

Kohlauer haussa les épaules et se servit à son tour du vin. Mehdi avait assisté à la prise de bec le souffle coupé. Il n'avait

Phrase populaire qui fait allusion aux restrictions infligées par les Prussiens lors de la guerre de 1870. Elle a été reprise durant la Seconde Guerre mondiale.

Le terme *Boche* désigne un Allemand dans l'argot militaire dès la guerre franco-prussienne de 1870. Il est très utilisé par les poilus (soldats des tranchées) pendant la Première Guerre mondiale (1914-1918).

jamais vu d'Allemand. Il examina le *Boche* à la dérobée, essayant de découvrir *les signes*. Il fut un peu déçu. Ce Kohlauer avait l'air tout à fait normal.

Les Allemands sont des gens comme les autres. ➲

On en apprenait des choses, au lycée français de Casablanca !

En début d'après-midi, il s'installa sur un banc, à côté du bac à sable, et s'absorba dans la lecture des bandes dessinées de M'Chiche. Il était tellement pris dans les aventures d'un *cowboy* taciturne (qui revenait dans une ville du Texas pour se venger d'on ne savait trop quoi) qu'il ne vit pas un jeune homme barbu, vêtu d'un blouson militaire kaki et d'un jean élimé, s'approcher de lui et se planter à quelques mètres, les mains dans les poches, l'œil perçant, comme s'il examinait une scène d'un grand intérêt. L'instinct de survie avertit Mehdi de la présence du danger. Il leva les yeux et rencontra le regard de Régnier. Celui-ci demanda :

– Qu'est-ce que tu fais sur ce banc ?

Mehdi, ne sachant comment répondre, murmura à tout hasard :

– J'suis interne.

– Bravo, dit l'homme en se caressant la barbe. Félicitations. Et maintenant, réponds à ma question : que fais-tu sur ce banc ?

– Je... lis... une *banddessinée.*

Régnier se mit à triturer les extrémités de sa moustache.

– Mais ça, je peux le voir. Je ne suis pas aveugle. J'ai l'air d'un aveugle ? Elle est où, ma canne blanche ? Allons, je ne suis pas

➲ **Cette phrase est emblématique du sens du roman : toute personne est un humain « comme les autres », quelle que soit sa nationalité ou sa religion.**

miraud[1] : je vois bien que tu lis un torchon américain qui propage l'idéologie impérialiste pour mieux endormir les masses. Ce que je te demande, c'est la chose suivante : puisque tu es interne, puisqu'on est samedi, puisqu'il est deux heures de l'après-midi dépassées de quelques poussières, qu'est-ce que tu fais sur ce banc *au lieu de te trouver à l'étude* ?

Il avait haussé la voix en prononçant ces derniers mots. Mehdi ressentit une violente douleur dans les boyaux. Il ignorait qu'il

Mickey Mouse et Pat Hibulaire, vers 1930.

1. **Miraud** : qui voit mal (registre familier).

Le récit se déroule pendant la guerre froide (1946-1991), qui oppose les démocraties occidentales et les régimes communistes. Les propos et les slogans des deux camps sont très souvent caricaturaux.

lui fallait passer l'après-midi dans l'étude. Il se leva et se mit, en quelque sorte, à la disposition du barbu, les yeux baissés. Celui-ci, satisfait, lui fit signe de marcher derrière lui. Ils traversèrent la cour en diagonale pour arriver à la classe H1 dont la porte était grande ouverte. Régnier s'effaça et laissa entrer Mehdi qui alla s'asseoir au premier rang, derrière un petit pupitre. Un énorme cartable trônait sur le bureau qui occupait un coin de l'estrade. L'homme vint s'asseoir d'une fesse sur le bureau.

– Je crois bien que tu vas rester seul. Enfin, seul avec moi. Il est temps que nous fassions connaissance. Je m'appelle Régnier, mais ça, tu dois déjà le savoir puisque j'ai fait la garde de nuit mercredi dernier. Je suis pion ! Et je dis bien *pion*, et non *surveillant*, comme disent mes valeureux collègues, parce que c'est ce que nous sommes : des pions dans le système de bourrage de crâne ; des pions dans le *Système*.

Il fit un grand geste enveloppant, des deux mains, en disant ces derniers mots, qu'il répéta, avec un horrible rictus.

– Le Système !

Il alla à la porte jeter un coup d'œil, comme pour s'assurer que l'ennemi ne mijotait pas un mauvais coup. La cour était vide. Tous les élèves étaient rentrés chez eux.

– Curieux, grommela Régnier en revenant s'asseoir derrière le bureau. Il n'y a personne d'autre que toi. D'habitude, il y a au moins trois ou quatre internes, le week-end. C'est à croire que...

Il s'absorba dans ses pensées, tout en lissant sa barbe. Puis il regarda Mehdi avec un intérêt grandissant.

– Sais-tu pourquoi tu es ici, un samedi après-midi, au lieu d'être chez toi ?

Non, je ne le sais pas. Je ne me suis même pas posé la question.

Régnier ne sembla pas entendre cette réponse muette qui se

lisait pourtant clairement dans les yeux inquiets de l'enfant.

– Parce que tu es un pro-lé-taire ! lui assena-t-il d'une voix forte.

Mehdi eut envie de pleurer. Il ne connaissait pas le mot mais il sonnait comme une injure. Pourquoi ce barbu l'insultait-il ?

– Toi et moi, nous sommes tous deux des prolétaires. Tu es marocain, je suis français, mais au fond, nous sommes frères, nous partageons une même condition, un même destin : nous sommes les damnés de la Terre[1] ! Nous voici face à face, dans cette salle de Lyautey : c'est dans l'ordre des choses. C'est ainsi, cela a toujours été ainsi : le prolétaire surveille le prolétaire, pour le plus grand profit du Système. Les flics, les sans-grade, les *mokhaznis*[2], ce sont tous des prolétaires. Et ils cognent sur qui ? Sur d'autres prolétaires, leurs semblables, leurs frères ! Tous tes petits camarades sont chez eux en train de manger de la brioche, M'Chiche fouette ses serfs, les rupins de mon âge sont en train de skier sur l'Oukaïmeden , comme ce facho de Dumont, le soleil brille au-dehors et nous deux, qu'est-ce qu'on fait ? On s'enferme dans une salle de classe pour que je te tienne à l'œil ! C'est ça, la logique du Système !

Mehdi se demandait quel goût avait la brioche. Régnier, contrarié, lui demanda :

– Eh bien, tu ne dis rien ?

1. **Damnés de la Terre** : expression tirée de la chanson *L'Internationale*, hymne des communistes.
2. **Mokhaznis** : cavaliers marocains, formant un contingent militaire de réserve.

Étymologiquement, le « prolétaire » désigne celui qui appartient au *prolétariat*, la classe la plus basse de la société. Le prolétaire est au centre de l'idéologie communiste qui le considère comme un travailleur exploité qu'il faut délivrer de ses chaînes.

Située au cœur des montagnes de l'Atlas, à 2 700 mètres d'altitude, l'Oukaïmeden est la principale station de ski du Maroc.

Pris de panique, Mehdi fit un effort pour imaginer une phrase, n'importe laquelle. Il voulut demander quel goût avait la brioche mais ses lèvres formèrent une autre question, qu'il s'entendit énoncer avec étonnement :

– C'est quoi, un *pro-lait-terre* ?

Un large sourire s'épanouit sur les lèvres de Régnier, ses yeux se mirent à briller, il se leva d'un coup et se mit à aller et venir sur l'estrade, d'un pas saccadé, le bras levé comme si sa main indiquait une direction. Il articula d'une voix puissante, proche du braiment[1] :

– Un prolétaire, de par l'étymologie, c'est celui qui n'a rien d'autre sur terre que sa *proles* ; c'est-à-dire qu'il n'a que ses enfants !

Mehdi se demanda si l'homme ne se moquait pas de lui. Comment pouvait-il, lui, à dix ans, avoir des enfants ? Le tribun[2] continuait :

– Il ne possède pas de capital, le prolétaire, il ne jouit d'aucune rente[3], il n'habite même pas chez lui – ou, à la limite, comme moi, chez ses parents. On l'exploite de tous les côtés. Il n'est *rien*. Et un jour, pourtant, il sera *tout !*

Régnier embrassa la salle vide d'un coup d'œil exalté et informa l'auditoire fantôme, ainsi que Mehdi, de ce fait étonnant :

– Oui ! Bien que, nous autres prolétaires, nous n'ayons, métaphoriquement, que nos enfants, nous sommes l'avenir de l'humanité !

Il pointa un index accusateur sur l'enfant, qui se faisait tout petit.

1. **Braiment** : cri de l'âne.
2. **Tribun** : orateur.
3. **Rente** : somme d'argent perçue régulièrement, qui permet de vivre sans travailler.

– *Tu* es l'avenir de l'humanité !

L'avenir de l'humanité, d'émotion, fit pipi dans ses braies[1]. Ce n'étaient que quelques gouttes mais ce n'était qu'un début. Il leva le doigt et demanda s'il pouvait aller aux W.-C. Régnier, contrarié, comme s'il venait de découvrir que le prolétariat avait des besoins naturels, lui fit signe de sortir, d'une main méprisante qui semblait balayer ces basses contingences[2].

Quand Mehdi revint, il s'aperçut avec horreur que le *pion* était en train de déchirer méthodiquement les bandes dessinées que lui avait prêtées M'Chiche. Il les jetait ensuite dans la corbeille à papier, à côté du bureau.

– Tu n'as plus besoin de lire cette propagande impérialiste, lui annonça-t-il. Tex le *cow-boy* ! On croit rêver ! Les cow-boys, ce sont ni plus ni moins que des garçons vachers, les gardiens du bétail, quoi ! Chez toi, dans la Chaouïa ou dans le Tafilalet – t'es d'où, au fait ? –, chez toi, on ne fait pas d'un garçon vacher un héros, non ? T'as déjà vu un film de Disney intitulé *Bouazza le caroubi* ? Alors, pourquoi lire ces bêtises amerloques[3] ? Mais ne t'inquiète pas : tu ne vas pas t'embêter, j'ai de la lecture pour toi.

Il alla farfouiller dans le cartable qui reposait sur le bureau comme un petit rorqual[4] et en sortit quelques livres. Il sembla hésiter quelques instants, son regard allant d'une couverture à l'autre, brillant d'excitation, puis il se décida.

1. **Braies** : pantalon (mot ancien).
2. **Basses contingences** : faits sans importance.
3. **Amerloques** : américaines (familier et péjoratif).
4. **Rorqual** : mammifère marin de la famille des baleines.

Tex le cow-boy est le personnage principal d'une bande dessinée italienne créée en 1948 et qui a connu un large succès. Archétype du cow-boy téméraire, Tex défend les Indiens et arrête ou tue les hors-la-loi.

– Il faut commencer par le commencement, énonça-t-il sur un ton sentencieux. Voici un bouquin passionnant. On est là jusqu'à sept heures du soir, tu as donc le temps de bien avancer.

Mehdi eut tout juste le temps d'attraper au vol l'ouvrage qu'avait jeté le pion dans sa direction. Il le posa à plat sur son pupitre et en déchiffra le titre : *Karl Marx*, par un certain Roger Garaudy ➲. Sentant le regard de Régnier posé sur lui, il se mit à lire. Il vérifia discrètement s'il y avait des illustrations mais n'en découvrit aucune. Craignant de devoir subir une interrogation écrite à la fin de l'étude, il se concentra sur le livre qui mettait en scène un Allemand né dans une ville au nom français : Trèves. Ça commençait bien : par une situation absurde ! Poursuivant son déchiffrage, sans comprendre tous les mots, il apprit que cet Allemand, qu'on surnommait *le Maure* parce qu'il était noir – mais alors, que faisait-il en Allemagne ? –, était un grand bagarreur. Il se battait à coups de sabre avec des étudiants. Il avait fini par épouser une aristocrate, une certaine Jenny von Westphalen, mais on voyait bien que l'auteur du livre manquait d'expérience : le *happy end* avait lieu dès la page 3, alors que c'est toujours à la fin des contes que le héros épouse la princesse ➲.

Les chapitres suivants étaient illisibles. Aucune péripétie, aucune anecdote, que des mots et des phrases compliqués. Que signifiait *plus-value* ?

Mehdi, découragé, ferma discrètement les yeux et se mit à rêvasser. À quoi pouvait ressembler Jenny von Machin ? Une

➲ **Dirigeant communiste français, Roger Garaudy est l'auteur d'un ouvrage sur Karl Marx, un des fondateurs du communisme.**

➲ **Mehdi n'est pas en âge de comprendre un essai politique tel que celui que lui propose Régnier. Il lit l'ouvrage comme il lirait un roman.**

aristocrate allemande, c'était du blond, ça. Du blond et du bleu, pour les yeux. Une coiffe blanche, un hennin[1]. Une taille de guêpe... Une licorne, dans un coin... Et cette jolie fée, un Maure l'avait épousée ?

Mais alors, lui, Mehdi, il avait toutes ses chances.

Il se mit à rêver à son avenir de prolétaire. Il ferait donc, avec un sens admirable du devoir, plein d'enfants à Jenny von Westphalen, la princesse blonde, qui ressemblait étrangement à Cathy Kirchhoff. Il s'endormit tout à fait et fit un rêve très agréable aux couleurs d'or et d'azur, interrompu vers la fin par le hennissement d'un zèbre. Se réveillant en sursaut, il avisa[2] Régnier qui criait dans sa direction, en agitant les bras :

– Mais tu dors ! En lisant la biographie de Marx ! Mais... ça s'fait pas !

Mehdi se remit à lire, orphelin de Jenny et de sa prolifique[3] descendance. Il pensait avec appréhension à M'Chiche auquel il ne pouvait rendre ses bandes dessinées. Qu'allait-il dire ? Allait-il croire Mehdi ? Allait-il exiger que celui-ci le rembourse ? Mais avec quel argent ? Il n'avait jamais eu un centime en poche.

Le pion s'était mis à écrire avec fureur dans un grand cahier à spirale, tout en laissant échapper, de temps à autre, un beuglement. C'était une sorte de mécanique de l'indignation à laquelle Mehdi assistait, médusé[4]. Régnier jetait un coup d'œil sur un manuel ouvert sur le bureau, mugissait, puis gribouillait dans son cahier. Il finit par refermer avec rage le livre et rugit en direction de Mehdi.

1. **Hennin** : coiffe féminine des XIVe et XVe siècles.
2. **Avisa** : remarqua.
3. **Prolifique** : nombreuse.
4. **Médusé** : stupéfait.

– Le droit international, c'est de la foutaise ! Y a qu'la loi du plus fort !

Puis il descendit de l'estrade et se mit à faire les cent pas.

– Je suis le seul étudiant français en fac de droit, ici. C'est un suicide social, m'a dit Morel, l'autre jour. Il ne comprend pas que je ne sois pas allé en France poursuivre mes études, après le bac. « Un suicide social » ! Tu connais Morel ? C'est un con, doublé d'un vantard, triplé d'un... d'un...

Il n'arrivait pas à trouver la troisième insulte. Contrarié, il résuma, d'un seul mot :

– C'est un pied-noir !

Il lissa sa barbe et reprit, à voix basse, comme s'il tenait conclave[1] avec lui-même et que Mehdi n'était que le greffier[2] nain d'un conciliabule égoïste[3] :

– Remarque, mon père aussi était pied-noir. Mais Morel, c'est un pied-noir d'Algérie. Ce sont les pires. Ils ont fait suer le burnous, là-bas. Ils ont refusé de s'entendre avec les Algériens et ils ont tout perdu. Et maintenant, Morel, il vient faire le mac[4] ici. Moi, mon père, c'était un ouvrier ! Il a travaillé côte à côte avec des musulmans. Sur les mêmes chantiers ! Dans la même tranchée ! Tous pareils !

1. **Conclave** : assemblée.
2. **Greffier** : employé chargé des écritures.
3. **Conciliabule égoïste** : entretien au cours duquel une seule personne parle.
4. **Faire le mac** : se vanter.

Le droit international désigne l'ensemble des règles qui régissent les rapports entre les États afin de garantir la justice, la paix et la sécurité dans le monde.

Français nés en Algérie, les pieds-noirs furent contraints de quitter le pays après son indépendance en 1962.

« Faire suer le burnous » est une expression employée au début du XXe siècle à propos des colons, accusés d'exploiter les habitants d'Afrique du Nord, dont certains portent le burnous, un long manteau à capuche.

Il arrêta son va-et-vient et regarda Mehdi avec intensité :

– Note ce que je te dis, fils : *les prolétaires n'ont pas de patrie* ! ➲ Répète !

Mehdi, inquiet, bafouilla :

– Les prolétaires n'ont pas de parti.

Régnier gronda :

– Imbécile ! De *patrie* ! Répète !

– ... n'ont pas de patrie.

Satisfait, le pion regarda l'heure à sa montre et claqua dans ses mains :

– Allez, c'est l'heure ! On va manger. C'est encore moi le surveillant, au réfectoire. Les cadences infernales ! Le Système ! J'ai bien conscience de me faire exploiter mais patience ! Je ronge mon frein[1]. Tout cela se paiera un jour.

Il prit son cartable, y fourra ses livres et son cahier et fit signe à Mehdi de sortir. Après avoir fermé à clé la porte de la salle H1, il se dirigea à grands pas vers le réfectoire, suivi du petit prolétaire trottinant. Ils furent accueillis par Bouchta, le cuisinier en chef, qui se tenait à l'entrée, bien d'aplomb, les jambes écartées, les bras croisés. Il toisa l'équipage et éclata de rire :

– Alors, camarade Régnier, c'est ça, ta section ? Tu n'as qu'un enfant de troupe, un seul ? C'est comme ça qu'on va gagner contre le *Fitnam*[2] ?

– Le Vietnam, c'est fini, Bouchta, répondit Régnier d'une voix amusée. Enfin, en ce qui nous concerne, parce que les Améri-

1. **Je ronge mon frein** : j'attends le moment propice.
2. **Fitnam** : déformation du nom Vietnam.

➲ **« Les prolétaires n'ont pas de patrie » est une phrase tirée du *Manifeste du Parti communiste*, rédigé par Marx et Engels en 1848. Marx explique que partout les prolétaires sont exploités et doivent se soulever : « Prolétaires de tous les pays, unissez-vous ».**

cains y sont toujours. ➋ Totalement embourbés, depuis l'offensive du Têt… Le peuple vietnamien vaincra ! Charlie *forever* ➋ !

Bouchta secoua la tête, toujours souriant, comme s'il ne pouvait comprendre qu'un Français pût tenir un tel langage. Puis il abaissa le regard et planta ses yeux dans ceux de Mehdi.

– Et toi, pourquoi tu es resté ? Où sont tes parents ?

Mehdi ne répondit rien. Il regardait avec horreur la saignée du coude de Bouchta. Un énorme trou semblait la traverser de part en part. Régnier s'aperçut de la scène et gronda :

– Eh bien, un peu de discrétion !

Bouchta se mit à rire.

– Bah, laisse, laisse, camarade… Il faut bien que ces petits *moutchous* apprennent la guerre. Regarde bien, petit.

Il déploya le bras et Mehdi, au bord de la nausée, vit qu'il était déchiqueté sur toute sa longueur. Crevasses violettes, cicatrices blanchâtres et renflements se succédaient. Régnier, impressionné, bien que ce ne fût certainement pas la première fois qu'il voyait l'horrible blessure, essaya de plaisanter :

– Et il ne *leur* a même pas tenu rigueur, il a épousé une Vietnamienne !

Bouchta lui adressa un large sourire et dit d'un ton bonhomme[1] :

– Tu parles encore de ma femme, je te tue.

Il passa le pouce de la main droite sur sa gorge, d'un geste vif.

1. **Bonhomme** : gentil, bienveillant.

➔ Les Français, battus lors de la bataille de Diên Biên Phu, quittent le Vietnam en 1954. Les accords de Genève partagent alors le pays en deux gouvernements idéologiquement opposés. Les Américains combattent de 1955 à 1975 la République démocratique du Vietnam, soutenue par l'URSS et la Chine.

➔ Charlie est un surnom péjoratif donné aux communistes vietnamiens (le Viêt-công) pendant la guerre du Vietnam, menée par les Américains entre 1955 et 1975.

Régnier haussa les épaules et entra dans le réfectoire. Il fit signe à Mehdi de s'asseoir à la même table que lui. Bouchta leur apporta deux bols de soupe aux légumes, du pain et une carafe de vin rouge. Le *pion* versa du vin dans le petit verre Duralex et le vida d'un trait. Il se servit de nouveau puis inclina le col de la carafe au-dessus du verre de Mehdi :

– Tu bois du vin ?

Mehdi, effrayé, fit non de la tête. Régnier reposa la carafe en soupirant.

– Ah oui, *votre* religion. L'opium du peuple[1]... Pourtant, sans un bon verre de vin de temps en temps, la vie n'a aucun goût. Vraiment aucun. Tu es sûr que tu ne veux pas goûter ?

Mehdi secoua énergiquement la tête. Il n'avait aucune envie de subir les flammes éternelles de l'Enfer. Le pion haussa les épaules.

– Tant pis pour toi. Et tant mieux pour moi, je vais me taper toute la carafe. Je suis sûr que c'est du vin de Boulaouane[2]. En tout cas, ce n'est pas de la piquette[3] !

De la piquette ?

Quelques minutes plus tard, Bouchta revint de la cuisine avec deux grandes assiettes qu'il posa avec précaution sur la table. Mehdi fit bien attention à ne pas regarder le bras du cuisinier. Il avait maintenant devant lui un énorme steak, à moitié caché par un monceau de frites. Il se mit à manger de bon appétit. Pendant plusieurs minutes, on n'entendit que les bruits de la mastication et de la déglutition, interrompus de temps en temps

1. **Opium du peuple** : religion (expression de Karl Marx).
2. **Boulaouane** : célèbre vin marocain.
3. **Piquette** : mauvais vin.

Verre emblématique des cantines.

par le glouglou des gorgées de vin que Régnier avalait avec un plaisir évident. Puis celui-ci posa la main sur le bras de son petit commensal[1] :

– Écoute, fils, le steak, ça se mange avec de la moutarde.

Il prit le pot, y introduisit son couteau, lui fit faire une sorte de mouvement circulaire puis, après l'avoir brandi d'un air gourmand, il étala une couche de la pâte jaunâtre sur le morceau de viande à peine entamé par Mehdi. Bouchta, qui les regardait de loin, se leva et disparut dans la cuisine.

– Regarde, disait le *pion*, à Lyautey, on ne fait pas les choses à moitié, c'est de la vraie moutarde de Dijon.

Il répéta, content de lui :

– À *Lyautey, on ne fait pas les choses à moitié*. Tiens, j'ai inventé un slogan ! Dommage que je déteste la réclame[2], cet instrument du capitalisme, tout juste bon à berner le peuple. Sinon, j'ai des dons, c'est évident. J'aurais pu faire carrière chez Bleustein-Blanchet[3].

Il agita son index en direction du plat :

– Allez, mange, qu'est-ce que tu attends ?

Mehdi, renonçant à demander qui était *bleuchteyn-blanché*, découpa avec application un petit morceau de son steak et le porta à ses lèvres, avec sa couche de moutarde, en faisant bien attention à ne rien laisser tomber. Dès qu'il eut refermé la bouche, ce fut comme si quelqu'un avait craqué une allumette sur sa langue, comme si des petits démons se battaient dessus à coups de lance-flammes. Son nez s'emplit d'un nuage âcre et il sentit,

1. **Commensal** : convive.
2. **Réclame** : publicité.
3. **Bleustein-Blanchet** : nom du fondateur de Publicis, agence française de publicité.

d'un seul coup, des gouttes de sueur sur son front. Certes, il avait ressenti un tel incendie dans son palais en mangeant les brochettes avec Mokhtar, à Settat, le samedi précédent ; mais ce qui était nouveau, c'était cette colonne de feu qui lui remontait par le nez. Ça, *c'était français.*

Bouchta était revenu de la cuisine avec une carafe d'eau froide. Il en versa un verre et le tendit à Mehdi, en grommelant :

– *Had nesrani, bgha y-qtlek.*

Le verre d'eau, bu d'une seule rasade, éteignit en partie l'incendie. Pendant ce temps, Régnier protestait :

– Faites gaffe, Bouchta, je comprends l'arabe. Et d'abord, ici, à Lyautey, on parle la langue de Voltaire, OK ? Sinon, faut aller dans les lycées marocains, les Khwarizmy, les Mohammed V...

Bouchta haussa les épaules.

– Ti comprends l'arabe ? Et alors ? Qu'est-ce que je lui ai dit ?

– Vous avez dit : *Ce Français, il veut te tuer.*

Le cuisinier parut impressionné.

– Bravo ! Et pourquoi vous parlez jamais en arabe, si vous en êtes capable ?

Il disait *capab'*. Cela sonnait comme un défi. Régnier haussa les épaules.

– On est dans un lycée français, non ? D'ailleurs, vous êtes vous-même un ancien sous-off[1] de l'armée française.

– Le sous-off, il te dit : on n'offre pas du vin à un *moutchou* de dix ans. *C'i pas normal !* Et lui donne pas non plus de la moutarde, *c'i digoulasse.*

– Hé ! Ho ! Il faut bien qu'il apprenne la vie !

– Il a tout le temps. La vie, elle est pas toujours belle.

1. **Sous-off** : abréviation de sous-officier.

Bouchta prit un morceau de pain et nettoya le reste du steak de Mehdi, enlevant soigneusement la couche de moutarde.

– Allez, mange, *pitchoun* !

Il alla s'asseoir à la table voisine, gardant un œil sur eux. *Pion* et *pitchoun* se remirent à mastiquer. La viande était toujours un peu piquante mais elle était comestible. Mehdi, tout en mâchant, réfléchissait à cet échange sur « la vie » qui avait opposé les deux hommes et auquel il n'avait pas compris grand-chose. Ce breuvage à l'odeur infecte, cette espèce de pâte jaune à l'âcre saveur – c'était ça, le secret de l'existence ?

Quand ils eurent fini de manger, Régnier vida la carafe puis se mit à ululer[1], sans raison apparente. Mehdi s'attendit, au moins, à ce que ce fou fracassât la carafe sur son crâne, déjà mis à mal par toutes les tribulations[2] de la journée. Bouchta, qui semblait bien connaître les bizarreries de l'homme, éclata de rire. Il se redressa et se dirigea vers la cuisine, dont il revint bientôt avec deux petites coupes de crème caramel qu'il déposa devant eux. Puis il retourna à sa table, sans cesser de les regarder.

Sur ces entrefaites, M. Lombard entra en coup de vent dans le réfectoire, suivi d'un gros chien noir.

– Ne vous levez surtout pas, cria-t-il en direction de Régnier qui n'avait pas esquissé le moindre geste.

Il alla serrer la main de Bouchta qui, lui, s'était levé et avait esquissé le salut militaire. Les deux hommes se mirent à bavarder. Le chien était venu flairer Mehdi qui, n'osant plus bouger, s'était immobilisé dans une pose curieuse : le bras en équerre, la cuillère à quelques centimètres de sa bouche entrouverte.

1. **Ululer** : pousser un long gémissement évoquant le cri d'un rapace nocturne.
2. **Tribulations** : aventures, épreuves.

Régnier le regardait avec stupéfaction.

– Tu te prends pour le mime Marceau ? demanda-t-il à l'enfant tétanisé par la peur.

L'animal se désintéressa bien vite de l'enfant changé en statue. Il alla quémander[1], le museau levé et fureteur, les yeux mouillés, une caresse chez le pion. Celui-ci, se reculant légèrement et pivotant sur sa chaise, lui donna quelques discrets coups de pied pour le chasser. M. Lombard s'aperçut du manège de Régnier et tonna dans sa direction :

– Ho, le communiste, vous avez fini de martyriser Médor ? Votre haine de l'humanité ne s'étend tout de même pas aux animaux ? Ils exploitent qui, les animaux ?

Régnier protesta :

– Je suis en train de manger. C'est pas hygiénique, la truffe d'un animal jusque dans mon plat. On n'est pas des veaux !

– Sa truffe, comme vous dites, est plus propre que votre plat, répliqua M. Lombard d'un ton sévère. D'ailleurs, vous avez fini de bâfrer. Allez, venez par ici, il faut qu'on parle !

Régnier se leva, de mauvaise grâce, pendant que Médor lui faisait fête, sautillant et jappant, et il alla se mettre debout, à côté de M. Lombard. Ils engagèrent immédiatement une conversation à voix basse. Mehdi, dont l'ouïe était excellente, en capta quelques bribes : « ... *le petit Khatib*... mobilise la cuisine, des pions... tout un week-end... voir ce qu'il faut faire... »

Il essaya de se faire encore plus petit, mais il n'y arriva pas ; et il restait là, encombré de son corps menu, assis au bord de la

---

1. **Quémander** : demander, réclamer.

Célèbre acteur français, Marcel Marceau (1923-2007) a popularisé le spectacle du mime, qui consiste à raconter une histoire en la mimant (sans paroles).

chaise, avec le goût délicieux du caramel dans sa bouche, avec la saveur âcre de la moutarde qui irritait ses fosses nasales ; avec une bête féroce qui rôdait autour de lui, prête à le dévorer ; avec l'idée confuse qu'il dérangeait, d'une façon ou d'une autre, le bel ordre de l'univers des Français ; et que, tôt ou tard, il allait payer cher son outrecuidance[1].

Il adressa une requête silencieuse à Dieu, sous forme de chantage : c'était pour lui la seule manière de communiquer avec l'Être suprême. On ne lui avait jamais appris à prier.

– Si Tu existes... Prouve-le : fais que ce bâtiment s'écroule sur nous tous et nous enterre à jamais. Maintenant ! Sinon je ne croirai plus en toi.

Il ne se passa rien. Les fondations du bâtiment paraissaient solides. M. Lombard et Régnier continuaient leur messe basse en lui jetant des coups d'œil. L'enfant accorda à Dieu un délai de dix secondes.

– Je compte jusqu'à dix.

Un, deux, trois... Il arriva à dix sans que rien n'advînt, pas la moindre secousse, pas même le grincement d'une porte vacillant sur ses gonds. Il fit une croix sur Dieu. Il en avait l'habitude : Dieu le décevait toujours.

Entre-temps, Régnier était revenu s'asseoir à côté de lui, en secouant la tête. M. Lombard était parti, suivi par le dogue. Le pion grogna :

– T'as fini ?

Puis, sans attendre la réponse :

– T'as vu le chien de garde ? Ils en tiennent une couche, hein ?

Mehdi comprit qu'il lui fallait, cette *fois-ci*, avoir une vraie

1. **Outrecuidance** : insolence.

discussion avec le pion. Puisque Dieu n'existait pas, il fallait chercher des alliés du côté des hommes. Il répondit, d'un ton décidé :

– L'est tout noir. Je l'aime pas !

– Moi non plus. Mais pourquoi dis-tu qu'il est noir ? Il est plus blanc que toi.

Il est fou. Il a la berlue[1]. Le fou, après quelques secondes, éclata de rire.

– Ah, je vois ! Tu croyais que je parlais de Médor ! Imbécile, je parlais de Lombard, le surveillant général. C'est lui, le chien de garde du Système. Allez, va te promener dans la cour. Tu as une demi-heure. Ensuite tu vas au dortoir. C'est Madini qui est de service.

Il commençait à faire sombre, dehors.

---

1. **Il a la berlue** : il a des visions.

10

Tout vous est Aquilon

– Eh, Khatib !

C'était sans doute Madini. Mehdi trottina en direction de la silhouette. Madini était un jeune homme de grande taille, au teint brun et mat et aux cheveux noirs. Il portait un jean, des chaussures de sport et un pull marron à même la peau, sans chemise. Lorsque l'enfant fut en face de lui, Madini lui demanda :

– D'où tu viens, toi ?

Mehdi se retourna et pointa le doigt en direction du banc où il venait de passer une demi-heure. Madini secoua la tête en soupirant, comme s'il ne pouvait croire qu'on pût être aussi niais. Puis il reprit :

– Idiot, je te demande d'où tu viens : de quelle ville ?

– Béni-Mellal.

Madini fronça les sourcils et posa une question extraordinaire :

– C'est ton père, le gouverneur de Béni-Mellal ?

Mehdi considéra cette question sous deux angles différents. D'abord, il devait exister un gouverneur dans sa ville natale, puisque le *pion* qui lui faisait face en parlait avec beaucoup d'assurance. Bon, ce point était acquis. Maintenant, il y avait son père. Il ne savait pas vraiment ce que faisait son père, dans la vie. Il l'avait toujours vu à la maison, lisant un journal ou faisant faire des dictées à ses enfants. Il sortait peu. De plus, on ne l'avait plus vu depuis des mois. On ne savait pas où il était. Théoriquement, rien ne s'opposait à ce qu'il eût été nommé, depuis, gouverneur. Répondre « oui » à la question ne serait pas vraiment mentir. D'un autre côté…

Madini, impatient, interrompit le raisonnement :

– Eh oh, t'es sourd ? Il faut répondre quand on te pose une question !

Quelle était la question ? Paniqué, il voulut répondre « oui » pour faire plaisir à son interlocuteur mais il cria :

– Non !

– Bon, ça va, c'est pas la peine de gueuler, protesta Madini. Il est quoi, ton père, alors ? Commissaire divisionnaire ? Homme d'affaires ? Il est quoi ?

Totalement affolé, Mehdi voulut dire la vérité. Mourir pour mourir, autant le faire en ayant le droit de son côté. Ne pas mentir. Dire les choses comme elles sont. C'est alors qu'il se produisit un incident curieux qui allait le tourmenter pendant toute l'année et le remplir de honte et de confusion à chaque fois qu'il y pensait.

Voulant dire la vérité, il conçut dans sa tête, très clairement, la phrase « je ne sais pas ».

Il ordonna fermement à ses lèvres de la prononcer.

Cela donna cette affirmation extravagante et inexplicable qu'il chuinta plus qu'il ne la dit :

– Il est japonais !

La face de Madini exprima l'ahurissement le plus complet. Il se courba, approcha son visage de celui de Mehdi et l'examina attentivement, exactement comme l'avait fait Dumont dans le réfectoire.

– Tu te fous de moi ? T'as pas l'air japonais du tout. T'as pas les yeux bridés. En plus, tu t'appelles Khatib, tu t'appelles pas Yamamoto Qu'a-des-ratés ou Kenzo Qui-chie-du-haut-du-mât ou un truc de ce genre. De plus, il paraît que tu t'es pointé au lycée escorté de deux paons, à la rentrée. Deux paons ! C'est Miloud le concierge qui le raconte à tout le monde. Bon, on tirera cette affaire au clair un autre jour. En tout cas, je comprends que tu sois resté au lycée pendant le week-end, avec une hérédité aussi floue. Le gouverneur ou le commissaire, ils auraient pas laissé leur fils se morfondre ici le samedi et le dimanche. Allez, file au dortoir !

Après s'être brossé les dents et avoir enfilé son pyjama, Mehdi se glissa vite dans son lit, toujours mortifié par l'incident nippon[1]. En fermant les yeux, il se souvint qu'au cours de cette journée Morel l'avait traité d'orphelin puis de marquise ; Régnier, de prolétaire ; le cuisinier de *moutchou* et de *pitchoun ;* Madini, d'idiot. Il s'était lui-même accusé, sans raison, d'être japonais. Il eut la vague intuition que tout cela s'équilibrait, d'une façon ou d'une autre, et qu'à force de le traiter de tous les noms, les gens ne pouvaient savoir qui il était vraiment, ce qui était sans doute une bonne chose. En somme, il était tout et n'importe quoi. Il s'endormit, enfin rasséréné[2].

Le lendemain, il se réveilla à l'aube mais resta dans son lit, effrayé par le silence qui régnait dans le dortoir désert. Vers les

1. **Nippon** : japonais.
2. **Rasséréné** : rassuré.

Les jeux douteux sur les sonorités de noms japonais donnent une connotation raciste aux propos de Madini. Dans la suite du récit, le surveillant multiplie les allusions à des clichés sur les Japonais.

huit heures, il entendit la porte de la *piaule* s'ouvrir. Madini, invisible, s'éclaircit la gorge et hurla :

– Oh, le Nippon ! T'es réveillé ? Tu t'es quand même pas fait *hara-kiri* ?

Mehdi voulut crier « oui » mais, pris au dépourvu, incapable de poser sa voix, il le fit sur une note suraiguë qui finit par le ridiculiser complètement, après le désastre de la veille. Horrifié, il se cacha sous son drap. Pour comble de malheur, il se souvint qu'il était emmailloté dans un pyjama rose. Madini ne poussa pas son avantage. Il se contenta de brailler encore plus fort, de loin :

– Bon alors, tu te lèves, tu t'habilles, tu te laves – dans l'ordre, hein ! – et tu descends au réfectoire. Y a des nouilles et du saké, spécialement pour toi. Et ne traîne pas ! J'y vais déjà.

Dix minutes plus tard, le visage encore humide, mal fagoté[1], Mehdi poussa timidement la porte du réfectoire.

– *Banzaï !* cria Madini en l'apercevant. Voilà l'Empereur ! Excuse-moi si je ne me jette pas à tes pieds, j'ai de l'arthrose. Allez, viens prendre ton petit déjeuner. Assieds-toi là.

Il désigna une chaise à côté de la sienne. Mehdi sirota son chocolat chaud en silence, pendant que Madini bavardait avec le cuisinier qui n'était pas Bouchta mais un autre vétéran de l'Indochine. À première vue, celui-ci ne pouvait exhiber une blessure aussi horrible que son collègue mais on ne pouvait jurer de rien, l'homme n'étant pas nu.

1. **Mal fagoté** : mal habillé (familier).

Le *hara-kiri*, terme qui signifie « coupure au ventre », est une forme de suicide rituel au Japon. Il a été interdit en 1868.

Après le petit déjeuner, Madini commença à regarder sa montre avec impatience.

– Il est où, ce connard de Morel ? grommelait-il.

La porte du réfectoire s'ouvrit et M. Lombard entra, impétueux, comme la veille, suivi du monstre poilu, comme la veille. La vie était un éternel recommencement, hélas. Médor vint immédiatement flairer l'enfant, qui se figea, le ventre noué. Entre-temps, M. Lombard, qui portait un simple pantalon de flanelle et une chemisette, avait pris un air soucieux. Il s'adressa au *pion*, d'une voix autoritaire :

– Écoutez, Madini, il y a un contretemps. Morel ne peut pas être là aujourd'hui. Vous vous occuperez du gamin toute la journée.

Le visage de Madini se décomposa. Il bredouilla :

– Mais... je ne peux pas.

Le surveillant général le toisa, le visage sévère, un sourcil relevé.

– Comment ça, vous ne pouvez pas ?

– Euh... Je ne suis pas libre.

– Eh bien, libérez-vous ! Si c'est une fille, elle reviendra. Elles reviennent toujours, croyez-moi. Je sais de quoi je parle. Les femmes...

Il siffla son chien et s'en alla, pressé. Le cuisinier avait disparu. Madini regardait Mehdi avec un regard lourd de reproche.

Il me hait. Il va me tuer.

– Tu vois ce que tu as fait, petit con ! explosa-t-il.

Qu'est-ce que j'ai fait ?

Madini pianota un instant sur la table, puis se leva, d'une seule détente, et cria :

– Allez, à l'étude. Zou !

La matinée passa, morne, dans la salle H1, dont la porte resta ouverte. Mehdi entreprit d'apprendre par cœur « Le Chêne et le Roseau[1] » – c'était le devoir de français de la semaine – pendant que Madini, un livre d'économie ouvert sur le bureau, la tête entre les mains, s'absorbait dans sa lecture.

Le Chêne un jour dit au Roseau :
Vous avez bien sujet d'accuser la Nature ;

Madini poussa un soupir, jeta un coup d'œil en direction de la cour ensoleillée où les arbres prenaient majestueusement leurs couleurs d'automne. Mehdi s'était arrêté de lire.

C'était quoi, un chêne ?

Le *pion* ramena son regard vers le troll installé au premier rang. Ah, misère !

Un Roitelet pour vous est un pesant fardeau.

– Khatib !

Le pesant fardeau sursauta et leva les yeux vers le pion.

– T'es sûr que personne ne peut venir te chercher cet après-midi ? Je peux téléphoner, s'il le faut. Merde, quoi, t'es pas tombé d'la Lune ! T'es pas d'la génération spontanée ! T'es pas un champignon qui a poussé pendant la nuit ! Tu as bien un correspondant ? Non ?

L'enfant murmura :

– Je… J'ai pas de correspondant.

– Quoi ? Mais c'est obligatoire ! Tous les élèves *doivent* en avoir un !

1. Jean de La Fontaine, *Fables*, livre I, fable 22.

– J'ai pas de correspondant.

Madini secoua la tête, vaincu par le roseau, qui revint à sa lecture.

Le moindre vent, qui d'aventure
Fait rider la face de l'eau,
Vous oblige à baisser la tête

Madini s'était de nouveau plongé dans son manuel d'économie. Il prenait des notes sur un petit cahier. Parfois il se mettait à réfléchir, les yeux au plafond, la bouche tordue en une grimace douloureuse.

Tout vous est Aquilon, tout me semble Zéphyr.

Mehdi relut trois fois cette phrase étrange. Il leva distraitement le doigt, oubliant qu'il était face à l'ennemi. Trop tard pour se reprendre : l'ennemi l'avait vu, l'ennemi grommelait.

– Quoi, qu'est-ce qu'il y a ? Tu veux aller aux toilettes, c'est ça ? Ben, va-z-y, j'vais quand même pas venir te torcher.

Mehdi n'eut pas la présence d'esprit de saisir la perche qui lui était tendue. Il s'obstina.

– Non, m'sieur. Y a une phrase que je comprends pas.

De très mauvaise grâce, Madini se leva, descendit de l'estrade et vint regarder les mots que désignait Mehdi. Son visage sombre exprimait une sourde hostilité envers La Fontaine, qui ne lui avait pourtant rien fait.

Tout vous est Aquilon, tout me semble Zéphyr.

– Et alors ? Y a rien à comprendre. Aquilon, j'sais pas ce que c'est, c'est peut-être le nom d'un type de la mythologie grecque, y en a des milliards et ils ont tous, en plus, deux ou trois noms. Zéphyr, ça veut dire « vent », je crois. Mais y a une majuscule, c'est p't-êt' le blaze[1] d'un aut' gus. *(Quoi ?)* Y a rien à comprendre, t'as qu'à apprendre par cœur. Tout ça, c'est des trucs de Français, t'as qu'à apprendre par cœur et le leur recracher tel que. J'te dis que c'est un truc de Français, compliqué même quand c'est pas la peine.

Mehdi écarquilla les yeux.

– Vous n'êtes pas français, vous, m'sieur ?

– Mais... t'es con ou quoi ? Je m'appelle Madini, regarde ma gueule, regarde mes cheveux, est-ce que j'ai l'air d'un Français ? Si t'es même pas capable de distinguer un Français d'un Marocain, t'es mal parti dans la vie, je peux te l'assurer.

[*Résumé du chapitre 11, « Les trois visages de la peur »*

Medhi est le seul pensionnaire à passer le week-end au lycée Lyautey. Il est sous la responsabilité du surveillant marocain Madini qui, de mauvaise grâce, doit l'emmener avec lui au cinéma, alors qu'il s'y rend avec sa petite amie. Il voit un film qui a pour titre Les Trois Visages de la peur.]

1. **Blaze** : nom (registre familier).

L'aquilon est un vent violent, qui accompagne l'orage, alors que le zéphyr est un vent doux et agréable.

12

Mehdi et le grand Thespis

Après les convulsions[1] de la première semaine, où tout était violemment nouveau, les choses rentrèrent dans l'ordre et les jours commencèrent à se ressembler, chacun n'apportant d'autre catastrophe que d'être le lendemain de celui qui le précédait. Les immeubles ne s'effondraient plus, les arbres parlaient aux arbres et les professeurs devinrent des figures familières.

M. Porte, conformément à une prédiction de Régnier selon qui « l'impérialisme est le stade suprême du capitalisme », ne possédait plus la France nue mais le monde entier. Il délaissa le Massif central pour parler avec lyrisme de sa *toundra*, qui s'étalait au nord-est de Moscou. Il levait le doigt, prenait des airs de conspirateur *(Ô temps, suspends ton vol !)* puis révélait des secrets inouïs : la toundra possède une strate végétale unique, faite principalement de lichen. Lui qui d'ordinaire était si solennel se fit primesautier[2] :

– On trouve aussi le mot « lichen » dans un grand poème français. Qui le connaît ? Vous, mademoiselle Kirchhoff ? Denis Berger ? Fetter ? Personne ? Eh bien, c'est dans *Le Bateau ivre*,

1. **Convulsions** : troubles.
2. **Primesautier** : spontané.

→ **Il s'agit du titre d'un ouvrage de Lénine paru en 1917, transformé en slogan par les communistes du monde entier.**

→ **Extrait du « Lac », poème des *Méditations poétiques* (1820), d'Alphonse de Lamartine.**

de Rimbaud ➲, que vous apprendrez plus tard. *Des lichens de soleil et des morves d'azur...*

Il aperçut un bras fin levé avec énergie au premier rang.

– Oui, mademoiselle Kirchhoff ?

– Vous avez bien dit « morve », monsieur ?

– Oui, mademoiselle.

– Mais n'est-ce pas un gros mot ? Ma mère m'interdit de le prononcer quand il y a des gens... enfin, des invités... des...

– C'est exact, mademoiselle. Ce n'est pas un mot très... comment dire ? Très... ragoûtant. Et pourtant, Arthur Rimbaud l'utilise dans le plus beau poème de la langue française. C'est comme ça. Les poètes ont tous les droits. Il y a aussi ce qu'on appelle la « licence poétique ». On peut s'écarter de l'usage courant pour la beauté de l'image, pour la rime, pour la sonorité... Rimbaud évoque quelque part des « *fraguemants* en prose ». *Fra-gue-mants*. Licence poétique !

Mlle Kirchhoff n'avait pas l'air convaincue. Elle chuchota en direction de son voisin :

– C'est bizarre, hein, mon petit Kaki ?

M. Porte pérorait[1] maintenant en traçant des chiffres sur le tableau. On était pourtant en classe d'histoire-géo ? C'était ça, les professeurs français : ils sautent de la toundra à un poème, parlent musique puis résolvent une équation, juste pour s'amuser. Mehdi était fasciné par ces hommes qui n'avaient peur de rien (sauf M. Doucet).

À propos de Doucet...

1. **Pérorait** : parlait abondamment.

➲ ***Le Bateau ivre*** **est un poème écrit par Arthur Rimbaud en 1871, alors qu'il n'a que dix-sept ans. Le poème est composé de vingt-cinq quatrains d'alexandrins.**

Du chaos originel, dont le point d'orgue fut la gifle assenée par Zeus-Lombard, sortit un cosmos très ordonné, qui arrangeait tout le monde ➲. La classe de musique se scindait en deux groupes. Dans les premiers rangs, ceux qui voulaient vraiment écouter M. Doucet : Mehdi, Cathy Kirchhoff, Denis Berger et quelques autres. Au milieu et dans les derniers rangs, ceux qui n'avaient pas l'oreille musicale ou qui se moquaient des dièses et des bémols. M. Doucet donnait son cours en chuchotant, pour ne pas les déranger, et eux-mêmes chahutaient en silence, comme des mimes enragés, pour ne pas attirer l'attention de M. Lombard. Dans cette atmosphère de messe basse, où résonnait parfois le ping ! timide d'un xylophone angoissé, Mehdi ne put devenir le grand virtuose qui se voyait déjà en haut de l'affiche. C'est tout juste s'il apprit le solfège, sous le regard moqueur de Mlle Kirchhoff (« mon petit Kaki s'applique beaucoup »).

Au cours de la deuxième semaine, le professeur de français annonça qu'il fallait choisir des « activités d'éveil » pour le mercredi après-midi. Cette demi-journée était libre, en ce sens qu'il n'y avait pas de cours, mais il était obligatoire de s'adonner à ces mystérieuses activités. Mehdi, qui entendait cette expression pour la première fois, se demanda avec inquiétude s'il fallait s'endormir d'abord pour ensuite s'éveiller. Ou se faire réveiller ? Et par qui ? (Jenny von Westphalen ?) Et pour quoi ? Tout cela n'était pas clair. Il se sentit découragé et las, alors que la journée avait à peine commencé. Décidément, la vie était semée d'embûches.

➲ **Allusion au calme qui règne dans la classe du professeur de musique depuis l'intervention du surveillant général Lombard. Voir chapitre 8, p. 106.**

LECTURE ACTIVE 4

Professeurs et surveillants

→ Voir aussi étape 4, page 280.

As-tu bien lu ?

1 **Chapitre 8.** Relie chaque professeur à la discipline qu'il enseigne et à l'une de ses caractéristiques.

M. Marcellus •	• géographie •	• passionné
M. Doucet •	• mathématiques •	• chahuté
M. Porte •	• musique •	• autoritaire

2 **Chapitre 9.** Mehdi est le seul interne resté au lycée pendant le week-end. Comment Régnier explique-t-il cette situation ?

3 **Chapitre 10. a.** Le dimanche matin, sous la surveillance de Madini, quelle fable Mehdi s'emploie-t-il à apprendre par cœur ?

- ☐ La Cigale et la Fourmi
- ☐ Le Chêne et le Roseau
- ☐ Tout vous est Aquilon

b. Quelle phrase lui paraît étrange dans la fable ?

l'atelier

Caricaturer un personnage

▸ ***Objectifs.*** Percevoir la tonalité satirique du roman ; transposer un portrait littéraire en caricature graphique.

▸ ***Préparation.*** Par groupes, choisissez un personnage du roman dont le narrateur se moque et relevez des passages significatifs. Dégagez deux ou trois traits caractéristiques pouvant être caricaturés.

▸ ***Réalisation.*** Sur une feuille au format A4, réalisez la caricature du professeur ou du surveillant choisi, sous la forme d'un dessin même très sommaire. Associez-lui une réplique caractéristique dans une bulle. Les dessins sont ensuite affichés au tableau et on s'emploie à reconnaître les personnages.

▸ ***Réfléchir ensemble.*** Qu'est-ce qu'une caricature réussie ?

M. Flamand avait déjà inscrit, de sa belle écriture, une liste de noms au tableau, avant que les élèves n'entrent. Ceux-ci s'ébahissaient en les déchiffrant :

Ornithologie
Théâtre
Poterie/céramique
Chant choral
Dessin
Archéologie

– Vous avez tout le temps de réfléchir, les rassura M. Flamand. D'ailleurs, vos parents ont dû vous en parler. Parmi toutes les lettres qu'ils ont reçues avant la rentrée, il y en avait une concernant tout ça. (Il fit un geste en direction du tableau.) À la fin du cours, vous me direz quel est votre choix. Si vos parents ne vous ont donné aucun conseil (parents indignes !), fiez-vous à votre instinct.

Il leva un doigt, arrondit les lèvres et sa voix se fit légèrement saccadée. C'était son habitude lorsqu'il citait – et il aimait citer, comme Dumont.

– *Méfiez-vous de la première impression, c'est toujours la bonne !*

Il mit sa main droite à la verticale sur le bord de la bouche et souffla, en clignant des yeux, comme s'il révélait un secret :

– Oscar Wilde !

Trente paires d'yeux le regardaient, impassibles. Il continua, un peu froissé :

– Bien sûr, vous n'étudierez jamais Oscar Wilde, sauf, peut-être, en cours d'angliche. Mais ne vous en faites pas, on a aus-

M. Flamand valorise les auteurs français par rapport à l'écrivain irlandais Oscar Wilde et la langue française par rapport à l'*angliche* (mot d'argot péjoratif désignant l'anglais). Il se laisse emporter (« envolée lyrique ») avant de se rappeler que certains de ses élèves (les « têtes bouclées ») ont l'arabe pour langue maternelle.

si bien, sinon mieux : Tristan Bernard, les Guitry, Jules Renard ➊, etc. C'est quand même une chance extraordinaire d'avoir le français pour langue maternelle...

Il s'interrompit en pleine envolée lyrique pour abaisser le regard en direction des quelques têtes bouclées parsemées dans la classe.

– L'arabe aussi est une très belle langue, bien sûr, avec une longue histoire et un trésor d'œuvres de grande volée, surtout en poésie. Mais l'esprit français... Voltaire ! Diderot ! Valéry ! Finalement, je vous envie, Saïdi, Khatib, Lahlou... Vous aurez le meilleur des deux mondes, vous qui serez de double culture.

Le cours se déroula sans embûches et Mehdi y prit part autant qu'il pouvait – mais ses yeux revenaient sans cesse à la liste qui le narguait, là-bas, sur le tableau. Cinq minutes avant que la sonnerie ne retentisse, M. Flamand mit fin au cours et commença à faire l'appel.

– Fetter !

– Poterie !

– Afota !

– Dessin, m'sieur !

– Khatib !

– ...

M. Flamand leva les yeux.

– Eh bien, Khatib ?

Mehdi avait passé l'heure à regarder les mots qui s'étalaient sur le tableau. *Poterie*, il savait à peu près ce que c'était, mais qu'est-ce qu'une telle activité venait faire dans le beau lycée tout

➊ Tristan Bernard (1866-1947), Sacha Guitry (1855-1957), Jules Renard (1864-1910) sont trois auteurs français dont les textes allient ironie, tendresse et goût du bon mot.

propre des Français ? Il avait vu, un jour, un potier à Béni-Mellal, dans une échoppe sale et encombrée d'objets indistincts. Il avait l'air mélancolique. Un mégot de cigarette pendait aux commissures de ses lèvres. C'était ça qu'on voulait faire de lui ? *Chant choral :* aucune idée de ce que ça voulait dire. Enfin, chant, il connaissait... Mais *chorla ?* (Il avait lu *chorla*, bizarrement, lui qui d'habitude ne se trompait jamais dans le déchiffrement des mots.) *Dessin*, oui, mais c'était quand même assez banal. Tout le monde sait dessiner, non ?

M. Flamand s'impatienta :

– Eh bien, Khatib ? On n'a pas toute la journée !

Affolé, Mehdi cria :

– *Orthino... thino !... logie !*

Il était le premier à choisir cette activité. M. Flamand sourit :

– Bravo ! Alors, tu vas m'étudier ? Je m'appelle flamand, hein ? Flamand ? Comme le flamant rose. Mais moi, c'est avec un *d*, et flamant rose, c'est avec un *t*.

Mehdi le regardait, perplexe. Qu'est-ce qu'elle venait faire là, cette histoire de *t* et de *d ?* On n'était pas en cours d'orthographe. Le professeur se rembrunit.

– Bon, tu sais quand même que l'ornithologie, c'est l'étude des oiseaux ?

Ah bon ? C'est ça, ce que ça veut dire ? Mehdi mentit avec aplomb :

– Oui, oui, je sais.

– M'sieur ! cria Fetter, en levant le doigt. Khatib, il est v'nu avec deux faisans, à la rentrée ! C'est pour ça qu'il veut faire le truc, *ornito* machin, là.

Toute la classe éclata de rire. Le professeur ne put réprimer un sourire.

– Ah, c'est lui... J'ai effectivement entendu dire qu'un interne avait apporté des poules pondeuses pour avoir chaque jour des œufs frais. Du moins, c'est ce que m'a dit Mme Gobert mais comme elle est très moqueuse, je ne l'ai crue qu'à moitié.

– Non, m'sieur, reprit Fetter, c'étaient pas des poules, c'étaient des faisans.

– Pas du tout, protesta Afota. C'étaient des vautours !

Une grande discussion éclata dans la salle sur la nature exacte des bêtes qui avaient accompagné Mehdi jusqu'aux portes du lycée. Même ceux qui n'avaient jamais entendu parler de cet événement fabuleux avaient maintenant leur avis là-dessus et ne voulaient pas en démordre. Le seul qui ne disait rien était Denis Berger. Certains criaient des noms d'oiseaux juste pour le plaisir des sonorités.

– Goéland !

– Ibis ! Iiiiiibisssss !

– J'les ai vus, m'sieur, c'étaient des pingouins !

– N'exagérons rien, Amoyal. Des pingouins, au Maroc ? Allons !

– Alouette ! C'étaient des alouettes !

– Bécasse. ! Bé-casse ! Bé-casse !

– M'sieur, c'étaient peut-être des perruches ?

Cathy Kirchhoff faisait ce qu'elle pouvait pour le défendre (« Arrêtez d'embêter mon petit Kaki ! ») mais sa voix frêle n'arrivait pas à percer les nuées de rapaces ou de passereaux qui traversaient l'air en rangs serrés, battant de l'aile et faisant s'envoler les feuilles de papier. Mehdi glissait lentement sur sa chaise, disparaissant petit à petit sous le pupitre tout en sommant Dieu – cette fois, c'était sérieux – d'envoyer un gigantesque dinosaure, un ptérosaure si nécessaire, piétiner la salle de classe et tous ces maudits caqueteurs et que le sang gicle et que les murs s'abattent et que le feu... M. Flamand réussit à ramener le silence en tapant dans ses mains mais on voyait bien que ses yeux riaient.

– Allez, c'est bon, on se calme. Donc, Khatib, c'est ornithologie ? C'est bon ?

Mehdi, dégoûté à vie de tous les volatiles, émergea de sous le pupitre et cria :

– Non, m'sieur, je voudrais faire *théâtre !*

C'était le second mot de la liste, sur le tableau.

– Bon, faut savoir ce que tu veux. Va pour théâtre. (Il inscrivit quelque chose dans son cahier.) Tu auras affaire à Sabine Armand qui est surveillante au dortoir des filles. Elle fait très bien les choses.

Le mercredi après-midi arriva bien vite. Vers les quatorze heures, Mehdi traînait dans la cour quand il vit une jeune femme se diriger vers lui avec cinq autres élèves qui la suivaient comme des canetons leur maman. Elle l'aborda avec un franc sourire. Elle était belle, décida-t-il. Elle était vraiment belle.

– C'est bien toi, Mehdi ?

– Oui, madame.

– Appelle-moi Sabine. Allez, avec toi, on a fait le plein. La troupe est constituée !

Elle lui caressa les cheveux – il avait horreur de ça – et ils se dirigèrent vers le bâtiment H. Ils entrèrent dans une salle de classe et leur premier travail d'acteurs fut de retrousser leurs manches et de pousser les pupitres et les chaises vers le fond de la classe, de façon à créer une sorte d'avant-scène. L'estrade fut baptisée « scène » par Sabine Armand *(Voici la scène !)* et elle leur demanda de s'asseoir en rond, à même le sol, devant elle. Puis elle tapa dans ses mains, très fort, ce qui sembla excessif à Mehdi, vu que personne ne pipait mot[1] et que tous la regardaient, fascinés, comme s'il se fût agi d'une star d'Hollywood.

– Pour cette première séance, j'ai demandé à un acteur consommé[2] de venir nous parler de théâtre. La prochaine fois, c'est vous qui travaillerez. Aujourd'hui, vous vous contenterez d'écouter.

Elle regarda en direction de la porte. Comme si quelqu'un, tapi[3] au-dehors, n'attendait que ces mots, elle s'ouvrit d'un seul coup, vl'an ! et le grand acteur entra, la poitrine gonflée, l'œil tragique, le bouc frémissant. Mehdi fut très déçu : c'était Dumont, tout simplement, Dumont le fou, Dumont le pion, pas plus fameux que Régnier ou Madini. Il jeta un coup d'œil sur le public (cinq garçons et une fille, assis en tailleur, qui le regardaient avec curiosité) ; s'avança sur l'estrade ; ferma les yeux. Sabine s'était postée dans un coin de la salle, les bras croisés, pour ne pas gêner l'artiste.

Après quelques instants de recueillement, Dumont rouvrit les yeux et s'écria d'un ton douloureux :

– Le théâtre, c'est la vie !

Les enfants se serrèrent instinctivement les uns contre les autres.

– Oui, s'écria-t-il. Et inversement ! *La vie n'est qu'un immense théâtre, où tout le monde joue un rôle.* Qui a dit cela ?

Personne ne pipa mot.

– Vous, Petit-Breton, répondez !

---

1. **Ne pipait mot** : ne parlait.
2. **Consommé** : expérimenté.
3. **Tapi** : caché.

Il pointa l'index vers Mehdi, qui sursauta et s'entendit répondre, d'une voix blanche :

– M. Lombard ?

Dumont eut un haut-le-cœur et prit un air offensé.

– Petit niais ! C'est de Shakespeare ➲ !

Il ferma de nouveau les yeux, les rouvrit, et se mit à aller et venir sur l'estrade, jetant de temps à autre une phrase aux enfants comme on jette des petits morceaux de pain aux canards, au bord d'une mare :

– ... le théâtre antique... la Grèce... cérémonies religieuses... Thespis, Eschyle, Sophocle... le théâtre romain... la farce, le mime... ➲

Cela dura une bonne dizaine de minutes. Quand il disait « la farce », il se transformait en une sorte de nain sautillant, une bosse semblait s'épanouir sur son dos, par on ne sait quel miracle, il faisait des bonds de côté tout en s'appliquant de grandes claques sur les fesses – Mehdi en devenait rouge de honte et baissait les yeux, regrettant d'avoir choisi une « activité d'éveil » aussi grossière. Ce n'était pas la peine de venir jusqu'à Lyautey pour ça, on pouvait en voir autant au *souk* de Béni-Mellal, ou dans la rue. Quand il parlait de « mime », Dumont semblait avoir avalé sa langue, pendant quelques minutes, et se mettait à caresser l'air du plat de la main, de bas en haut, en relevant

➲ **La citation est extraite d'une pièce de William Shakespeare (1564-1616), intitulée *Comme il vous plaira*. Auteur de trente-sept pièces de théâtre, le dramaturge a donné ses lettres de noblesse à la langue anglaise, appelée aujourd'hui *la langue de Shakespeare*.**

➲ **Dumont se lance dans un exposé sur l'histoire du théâtre d'une longueur et d'une complexité disproportionnées par rapport au public auquel il s'adresse.**

Masques du théâtre romain. Mosaïque du IIe siecle après J.-C. provenant des thermes de Décius, qui surplombent l'Aventin, une des sept collines de Rome.

le sourcil comme s'il eût été profondément surpris (mais par quoi ?) ; et ses paumes, bien que vides, semblaient pleines d'une obscénité sournoise. Tout cela inquiéta fortement Mehdi qui commençait à regretter de n'avoir pas choisi le chant *chorla*. On ne pouvait pas se ridiculiser en chantant.

Après ces extravagances, Dumont s'immobilisa soudain et regarda au plafond (tous les enfants levèrent les yeux) avant de révéler, d'une voix pleine d'incompréhension tragique, un événement inouï :

– Et puis le théâtre disparaît au Moyen Âge !

Mehdi se demanda comment tout un théâtre pouvait disparaître. On l'avait démonté pendant la nuit ? Il avait brûlé ? Après avoir, pendant une bonne minute, porté le deuil de cette dispa-

Contrairement à l'Antiquité, il n'y a pas ou peu de lieux dédiés aux représentations théâtrales jusqu'au XVIIe siècle en France. Les pièces étaient jouées par des troupes itinérantes sur les places des villes ou les parvis des églises.

rition, la tête inclinée, les yeux clos, Dumont se réveilla *(allons, il faut se ressaisir !)* et repartit de plus belle.

– ... les mystères... le théâtre en langue vulgaire... le Jeu... La Renaissance... le théâtre élisabéthain... le théâtre classique en France... Corneille, Racine, Molière...

Il s'arrêta, alla à la fenêtre contempler la cour déserte où des arbres indolents[1] montaient la garde. Deux bonnes minutes s'écoulèrent. Sabine Armand fit un petit signe discret aux enfants impatients qui, croyant que c'était la fin, commençaient à bavarder à mi-voix. Elle mima le mot *chut*, en plaçant son index devant ses jolies lèvres roses. Ils se tinrent cois[2], tout en échangeant des coups d'œil perplexes. Dumont revint, pensif, chargé de l'âme du monde. Sa voix était sourde, il fallait tendre l'oreille pour capter quelques bribes de son savoir.

– Racine !

Personne n'osait bouger.

– Racine... On ne peut comprendre la France, on ne peut comprendre les Français, sans Racine ! Écoutez ça et puis... Et puis, tiens, n'applaudissez même pas, ce serait superflu.

Il se redressa, bomba le torse et proclama :

– *L'amour, toujours, n'attend pas la raison*[3] *!*

Il se tourna vers Sabine Armand qui esquissa un petit sourire en lui rendant son regard sans ciller. Mon Dieu, qu'elle avait de beaux yeux ! Mehdi, subjugué, avait complètement oublié Jenny von Westphalen et tous les enfants qu'il lui avait faits. Dumont énonça lentement, sans se préoccuper de son public, le corps à moitié tourné vers la jeune femme :

---

1. **Indolents** : paresseux, sans vitalité.
2. **Cois** : silencieux.
3. Vers extrait de *Britannicus*, de Racine (1669).

– L'amour n'est pas un feu qu'on renferme en une âme :
Tout nous trahit, la voix, le silence, les yeux ;
Et les feux mal couverts n'en éclatent que mieux[1].

Mehdi vit avec stupéfaction les lèvres de Sabine bouger, sans qu'elle prononçât un seul mot. Elles mimaient, ces lèvres adorables, elles mimaient le mot « arrête ! » et il y avait dans son regard sévère le point d'exclamation. Dumont secoua la tête, triomphalement, comme s'il venait de remporter une victoire et il susurra, d'une voix mâle :

– Hâtons-nous aujourd'hui de jouir de la vie ;
Qui sait si nous serons demain[2] ?

Sabine haussa les épaules en faisant la moue. Puis elle secoua la tête de façon presque imperceptible. Dumont, qui ne l'avait pas quittée des yeux, protesta, la main droite plaquée sur la poitrine :

– Le jour n'est pas plus pur que le fond de mon cœur[3] !

Sabine sembla hésiter, puis elle s'avança d'un air résolu sur l'estrade, ce qui sembla désarçonner le pion, et dit, en s'adressant directement à l'avant-scène :

– Jean-Pierre a raison, Racine est très important, il y a en français des expressions que tout le monde connaît, mais dont on ne sait même plus que c'est à lui qu'on les doit. Ainsi, le fameux « *pour réparer des ans l'irréparable outrage*[4] », c'est de Racine. Vous connaissiez cette phrase ?

Quelques enfants hochèrent la tête en signe d'affirmation, juste pour faire plaisir à la jolie dame. Celle-ci se retourna avec

1. Vers extraits d'*Andromaque*, de Racine (1667).
2. Vers extraits d'*Athalie*, de Racine (1691).
3. Vers extrait de *Phèdre*, de Racine (1677).
4. Vers extrait d'*Athalie*, de Racine (1691).

un sourire malicieux vers Dumont qui était resté figé, la main sur le cœur :

– Je te prie d'excuser cette interruption, je ne sais pas ce qui m'a pris. Continue.

Dumont, hagard, comme s'il venait de se réveiller, bredouilla mécaniquement :

– *Ariane, ma sœur, de quel amour blessée,*
Vous mourûtes aux bords où vous fûtes laissée[1]...

Puis il se gratta le front et sembla revenir sur terre. Il reprit son grand exposé, auquel on ne comprenait que quelques mots grappillés au passage :

– Le théâtre moderne... le théâtre de l'absurde : Ionesco, Adamov, Beckett...

Après quelques minutes, il s'arrêta, en sueur. Il fit une pause, que ne troubla que le braiment d'un âne, au loin, en dehors du lycée ; puis conclut par ces mots chargés d'incompréhension :

– Puisque nous sommes au Maroc, il faut noter qu'il n'y a pas, hélas, de tradition arabe du théâtre.

Il fixa le seul Marocain de la petite troupe. À ce reproche, auquel il ne s'attendait pas, Mehdi ne trouva rien à répondre. Il baissa la tête, honteux. Sabine revint vers le milieu de l'estrade, les yeux pétillants de joie – ou était-ce de l'amusement ? – et se mit à applaudir :

– Eh bien, applaudissons Jean-Pierre pour ce magnifique exposé.

1. Vers extraits de *Phèdre*, de Racine (1677).

Dumont ne prend en compte que le théâtre sous sa forme occidentale héritée du modèle gréco-romain, mais il existe des formes de théâtralité dans la tradition arabe (théâtre d'ombres, lanterne magique, conteurs, humoristes...).

Les enfants applaudirent très fort, même Mehdi, malgré le blâme que venait de lui infliger le pion – tiens il s'appelait Jean-Pierre ? Tout le monde disait Dumont. Sauf Sabine, apparemment. C'était sa poule[1] ?

La belle disait aux enfants :

– Jean-Pierre a été acteur pendant ses études, en France.

Se tournant vers lui :

– Si tu avais un seul conseil à nous donner, pour qu'on profite de ton expérience, ce serait lequel ?

Dumont ferma les yeux, son front se plissa et tous attendirent, dans un silence respectueux, « qu'il accouche[2] », comme disait Ramón Fernández. Il rouvrit les yeux et fixa Sabine Armand avec une intensité extraordinaire en prononçant lentement :

– *Le théâtre, ça se consomme à mesure que ça se consume.*

Sabine sourit et lui répondit d'une voix moqueuse :

– Tiens ! On dirait une maxime de La Rochefoucauld : elle peut se lire dans tous les sens. On pourrait aussi bien dire : *ça se consume à mesure que ça se consomme.*

Dumont serra la mâchoire, se recula un peu et clama :

– Non ! Je sais bien ce que je dis : *ça se consomme à mesure que ça se consume !* Et pas autrement ! Quand on a compris ça, on a tout compris.

Sabine, toujours souriante, s'avança et lui fit une bise sonore sur la joue. Il reçut ce don merveilleux comme un moujik[3] des *Trois Visages de la peur* ➲, le regard farouche, sans esquisser le moindre geste. Quel rustre ! Elle se tourna vers les acteurs en herbe.

1. **Poule** : petite amie (registre familier).
2. **Qu'il accouche** : qu'il dise ce qu'il a à dire.
3. **Moujik** : paysan russe.

➲ **Film italien de Mario Bava (1963) que Mehdi a vu au cinéma avec Madini.**

– Vous avez des questions ?

Personne n'osa rien demander. Chacun sentait instinctivement qu'il ne fallait pas provoquer Dumont. De tout l'exposé, Mehdi n'avait retenu que quelques mots, dont cet inquiétant « amour blessé » qui le rendait perplexe (ça voulait dire quoi, exactement ?). Puisque l'assistance capitulait en rase campagne, Dumont ébaucha un rictus puis salua d'une grande inclination du buste, esquissant une sorte de balayement du sol par sa main droite voltigeant comme une mouette, puis s'en alla, pensif, sans refermer la porte. Sabine tapa de nouveau dans ses mains et dit aux enfants :

– Eh bien, voilà ! C'était tout pour aujourd'hui. Vous voyez que vous vous inscrivez dans une tradition illustre. Sachez en être dignes. Et si le théâtre, ce n'est pas la vie, en tout cas, il la rend plus belle et plus riche, croyez-moi.

La petite troupe se dispersa. C'était tous des externes, à part Mehdi. Ils se dirigèrent vers la sortie du lycée, où leurs parents devaient les attendre. Mehdi s'installa sur son banc préféré en se demandant pourquoi Sabine était la *poule* d'un type aussi bizarre. Parce qu'il était acteur ? Même givrés, ils peuvent avoir des femmes aux beaux yeux ?

Ça valait la peine de faire l'acteur.

Au cours des semaines qui suivirent, Mehdi entrait chaque mercredi avec délices dans ce monde magique où on avait le droit de mentir, de faire semblant, de n'être plus soi-même. Sabine leur apprenait des choses fascinantes.

– Quand vous regardez la scène, en face de vous, la gauche s'appelle « côté jardin », et à droite, c'est le « côté cour ». Comment faire pour s'en souvenir ? Eh bien, imaginez le nom « Jésus-Christ » écrit en grand devant vous. J est donc à gauche et

C à droite. J, c'est « jardin » et C, c'est « cour ». Vous comprenez ?

Ils hochèrent énergiquement la tête. Denis Berger leva un doigt hésitant. Sabine se pencha sur lui.

– Oui, mon ange ?

– Madame, pourquoi ne dit-on pas tout simplement « gauche » et « droite » ?

Sabine expliqua patiemment :

– Parce que les acteurs pourraient se tromper, selon qu'ils font face au public ou qu'ils lui tournent le dos. Si on leur donnait comme indication : « Tu sors par la gauche », ils risqueraient de se tromper. Alors que « cour » et « jardin », c'est clair, il n'y a aucune ambiguïté.

Elle conclut :

– Donc, si vous ne savez plus, pensez à Jésus-Christ !

Ses yeux brillaient de malice.

Mehdi commença à sortir de sa timidité maladive le jour où il découvrit qu'il pouvait « jouer » son propre personnage. Il se dit un jour : « Je joue à être Mehdi. » Puis : « J'ai de l'expérience, je suis moi depuis longtemps, et même : depuis ma naissance, et en plus, je peux y ajouter des gestes. »

Désormais, avant de répondre à une question, quelle qu'elle fût, il fronçait les sourcils, juste un peu : c'était le signal convenu, entre lui et lui-même, pour indiquer que les trois coups avaient résonné et qu'il était désormais sur les planches, en représentation.

D'ailleurs, il portait souvent des « costumes », des habits qui n'étaient pas les siens. La lingère, qui n'avait pas oublié que le petit muet avait débarqué de sa montagne avec un trousseau lacunaire[1], lui donnait tous les vêtements qui avaient perdu leur étiquette nominative et dont on ne pouvait retrouver le propriétaire légitime. (Lequel se manifestait parfois dans la cour ou dans le réfectoire en pointant un doigt accusateur sur le voleur involontaire : *T'es sûr que c'est pas à moi, ça ?)* Chaque semaine, en récupérant son sac au cinquième étage, il avait la surprise d'y trouver une chemise en soie ou un pantalon de velours un peu trop grand, très « chic », qui venaient d'outre-Méditerranée, peut-être même de Paris. En se regardant dans la vitre du réfectoire, il avait l'impression de contempler un inconnu, un petit Français. Il lui était facile alors de donner le change.

M. Lombard, avec la perspicacité que lui avait donnée sa longue fréquentation des élèves, remarqua la métamorphose. Il lui dit un jour en souriant :

– Eh bien, fils, tu t'es habitué ? Bien intégré ? Tu n'es plus l'oiseleur[2] frappé de mutisme que tu étais le premier jour...

Mehdi fronça imperceptiblement les sourcils. Il répondit sereinement (il pouvait jouer la sérénité, maintenant) :

– Ça va mieux, monsieur. Merci.

– Tant mieux. Tu es sur la voie royale[3]. N'en sors pas ! Terminus : Polytechnique !

Mehdi hocha la tête, jouant au petit Français qui comprend d'instinct ces phrases cryptiques[4] qu'on se répétait dans des familles qui n'étaient pas la sienne.

1. **Lacunaire** : incomplet.
2. **Oiseleur** : chasseur d'oiseaux.
3. **La voie royale** : la voie de la réussite.
4. **Cryptiques** : mystérieuses, indéchiffrables.

13

Une journée à la plage

Les semaines passèrent. Mehdi regardait souvent l'emploi du temps en se réjouissant d'avance d'assister au cours d'histoire-géographie, de français ou de mathématiques.

Il avait cessé de trembler de peur en regardant M. Marcellus. Celui-ci entrait à petits pas dans la salle de classe, jetait un coup d'œil sur les derniers rangs (qui se figeaient), puis allait se poster à côté du tableau. Chose curieuse, il ne semblait pas posséder de cartable. Tous les enseignants en trimbalaient un, qui en disait long sur leur personnalité : gros et informe, bourré de livres (M. Porte), fin et élégant (M. Flamand), etc. Mais M. Marcellus entrait en scène sans accessoires. Ni livres, ni feuilles de papier, ni stylo : il entrait dans la salle comme par erreur, comme un fêtard s'immisçant[1] chez les voisins après une nuit d'excès, ivre, embarrassé de cotillons[2] et de guirlandes. M. Marcellus, lui, était un intrus d'une redoutable sobriété et « cotillons et guirlandes » étaient la dernière chose à laquelle on pensait lorsqu'il fermait la porte derrière lui. Il demandait d'une voix glaciale à Denis Berger ou à Cathy Kirchhoff :

– Où en étions-nous restés ?

1. **S'immisçant** : s'introduisant.
2. **Cotilllons** : accessoires de fête (serpentins, confettis...).

L'élève regardait dans son cahier et lisait à voix haute la dernière phrase qu'il ou elle avait écrite. Le professeur hochait la tête puis il enchaînait : les phrases se succédaient, des formules apparaissaient sur le tableau, les termes « à retenir » papillonnaient dans l'air. Si un murmure s'élevait des derniers rangs, M. Marcellus s'arrêtait net et pointait le doigt vers le coupable :

– Vous ! Au tableau !

Le perturbateur se retrouvait devant le tableau sur lequel le professeur écrivait l'énoncé d'un problème épineux. Tapotant de plus en plus fort avec le bord de la brosse à effacer sur le dossier de sa chaise, M. Marcellus ne lâchait pas le coupable des yeux. Puis il finissait par exploser :

– Alors, on est nul et on se permet d'emmerder le monde ? Libre à vous de vouloir croupir dans votre fange[1] d'ignorance mais vous empêchez vos petits camarades de s'instruire ! Et ça, c'est un crime ! Allez, prenez vos affaires et foutez-moi le camp ! Allez voir M. Lombard !

Personne ne monta deux fois au tableau.

Pourtant, tout cela n'effrayait plus Mehdi. Il s'était vite rendu compte que M. Marcellus était un homme *juste*. Il ne vous faisait rien si vous ne lui faisiez rien. Mehdi entrait dans la salle, s'asseyait à sa place, ouvrait son cahier et ne pipait mot jusqu'à la fin du cours. Il évitait même de regarder le « prof » dans les yeux, il respirait tout doucement et ne bougeait pas d'un pouce même si l'ankylose[2] pointait. Il jouait à être une momie. Moyennant quoi, il n'eut jamais à subir les foudres[3] du terrible professeur de mathématiques. Il finit même par se passionner

1. **Fange** : boue.
2. **Ankylose** : engourdissement.
3. **Les foudres** : la colère.

pour ce monde magique que l'homme sombre créait chaque semaine. Schémas, tableaux, figures : quel univers bien ordonné, où chaque chose avait sa place, où tout était clair, où on pouvait répéter cent fois le même calcul sans que jamais le résultat ne change ! C'était autre chose que le monde au-dehors, plein de dindons et de gendarmes imprévisibles, de pions à moitié fous, d'ogresses et de pyjamas manquants ! Il fut fasciné par le petit symbole qui exprimait « l'appartenance ». M. Marcellus disait d'un ton définitif « a appartient à E » et Mehdi sentait en lui monter une bouffée de quiétude.

Le seul jour où l'angoisse revint fut celui où ils durent effectuer des divisions dont les résultats n'étaient pas des nombres entiers. Il fallait « arrondir », « trouver l'ordre de grandeur », etc. Ainsi, même dans ce monde idéal, on ne pouvait être sûr de rien ? Ce soupçon fut vite balayé par les séances de calcul mental où tous les résultats étaient entiers. Mehdi trouvait immédiatement la réponse, s'attirant un imperceptible hochement de la tête de M. Marcellus – sans doute était-ce là le maximum qu'on pouvait espérer de lui en guise d'approbation.

Et puis, ce qui était amusant en mathématiques, c'est qu'on y apprenait aussi beaucoup de mots nouveaux : « parallélépipède » (qu'on peut répéter cent fois pour passer le temps quand on s'ennuie dans la cour, avant l'heure du dîner) ; « perspective cavalière », comme si on caracolait sur un cheval, à la tête d'une armée, pour attaquer Morel ; « l'aire » d'une surface, qu'il ne fallait surtout pas confondre avec « l'air » qu'on respire ; triangle « isocèle » (on dirait un nom d'oiseau !) ; « losange », il y a un ange perdu dans cette figure, trouvez-le ; « les coordonnées » (impossible de se perdre quand on a « les coordonnées » !).

Dès la deuxième semaine, le professeur de français leur fit faire une « composition ». Le sujet en était simple : racontez vos vacances. Mehdi regarda la feuille blanche avec perplexité. Ses vacances ? Elles étaient d'une monotonie décourageante. On s'y levait tard, on lisait, on déjeunait... De nouveau la lecture, une promenade parfois. Puis son père faisait travailler les enfants dans le salon exigu : calcul, dictée, récitation. Le tarif était clair : une remontrance[1] pour une erreur vénielle[2], une tape sur les doigts par « grosse faute ». Ensuite ils avaient le droit de lire, parfois même des bandes dessinées, pendant que le père, ayant allumé un antique poste de radio, écoutait les émissions en arabe de la BBC. On y parlait de guerres lointaines et d'un certain Nasser, président de l'Égypte.

Raconter cela ? Il prit son stylo Bic bleu, en posa la pointe sur la première ligne et les mots vinrent d'eux-mêmes, comme des petits affamés se répandant dans un réfectoire après qu'on eut ouvert les portes. Il ne savait pas vraiment ce qu'il écrivait – ce devait être les vacances d'un autre. Mais mille mots emmagasinés pour leur sonorité chatoyante[3], mille expressions d'autant plus séduisantes qu'il ne les comprenait qu'à demi se bousculaient dans sa tête en criant :

– Moi, moi, moi !

Généreux, il leur fit à tous de la place, il réussit à les agencer tant bien que mal dans son récit : « les grandes chaleurs de l'été », « les éclaboussures de l'eau » (ce qui orienta sa rédaction vers des vacances passées au bord de la mer), « le clapotis des

1. **Remontrance** : reproche.
2. **Vénielle** : sans importance.
3. **Chatoyante** : étincelante (adjectif qualifiant habituellement une couleur).

Gamal Abdel Nasser (1918-1970), président de l'Égypte de 1956 à 1970, est une figure centrale, parfois controversée, de l'histoire moderne du Moyen-Orient.

vagues contre les rochers », puisqu'on était dans une « station balnéaire[1] » – expression qu'il avait déchiffrée sur un panneau, un jour, et qu'il fut très heureux de pouvoir resservir, même s'il se demandait ce que « balnéaire » signifiait. Il faillit introduire un « bal » dans l'histoire mais se ravisa : il ne connaissait que la valse (que le mot « valse ») et il n'était pas sûr qu'on valsait à... Où, en fait ? Où se déroulaient ses vacances ? Ah oui : Kénitra, puisque M'Chiche daignait y habiter. Il se reprocha amèrement de n'avoir jamais demandé à M'Chiche si on valsait à Kénitra. Il ferma les yeux et vit les hommes en grand uniforme de la Garde impériale, les femmes se pâmant par dizaines (on leur faisait respirer « des sels[2] »). Bon, tant pis, ni bal, ni uniformes. Il revint à la plage. Le soleil est toujours « de plomb » – ce qui est curieux, parce que le plomb est grisâtre et le soleil jaune, mais cette langue parfois déroutante des Français, il fallait l'accepter telle quelle, et si « soleil de plomb » déboulait en criant « moi ! moi ! », il fallait lui trouver un emploi et ne pas se poser de questions.

Il pensa insérer « Midi, roi des étés » quelque part, hésita puis renonça parce que son père lui avait souvent répété qu'il ne fallait jamais parler du roi – la politique, c'était dangereux.

« Vapeur brûlante » s'écrivit tout seul sur la feuille de brouillon. Il y avait un hic[3] : cette maudite vapeur sortait toujours d'un *samovar*[4]. Y avait-il des Russes à Kénitra ? Il décida de leur voler

1. **Balnéaire** : de bains de mer.
2. **Sels** : substance anciennement utilisée pour réanimer les femmes qui perdaient connaissance.
3. **Hic** : problème, obstacle.
4. **Samovar** : bouilloire surmontée d'une petite chaudière et munie d'un robinet, permettant de disposer en permanence d'eau chaude.

En Russie, la Garde impériale était chargée de la protection du tsar, depuis sa création par Pierre Ier en 1700.

leur *samovar*, ni vu ni connu, et d'en faire une bouilloire. Oui, mais celle-ci n'arrivait jamais seule : « brasero » n'était pas loin, veillant sur elle comme un mari jaloux.

« Une vapeur brûlante sortait de la bouilloire posée sur le brasero. » Mais, puisqu'on était à la plage, sous un soleil de plomb, dans une *station balnéaire*, que faisait là ce couple étrange bouilloire/brasero ? Mehdi suçota le bout de son stylo Bic, ferma les yeux et entrevit la solution : sa mère ! Sa mère se tenait à l'ombre, en retrait, et c'est elle qui s'occupait de ces ustensiles inséparables. Bien. Mais, dans ce cas, où était le père ? Mehdi parcourut des yeux l'immense plage de Kénitra et ne le vit nulle part. Les larmes aux yeux, il écrivit « le père était allé acheter un journal ». Il reprit confiance quand plusieurs bouts de phrases débarquèrent sans crier gare : « il plongea la tête la première », « l'écume des vaguelettes venait mourir sur le sable », « une brise de mer caressait » – caressait quoi ? Et d'abord, c'était quoi, une brise de mer ? De fil en aiguille, il en arriva aux mystérieuses « sirènes ». Il hésita. Des sirènes à Kénitra ? Pourquoi pas ? M'Chiche en avait les moyens. Mais que faisaient-elles toute la journée, ces drôles de créatures ? Ah oui, elles chantaient ! Caressaient-elles aussi, comme on caresse un chat ? Il éprouva un léger découragement. Tant de choses qu'on ignorait... Il leva la tête et vit, à sa droite, la tête de sa voisine reposant sur son bras gauche posé sur la table, pendant qu'elle écrivait de sa main droite, très lentement. Cette pose extraordinaire lui donna une idée : « Sur le sable, une sirène dormait, les cheveux éparpillés sur le bras sur lequel s'appuyait sa tête. » Puis (il n'avait pas perdu le fil) : « L'écume des vaguelettes venait mourir à ses pieds. » *Mierda !* (Comme disait Ramón.) Il avait vu des images de sirènes : elles n'ont pas de pieds ! Leur corps se termine par une espèce de queue de poisson. Désespéré, il pensa déchirer la feuille de papier (les mots étaient déjà écrits et le regardaient, narquois[1]). Que faire ? Il savait bien, à présent, que Dieu ne répondait jamais et que ce n'était pas la peine de lui réclamer un cataclysme. Il se souvint à temps de ce que M. Porte leur avait dit à propos des poètes et il ajouta, soulagé, la formule magique : « L'écume des vaguelettes venait mourir à ses pieds *(licence poétique)*. » Il put alors finir sa rédaction : il plongea dans l'eau « la tête la première », son frère s'amusa à « l'éclabousser », sa sœur... Euh... Sa sœur, euh... « Elle se tenait immobile dans l'eau, comme Gribouille[2]. » Finalement, ils allèrent tous trois boire le thé qu'avait préparé la mère. C'était une belle journée à la plage et « mes vacances furent une suite de journées pareilles, dont chacune apportait son lot de petites joies ». En réalité, la phrase qui s'était présentée spontanément (« Prends-moi ! »), et dont il ne se souvenait plus où il l'avait lue, disait ceci : « une suite de journées, dont chacune apportait son lot de consolations ». Mais Mehdi, n'ayant fait pleurer personne dans sa narration, ne voyait pas très bien qui il pouvait consoler. Il remplaça sournoisement « consolations » par « joies », puis en fit « petites joies », parce que vraiment, à part la sirène, il ne s'était pas passé grand-chose sur « la grande étendue de sable blond » – oui, il avait aussi réussi à placer ça. Il rendit sa rédaction en poussant un soupir de soulagement, épuisé par la nage, les « courses au bord de l'eau », à peine ragaillardi par le thé à la menthe servi par sa mère.

1. **Narquois** : moqueurs.
2. **Gribouille** : personnage populaire naïf et sot, qui se jetait dans l'eau par crainte de la pluie.

La semaine suivante, M. Flamand rendit les copies. Il commença par la plus mauvaise (« 5/20 ! Vraiment, Afota, vous ne vous êtes pas foulé ! ») et remonta vers la meilleure note. Quand il n'eut plus que deux copies à la main, il fit durer le plaisir en arborant un sourire qu'il voulait sardonique[1] et en faisant coulisser les copies l'une sur l'autre. Puis il annonça d'un seul souffle, comme un crieur de marché :

– Mlle Kirchhoff, 14/20 ! Khatib, 17/20 ! Bravo ! Vous êtes doué, mon petit. J'ai beaucoup apprécié votre « licence poétique » écrit entre parenthèses. Un peu d'humour, s'il est bien placé, ne fait jamais de mal.

La sirène récupéra sa copie et se tourna, souriante, vers son voisin :

– Et en plus, il est « fort », mon petit Kaki ?

En plus de quoi ? Il ne répondit pas. Il se demandait pourquoi M. Flamand avait parlé d'humour. C'était très sérieusement qu'il avait ajouté *licence poétique* à la fin d'une phrase. Ceux du fond de la classe le regardaient d'un air mauvais. En sortant, l'un d'eux lui glissa, hargneux[2] :

– C'est pas la peine de faire le malin !

Il n'avait rien fait.

Il n'avait rien dit.

1. **Sardonique** : moqueur, ironique.
2. **Hargneux** : méchant.

14

Un week-end chez les Français

Quelques semaines après la rentrée, alors que Mehdi s'était habitué à sa condition d'interne (l'odeur du hachis Parmentier collait à ses vêtements – qui n'étaient pas toujours les siens), sa vie prit un tournant imprévu, qui allait le marquer pour longtemps. Cela se passa un vendredi, vers la fin de l'après-midi. Un long week-end commençait, celui de la Toussaint. Mehdi n'avait pas vu le coup venir et personne n'avait pensé à l'avertir. Le lycée allait fermer ses portes pendant trois jours. Catastrophe !

Ce qui se passa, ce vendredi, Mehdi le vécut comme un film, un *thriller*[1] dont il allait longtemps se repasser les images dans la tête.

17.00

Avec d'autres internes, Mehdi se tient debout dans la loge du concierge, en proie à un sentiment d'inquiétude qui lui tord les tripes. Les internes ne sont pas autorisés à quitter seuls le lycée, c'est pourquoi ils attendent, serrés les uns contre les autres dans ce local exigu, que leurs parents viennent les chercher pour les emmener à la maison. Ils attendent, il n'y a rien d'autre à faire,

1. **Thriller** : roman ou film à suspense conçu pour faire subir des émotions fortes au lecteur ou au spectateur.

et tuent le temps en racontant des blagues ou en se chamaillant. Juan Savall et Ramón Fernández bavardent en espagnol. M'Chiche joue avec sa gourmette[1] en or, bâille, traite les Espagnols de *spagnoli hazeq* (ils haussent les épaules). Kohlauer va et vient, pensif, sort de la loge, sautille d'énervement. Samir Tanji raconte sa vie à qui veut l'entendre. Mehdi, lui, ne dit rien, adossé au mur. Impossible de « jouer » quoi que ce soit, la peur est trop forte. De temps en temps, la porte de la loge s'ouvre, des adultes entrent, les uns rieurs et bavards, les autres pressés et peu loquaces[2], pour réclamer leur progéniture et l'arracher au groupe, qui se réduit petit à petit. Le concierge salue les parents, au garde-à-vous, ce qui en étonne plus d'un. Parfois il échange quelques mots avec un père plus amène[3] que les autres. Les mères, il ne leur dit rien, il ne semble pas savoir comment on parle aux dames.

Morel, un sac de sport en bandoulière, vient jeter un coup d'œil dans la loge. Constatant que Miloud est là, fidèle au poste, il repart vite, en sifflotant.

Un à un, les garçons et les filles s'en vont, avec leur famille. Ceux qui restent regardent avec impatience, par la fenêtre de la loge, les voitures qui glissent sur le boulevard Ziraoui et parfois s'arrêtent devant les portes du lycée. Ils s'agitent ou poussent une exclamation quand ils reconnaissent la Simca ou la Taunus ➲ de leur père. M'Chiche ricane : c'est une Mercedes qui

1. **Gourmette** : bracelet à mailles aplaties.
2. **Peu loquaces** : peu bavards.
3. **Amène** : agréable, charmant.

➲ **Simca, filiale française de l'entreprise automobile Fiat, construisit, entre autres, le célèbre modèle de Simca 1000, en 1961. La Taunus est un modèle du constructeur américain Ford. Ces deux voitures sont les marqueurs d'une époque.**

viendra le chercher. Mehdi est le seul qui ne regarde pas par la fenêtre de la loge.

18.00

Il est presque six heures. Tous les internes sont maintenant partis. Le dernier était M'Chiche, dont le chauffeur s'est confondu en excuses pour le retard. Mehdi, qui ne peut plus se fondre dans la masse, n'ose pas lever les yeux sur le concierge. Miloud regarde sa montre de plus en plus fréquemment. Et il pose sur le petit prolétaire un regard sans aménité[1].

Mehdi sait que sa mère ne va pas venir le chercher. Il y a quelques jours, M. Lombard l'a convoqué dans son bureau et lui a demandé d'appeler au téléphone ses parents *(ses* parents ?) pour leur rappeler qu'ils doivent venir le chercher pour le week-end de la Toussaint. Depuis le début de l'année, il a passé tous ses week-ends à l'internat, avec quelques autres internes, pas toujours les mêmes, et parfois tout seul. Tout le monde a remarqué cet enfant qui semble délaissé. Mais ce week-end est particulier : l'internat ferme pour de bon. Ni surveillants, ni cuisinier, ni concierge ne seront là. Mehdi ne pourra pas rester au lycée.

C'est étrange. Il sait et il ne sait pas. Ou ne veut pas savoir. Pendant qu'il écoutait M. Lombard, dans son bureau, Morel était entré, en coup de vent, comme à son habitude.

– Bonjour, *Monsignore !* Tiens, qu'est-ce qu'elle fait là, Fatima ?

– Allons, du sérieux, Morel, j'explique au petit Khatib qu'il ne peut pas rester ici, pour la Toussaint. Cette année, ça tombe un

1. **Aménité** : gentillesse.

samedi, le 1er novembre : tu me suis, fils ? (Il s'était penché sur Mehdi.) Dimanche 2 novembre, c'est le jour des défunts. Tu sais ce que c'est ?

– Non, avait murmuré Mehdi, qui se rendait bien compte que M. Lombard aimait faire de longs discours et qu'il valait mieux lui en donner l'occasion.

M. Lombard avait pris une profonde inspiration, puis s'était lancé.

– Eh bien, le jour des défunts, c'est la commémoraison des morts, ou la fête des morts...

– Rien qu'du joyeux ! l'avait interrompu Morel.

M. Lombard l'avait foudroyé du regard. Puis il avait continué.

– Pour les catholiques, c'est le moment de demander à Dieu de délivrer ou de soulager les âmes du Purgatoire[1]. Le Purgatoire, y a pas ça chez vous, les musulmans. Ou je me trompe ?

Mehdi était resté muet, n'ayant même pas compris la question. Morel en avait profité pour taquiner M. Lombard.

– Vous cherchez à convertir Fatima ? Je vous rappelle, même si vous êtes mon supérieur hiérarchique, disons que *je me permets de vous rappeler* que nous sommes dans un établissement laïque[2]. Ça s'appelle, bizarrement, la *Mission* culturelle française, mais on n'est pas des missionnaires, on est les hussards noirs de la République ➲ : on est là pour propager les idéaux laïques de la Révolution...

1. **Purgatoire** : dans la religion catholique, lieu dans lequel les âmes des défunts expient leurs péchés dans l'attente du Jugement dernier.
2. **Laïque** : indépendant de toute confession religieuse.

➲ **L'expression « hussards noirs de la République » désigne les instituteurs publics à partir de 1913 et des lois scolaires de Jules Ferry. Ces enseignants, vêtus d'un uniforme noir, avaient pour mission d'assurer l'instruction obligatoire, laïque et gratuite aux enfants de six à onze ans.**

M. Lombard l'avait interrompu, agacé.

– Qu'est-ce que c'est que ce langage pompeux, Morel ? Ça ne vous ressemble pas. Et d'abord, je ne cherche à convertir personne, simplement j'explique au petit Khatib pourquoi le week-end qui vient est spécial : il ne pourra pas rester à l'internat. On ferme !

– Ça, c'est vrai, avait confirmé Morel en regardant Mehdi d'un air menaçant. On ferme ! Tous ceux qui voudront rester seront dévorés par Médor, le chien de son maître. Ouaf, ouaf !

Mehdi avait quitté le bureau le cœur serré. Il décida d'oublier tout ce qui s'y était dit. De toute façon, ce fameux samedi 1er novembre 1969 n'allait peut-être jamais advenir. La fin du monde était proche. Tous les espoirs étaient permis.

18.30

Il ne reste plus personne dans la loge. Sauf lui.

– Alors, tu as appelé tes parents ?

M. Lombard avait surgi devant lui, la veille. Pris de court, Mehdi avait fait « oui » de la tête. Le surveillant général était parti, satisfait.

En fait, Mehdi n'avait appelé personne. Comment aurait-il pu le faire ? À Béni-Mellal, ils ne sont que quelques-uns à avoir le téléphone, sa mère n'est pas du nombre et elle ne sort jamais de chez elle, frappée d'un mal mystérieux ce jour funeste où son mari s'est évanoui dans la nuit. Depuis la rentrée, depuis le jour des dindons, Mehdi n'a aucune nouvelle d'elle, ni de son frère et

Morel reproche ironiquement à Lombard son cours de catéchisme. Il lui rappelle qu'un établissement public français est laïque. Le ton employé est celui d'un donneur de leçon. Son langage est d'autant plus exagéré que les surveillants ne sont pas enseignants... donc pas des hussards noirs de la République.

de sa sœur. C'est étonnant mais c'est comme ça. Comment expliquer une telle situation au surveillant général ? Il ne voudrait pas le croire. Et s'il le croyait, quelle honte ! La situation est inextricable[1]. Alors Mehdi attend un miracle : que le calendrier fasse un saut, qu'il passe directement du vendredi 31 octobre au lundi 3 novembre. (M. Porte leur a parlé de cette époque extraordinaire, au XVIe siècle, où on était passé d'un calendrier à un autre. Le pape Grégoire avait fait d'un vendredi 15 octobre le lendemain d'un jeudi 4 octobre ! Donc : rien n'est impossible.)

À défaut d'un miracle similaire (le pape n'est peut-être pas disponible), il espère qu'un avion s'écrase sur le collège, dans une apocalypse de feu, et qu'ils meurent tous, lui, le concierge, le surveillant général, Médor, Morel… Ou bien un tremblement de terre pourrait détruire toute la ville, ou un raz de marée l'engloutir. Cela résoudrait son problème.

19.30

La nuit commence à tomber. Miloud, excédé, est allé chercher le surveillant général, qui était encore dans son bureau. M. Lombard arrive au galop, le sourcil froncé, la cravate en bataille, avec le concierge clopinant[2] dans son sillage, on dirait deux rhinocéros chargeant un intrus dans la savane – et l'intrus, c'est lui, Mehdi. Les deux hommes se penchent sur le garçon,

1. **Inextricable** : insoluble.
2. **Clopinant** : boitant.

Le calendrier grégorien est un calendrier solaire conçu à la fin du XVIe siècle, sous l'égide du pape Grégoire XIII. Introduit le vendredi 15 octobre 1582 (le lendemain du jeudi 4 octobre 1582), le calendrier grégorien prend en compte les années bissextiles, et pour rattraper la différence avec le calendrier julien, en vigueur à Rome, il fallut supprimer dix jours. Il fut adopté dans le monde entier au début du XXe siècle.

qui fixe obstinément le sol. À force de le questionner, et malgré ses réponses en forme d'onomatopées, ils finissent par comprendre quelle est la situation. La situation est la suivante : on est vendredi soir, demain c'est la Toussaint et ils ont un gamin sur les bras, un gamin que nul ne viendra chercher.

M. Lombard murmure :

– M… ! On dirait du Dickens.

Mehdi a entendu. Il sait qui est Dickens. Il a lu *Oliver Twist* en français, dans la Bibliothèque verte ➲ . Il rougit violemment.

Que faire ? Les deux hommes le fixent des yeux, espérant sans doute qu'il va s'évaporer dans l'air. Mais rien ne se passe et le grain de sable est toujours là. Tout petit, les yeux baissés, mais bel et bien là.

Soudain, le concierge a une inspiration. Il demande en arabe et en français :

– *Chkoune sahbek* ? Qui est ton ami ?

M. Lombard, qui a tout de suite compris de quoi il s'agit (il n'est pas pour rien surveillant général), hoche énergiquement la tête. Il se joint au chœur.

– Oui, oui, qui est ton meilleur ami ?

Mehdi n'a pas d'amis (il ne sait même pas ce que ça veut dire). Il fait semblant de réfléchir. Il voit une sarabande de visages, Juan Savall, M'Chiche, Samir Tanji, Ramón Fernández et d'autres, qui tous se moquent de lui, lui tirent la langue ou

➲ **Oliver Twist est le héros du roman du même nom, publié en 1839 par Charles Dickens. Un jeune garçon, orphelin, tente de survivre dans la ville de Londres au début du XIXe siècle. La Bibliothèque verte est une collection des éditions Hachette, créée en 1923 pour les adolescents. Elle avait, à l'origine, pour vocation de rééditer les grands classiques de la littérature de jeunesse, les romans de Jules Verne par exemple. Si la collection existe toujours, elle a connu son apogée dans les années 1960-1970.**

lui donnent des coups de pied. *Un prolétaire n'a pas de patrie.* Il ferme les yeux. Les deux hommes semblent perdre patience.

– Ben alors ? Réponds ! On t'a posé une question !

La peur tord les tripes de l'enfant. Un nom fuse de sa bouche, comme malgré lui :

– Denis Berger.

Tiens ! Pourquoi ce nom a-t-il jailli ? Il n'a jamais adressé la parole à ce Denis, qui est dans sa classe et qui fait partie du petit groupe qui « fait du théâtre » avec Sabine Armand, le mercredi après-midi. Il a toujours été fasciné par ses cheveux blond paille, soyeux et raides. Il ne se lasse pas de regarder ses cheveux. Il n'a jamais rien vu de tel dans les rues de Béni-Mellal, où il a grandi. Même à Lyautey, ils sont rares, des cheveux aussi blonds, presque blancs.

Mais ce n'est pas pour cela qu'il l'a accusé d'être son ami. En fait, il voulait répondre : « Cathy Kirchhoff » (on vit dans l'espoir) mais une sorte de pudeur a fait fourcher sa langue – et puis, il a beau anticiper à perdre haleine, il ne peut quand même pas avancer la pendule de vingt ans. Certes, il épousera un jour Mlle Kirchhoff, et aussi Jenny von Westphalen, et la fille à Chamayrac, et Mme Gobert, qu'il n'a jamais vue, et toutes se fondront en une seule Mme Khatib, mais c'est loin, tout ça : les deux rhinocéros ne pourraient pas comprendre ce plan infaillible, on pourrait se moquer de lui. D'où cette réponse étrange :

– Denis Berger.

M. Lombard s'empare du téléphone, réclame le numéro de la famille Berger au concierge, qui le déniche dans un registre, et compose d'un doigt autoritaire ledit numéro. Il est bientôt en grande conversation avec M. Berger. Au début, il semble avoir du mal à expliquer la situation, il bafouille un peu, bégaie, se reprend, mais, au bout de quelques minutes, un grand sourire éclaire son visage et il se répand en remerciements d'une belle voix mâle que module un évident soulagement. L'affaire est réglée. Mehdi va passer la Toussaint avec des chrétiens qu'il ne connaît ni d'Ève ni d'Adam : c'est ce que lui affirme le surveillant général.

Mehdi s'efforce de penser mais son cerveau refuse de fonctionner. Il ne voit qu'un grand écran noir devant lui. C'est la Toussaint. *Les chrétiens vont l'enterrer.*

– Tu vas être avec ton ami Denis ! C'est quand même mieux que rester ici, dans un dortoir désert, dans un réfectoire vide ?

C'est la fin. « Ton ami Denis » ? La vérité va éclater au grand jour. Tout le monde va comprendre qui est exactement Mehdi Khatib.

Un petit imposteur.

20.30

M. Bernard a remis les clés de sa voiture au concierge et lui a demandé d'emmener Mehdi chez les Berger, dans un quartier de Casablanca qu'on appelle étrangement « le Polo[1] ». Miloud semble pressé et de mauvaise humeur. Il roule à toute allure dans les rues de Casablanca, comme s'il conduisait une jeep[2] ou un tank dans la jungle vietnamienne, manque écraser quelques piétons téméraires (ils le sont tous), brandit le poing et injurie généreusement tous les véhicules qui osent croiser sa folie.

1. **Le Polo** : quartier de Casablanca.
2. **Jeep** : voiture tout terrain.

Arrivé au Polo, Pat Hibulaire se gare le long d'un trottoir, au pied d'une colline, descend avec agilité du tank ➲, ouvre la portière du passager et extirpe celui-ci sans ménagement. Mehdi heurte son genou contre le tableau de bord, la douleur est si vive qu'il se met à pleurer. Charlie[1] n'en a cure[2], il explique à Mehdi, planté sur le trottoir, prêt à défaillir, quelle direction il doit prendre. Il répète l'explication, d'une voix menaçante, avec force[3] gestes et quelques menaces à la clé. Dans un instant, il va prendre une mitraillette et la plaquer sur la tempe du petit guérillero[4]. Mehdi comprend à peine ce qu'on lui dit, mais il hoche la tête, effrayé à l'idée de devoir grimper la colline tout seul, mais encore plus effrayé à celle d'attirer sur lui la colère de cet homme si désagréable. Tout ce qu'il a compris, c'est qu'il doit aller au 21, rue de la Dordogne.

La voiture démarre en trombe et s'évanouit dans la nuit indochinoise.

Mehdi se met en marche, boitant tant bien que mal le long de la large route mal éclairée qui mène au sommet de la colline. Il cherche des yeux les plaques qui indiquent le nom des rues qui aboutissent sur la route, à droite et à gauche. Mais il y a un hic[5] : toutes les rues ont été débaptisées, au cours des années précédentes. La rue de la Dordogne, même si on a gardé l'habitude de la désigner ainsi, porte maintenant un autre nom. Mais lequel ? Mehdi déchiffre des rues Lahsen M'hidi ou Ferhat Hachad ou Allai el Fassi, mais quel rapport avec la Dordogne ? Il cherchait

1. **Charlie** : voir note p. 120.
2. **N'en a cure** : ne s'en soucie pas.
3. **Avec force** : avec beaucoup de.
4. **Guérillero** : combattant.
5. **Hic** : problème.

➲ **Miloud (Pat Hibulaire) a fait la guerre d'Indochine, comme deux des cuisiniers du lycée, d'où les analogies qui naissent à nouveau dans l'imagination de Mehdi.**

une belle région de France, le voilà au milieu de syndicalistes morts ou de glorieux résistants dont il n'a jamais entendu parler ➲. Il fait de plus en plus noir. Fatigué, ne sachant que faire, il va s'adosser à un arbre, au bord des larmes. Son genou est en train d'enfler. Quelques minutes passent, cruellement. On entend des chiens aboyer.

Soudain, il croit voir une ombre bouger, sur le côté. Il cligne des yeux, s'efforçant de mieux voir. Un homme, ou peut-être un spectre, engoncé dans une djellaba marron, s'approche lentement. Il est sorti du porche d'une des villas qui s'étendent le long de la route. Le voici à la hauteur de Mehdi. Il se penche sur l'enfant au comble du désarroi – cette fois, c'est vraiment la fin – et lui adresse quelques mots en arabe. Mehdi ne comprend pas ce que l'homme lui veut mais il a l'impression qu'on lui pose une question. Il ne peut que gémir :

– Rue de la Dordogne, rue de la Dordogne...

Le spectre lui prend la main sans mot dire et l'entraîne fermement vers une petite ruelle sombre. Transi de peur, Mehdi le suit en refoulant ses pleurs. La ruelle débouche sur une rue plus large, un peu mieux éclairée. Une voix demande :

– *Nimiro ? Nimiro ?*

Ça, ça ressemble à *numéro*.

– Vingt et un, répond Mehdi.

L'homme le regarde, perplexe. Il avise un petit tas de sable, au bord du trottoir, et y farfouille de son doigt. Il écrit 1, 2, 3... puis s'arrête. Mehdi trace à son tour un 21 tremblotant dans le sable.

➲ **Le Maroc a été un protectorat français entre 1912 et 1956. Quand le pays obtient son indépendance, les rues portant des noms français sont rebaptisées par des dénominations arabes.**

La djellaba l'emmène vers un grand portail et le plante devant, après avoir énergiquement sonné.

Mehdi, reprenant ses esprits, voudrait remercier son ange gardien mais il ne trouve pas ses mots. D'ailleurs, l'homme a disparu, avalé par les ténèbres.

21.00

Le portail s'ouvre. M. Berger – ça ne peut être que lui – est là, dans l'allée, grand, massif ; un large sourire éclairant son visage. Ses yeux semblent cependant contenir une interrogation muette. À côté de lui, Denis se tient tout droit, l'air très sérieux, la bouche fermée, les sourcils un peu froncés. Derrière eux, sur les marches qui mènent à la porte de la maison, Mme Berger, la mère de Denis, regarde la scène, les bras croisés sur la poitrine. Elle non plus ne sourit pas.

MOUTIER

Je veux bien, mon garçon ; mais que ferons-nous de Torchonnet ? Si nous le menions chez le curé ?

ELFY

Pourquoi ne l'amèneriez-vous pas ici ?

MOUTIER

Parce que notre maison n'est pas une maison de refuge, ma bonne Elfy ; d'ailleurs savons-nous ce qu'est ce malheureux garçon, et si sa société ne serait pas dangereuse pour les nôtres ?

Dialogue extrait du roman de la Comtesse de Ségur, *L'Auberge de l'ange gardien* (1888). Le passage rappelle la situation de Mehdi, accueilli par les parents de Denis.

M. Berger tend la main à Mehdi-Torchonnet qui la serre mollement. Il serre aussi celle de Denis, petite chose un peu chaude, un peu moite. Ils rentrent tous les trois dans la maison. Mme Berger ne lui serre pas la main. Elle s'est effacée pour les laisser entrer, puis elle est partie très vite, presque en courant, vers ce qui doit être la cuisine.

Couverture du livre de la Comtesse de Ségur intitulé *L'Auberge de l'ange gardien*. Illustration d'André Pécoud, vers 1930.

Denis, sous l'œil attentif de son père, demande à Mehdi si ce dernier veut le suivre dans sa chambre. Il parle sur un ton mécanique, comme s'il récitait une leçon apprise par cœur. Mehdi fait oui de la tête (c'est à peine perceptible). Les deux enfants grimpent les marches d'un escalier qui sent l'encaustique[1]. Sur le seuil de sa chambre, Denis reste un moment à regarder l'intrus pendant que l'intrus baisse les yeux. Puis il entre, se gratte le ventre et lui montre, sans raison particulière, sa collection de bandes dessinées. De nouveau, le ton mécanique :

– Tu peux en choisir une.

Les deux garçons sont bientôt absorbés dans un album, chacun de son côté. En fait, Mehdi n'arrive pas à lire. Des bribes de *L'Auberge de l'Ange Gardien* lui reviennent en mémoire. À part cela, son cerveau s'est tout simplement arrêté de fonctionner. Ça lui prend, de temps à autre. Depuis qu'il est né.

Il n'arrive tout simplement pas à comprendre comment le cours chaotique[2] de sa jeune vie a abouti là, dans le royaume d'un autre.

Qu'est-ce que je fais ici ?

Une demi-heure plus tard, il faut descendre dans la salle à manger pour le dîner. Mehdi, torturé par le sentiment d'être de trop dans cette belle résidence, s'assoit à côté de Denis, sur un geste de M. Berger. Son genou lui fait un mal de chien mais il est malgré tout heureux d'avoir trouvé ce refuge grâce au spectre en djellaba. Dedans, c'est éclairé, il fait chaud, on y est bien. Il respire l'odeur caractéristique des Français, la même que celle

1. **Encaustique** : produit d'entretien du bois, à base de cire et d'essence.
2. **Chaotique** : désordonné.

qui règne dans le dortoir ou dans le bureau de M. Lombard. C'est un mélange de senteurs d'encaustique et de cire, mêlées de lavande, loin des relents d'épices des maisons des Marocains.

Il n'est pas chez lui : cette fois, c'est son nez qui le lui dit.

Petit à petit, il se sent pénétré par une autre sorte de malaise. Il regarde autour de lui. Il a l'habitude que les adultes lui posent des questions, se penchent sur lui, parlent sans raison ; or la mère de Denis ne lui demande rien. Ses yeux gris ou bleus (il ne peut se décider) se posent parfois sur lui et son regard semble immédiatement glisser vers d'autres objets. Il ne sait pas non plus si elle est triste ou étonnée : ses yeux ne semblent rien exprimer. Quant à Denis, il joue à écraser ses pommes de terre, il creuse dans l'assiette des rigoles pour la sauce, il découpe la viande en petits morceaux mais il ne lève pas les yeux. Seul M. Berger essaie, d'une voix enjouée, de tenir une conversation. Il raconte des histoires qui se sont passées dans l'entreprise qu'il dirige, il parle du gardien Boujemâa qui est si naïf et de la secrétaire Latifa qui mâche sans cesse du chewing-gum. Il s'adresse maintenant directement à Mehdi :

– Nous vivons depuis plusieurs années au Maroc, mais beaucoup de choses sont encore nouvelles ou étranges pour nous. Des choses qui doivent te sembler assez banales, non ?

Le petit imposteur regarde M. Berger sans répondre. Que pourrait-il dire ?

Rien, absolument rien, ne lui a jamais semblé banal.

Et d'abord, que fait-il ici ?

22.00

Le dîner est fini. M. Berger débarrasse la table pendant que Mme Berger sort dans le jardin fumer une cigarette. « Ces gens-là font les choses à l'envers », pense vaguement Mehdi, qui tombe de sommeil. Il se retrouve, il ne sait comment, les yeux à demi fermés, dans la chambre de Denis. Cette fois-ci, son cerveau fonctionne, malgré l'envie de dormir, et il se force à ouvrir les yeux pour mieux regarder autour de lui. Il se trouve dans une espèce de cocon multicolore. Du papier peint fait de motifs géométriques recouvre les murs. Mehdi y reconnaît avec satisfaction des triangles isocèles.

Curieusement, il y a deux lits superposés dans la chambre de Denis, comme à l'internat. Pendant quelques instants, Mehdi rêve, il divague plutôt, il est persuadé que Cathy Kirchhoff va apparaître – c'est la cousine – non, c'est la *sœur* de Denis et le deuxième lit, c'est le sien... Il secoue la tête : impossible, ils ne portent pas le même nom de famille. Et puis, elle aurait dîné avec eux... Il reprend son inspection. Les sommiers sont épais, on doit dormir là-dessus comme des rois. Les draps sont bleu clair. Une couette un peu froissée s'étale sur ceux du bas, languide[1]. Pas de couette sur le lit du haut. En revanche, il y a des édredons colorés aux deux niveaux.

Une petite table de chevet porte quelques livres : des *Tintin*, ainsi qu'un petit *parallélépipède* couvert de cuir marron. Mehdi en déchiffre sans peine le titre : *La Sainte Bible*. Manant[2]. Ça se lit donc au lit ? Pas dans l'église ? Une grande armoire, à demi ouverte et dont on voit les tablettes bourrées de vêtements (ils sont aussi riches que M'Chiche, les Berger ?), occupe une bonne partie du mur qui fait face à la fenêtre. Sur le sol, une moquette bleu sombre étouffe les bruits des pas. À côté de la fenêtre, un

1. **Languide** : sans énergie, sans vie.
2. **Manant** : ici, ignorant.

cintre monté sur pieds ➲ a l'air d'un *chaouch*[1] attendant les ordres.

Quelle chambre extraordinaire ! Denis n'a même pas l'air de se rendre compte qu'il vit au Paradis.

Mehdi, agenouillé sur la moquette, ouvre sa petite valise marron à poignée blanche, qui a l'air d'un intrus autant que lui dans cette belle chambre. Catastrophe ! Il s'aperçoit qu'il a oublié d'y mettre son pyjama ! Que faire ? Transi de honte, il finit par expliquer la situation à Denis. Celui-ci, haussant les épaules, ouvre un tiroir et lui tend sans mot dire un pyjama tout bleu, avec une espèce de logo jaune.

C'est tout de même mieux que le rose.

En attendant que Denis revienne – il est allé se brosser les dents – Mehdi se tient devant les deux lits, dans son beau pyjama bleu, en se demandant lequel des deux lits est le sien. Soudain il entend une espèce de petit cri derrière lui. Il se retourne. La mère de Denis est debout dans l'embrasure de la porte, la main contre la bouche, les yeux grands ouverts, comme frappée d'horreur. Elle disparaît brusquement. Mehdi l'entend parler avec Denis dans la salle de bains. Denis semble répondre quelque chose mais sa mère l'interrompt. Elle crie presque.

Denis revient. Sans mot dire, il ouvre un tiroir et tend à Mehdi un autre pyjama.

– Tu changes de pyjama, lui dit-il.

Mehdi trouve enfin la force de dire quelque chose. Il murmure :

---

1. *Chaouch* : serviteur.

➲ **Il s'agit d'un valet de nuit, support où l'on suspend des vêtements, mais Mehdi n'en a jamais vu, donc il ne connaît pas le mot qui convient pour le désigner.**

– Mais pourquoi ?

– Parce que c'est comme ça, répond Denis, l'air buté.

23.00

Mehdi est maintenant couché dans le lit du haut.

– Tu dors en haut, moi je prends *toujours* celui du bas, lui a dit Denis.

Il n'y a pas de couette, là-haut. Heureusement, il ne fait pas froid et le drap suffit. Mehdi porte à présent un pyjama marron, avec des rayures blanches. Il déteste la mère de Denis, malgré ses yeux couleur de ciel. Pourquoi ne veut-elle pas qu'il porte le beau pyjama bleu ? C'est sur cette interrogation qu'il glisse dans un sommeil sans rêves, sans couleurs, dans ce petit Paradis dont il s'attend à être chassé d'un instant à l'autre...

Samedi

Lorsqu'il se réveille, il fait jour. Le soleil luit derrière les rideaux fins. Le lit du bas est vide. Par la fenêtre, Mehdi peut voir Denis et sa mère assis dans le jardin sur des petites chaises en osier. Il ne sait pas trop quoi faire, alors il regarde un peu mieux la chambre. Il y a deux petits bureaux dans un coin, l'un en face de l'autre. C'est curieux, il ne les avait pas remarqués hier. Il va regarder de plus près, mais il n'y a rien à voir, sinon deux meubles qui se font face et semblent être chacun le reflet de l'autre dans un miroir.

Mehdi finit par descendre au rez-de-chaussée. Il attend dans la salle à manger, un peu désœuvré, que quelque chose se passe. Au bout d'un bon moment, Mme Berger entre, venant du jardin. Elle s'arrête net et rebrousse chemin. Quelques instants plus tard, Denis arrive en courant et entraîne l'intrus vers la cuisine.

Un grand bol de café au lait l'attend, avec des croissants. Mehdi adore les croissants mais l'attitude de la mère de Denis l'attriste. Pourquoi est-elle si méchante ? Elle a pourtant de si jolis yeux, comme Cathy Kirchhoff (même s'il n'est pas sûr de la couleur). Et ses cheveux sont comme ceux de Denis, blonds, lisses et soyeux.

M. Berger revient avec des sacs, des boîtes, des paquets. Derrière lui trottine une jeune Marocaine qui a toute l'apparence d'une bonne. Mme Berger s'empare des sacs et disparaît dans la cuisine avec la domestique qui a regardé son petit compatriote avec étonnement (qu'est-ce qu'il fait là ?) mais n'a rien dit.

L'après-midi se passe mollement pour Mehdi qui s'ennuie. Il lit, sort à petits pas dans le jardin, revient examiner ces bibelots dont la maison est pleine. Sur l'insistance de M. Berger, il essaie de jouer au ping-pong avec Denis mais ce dernier est beaucoup trop fort pour lui. À un certain moment, alors que les deux garçons jouent au ping-pong dans le jardin, il lui semble surprendre une conversation entre M. et Mme Berger, qui sont dans la cuisine. À la mère, qui répète « ce n'est pas possible, ce n'est pas possible… », le père répond :

– Mais c'est ce que je t'ai dit hier, je t'assure que c'est vrai, ses parents ne sont pas venus le chercher.

Mehdi tape avec fureur sur la balle pour ne plus rien entendre.

Le soir est tombé. La table est servie. C'est exactement ce que Mehdi avait espéré, un vrai repas français, comme dans les livres. Du poulet rôti, de la purée un peu rougeâtre, des jus de fruits et du vin pour M. Berger. Il goûte le poulet, puis un peu de purée. Tiens, c'est sucré. Il pousse Denis du coude et lui montre la purée.

Denis murmure :

– On a toujours des patates douces avec le poulet rôti. À cause de Pascal.

Pascal ? (C'est qui, ça ?) Mehdi fronce le sourcil mais ne dit rien. Le dîner se poursuit en silence. De temps en temps, le père essaie de détendre l'atmosphère. Il se sert du vin, il est le seul à boire, son verre n'est jamais vide. Il pose quelques questions à Mehdi, qui répond par onomatopées, comme sa mère le lui a appris.

Ne dis rien quand on t'interroge, dis que tu ne sais rien.

À un certain moment, le père lui demande quelle est la matière qu'il préfère le plus. La réponse fuse :

– L'histoire !

Le père se tourne vers la mère. Ils se regardent, l'air ému. Elle se mord les lèvres.

La nuit est tombée. Les deux garçons sont de nouveau dans la chambre de Denis. Mme Berger entre dans la chambre et borde Denis. Elle l'embrasse sur la joue et lui souhaite bonne nuit. Puis elle se penche sur Mehdi, qui fait semblant de dormir. Dans le noir, il ne peut pas voir ses yeux mais il respire son parfum délicat. Elle passe doucement ses doigts dans ses cheveux. D'habitude, il a horreur qu'on lui caresse les cheveux. (Même Sabine Armand l'irrite quand elle fait ce geste agressif, prélude peut-être à des arrachages par touffes entières.) Mais là, c'est différent. Les doigts de Mme Berger, son parfum… Tiens, elle n'est donc pas méchante ? Soudain, il sent quelque chose de mouillé sur son front. Elle lui pleure dessus, Jenny ? Qu'est-ce qui lui prend ? Que se passe-t-il au 21, rue de la Dordogne ?

N'osant pas s'essuyer, il attend que la belle liquéfiée[1] s'en aille.

Mehdi est trop énervé maintenant. L'odeur de Mme Berger l'obsède. Il ne peut plus dormir. Après un moment, il sort du lit, tout doucement, et va regarder l'arbre. Puis il erre dans la maison. Il pousse au hasard une porte entrebâillée. C'est le bureau du père. Il entre sur la pointe des pieds, prêt à jouer au somnambule si quelqu'un le surprend.

Sur le bureau, quelques photos. Debout, les pieds nus, il les regarde longtemps puis retourne se coucher.

Il y a quelque chose qu'il ne comprend pas.

Le lendemain, c'est dimanche. C'est le fameux jour des Morts ! Réveillé à l'aube, Mehdi regarde au-dehors, à travers les rideaux fins. Il fait beau. Et c'est tout... Qu'est-ce que ce jour a de particulier ? Rien, *a priori*. Où sont les morts ? Il se penche avec précaution et jette un coup d'œil sur le lit du bas. Denis, couché sur le flanc, dort encore. Sa tête fait une tache blonde sur le coussin. Il respire très légèrement, c'est tout juste si le drap se creuse au rythme des expirations. Curieusement, il tient sa main droite sur ses yeux, ce qui lui donne l'air d'un petit philosophe (du moins est-ce Mehdi qui associe cette posture à la philosophie, ayant vu un jour, dans un livre, la photo d'un « grand penseur » portant ses doigts à ses paupières fatiguées). Pour l'heure, le petit penseur ne semble rien cogiter, sinon des rêves, et la chambre respire le calme et la sérénité. Mehdi descend de son perchoir et va regarder la collection de bandes dessinées. Il y a celles qu'il connaît et puis il y en a d'autres, qu'il n'a jamais

1. **Liquéfiée** : image tendre liée à la larme tombée sur le front de Mehdi, écho à la belle noiseuse (voir p. 217).

vues. Il y a aussi des *Tout l'Univers*, en quantité.

Assis à même la moquette, il est bientôt plongé dans un *Alix*[1]. On y croise un prince égyptien, des Romains, des légions, un tombeau *étrusque* (qu'est-ce que ça veut dire ?).

Il n'a pas entendu M. Berger entrer dans la chambre. Il sursaute en entendant sa voix joviale éclater au-dessus de lui.

– Eh bien, tu es bien matinal. Ou est-ce Denis qui lanterne[2] au lit ? Cela dit, on est dimanche, il a le droit de faire la grasse matinée. Mais maintenant, il faut se réveiller.

M. Berger va secouer gentiment son petit Platon qui finit par se réveiller. Ses grands yeux semblent d'abord totalement vides puis la vie y vient et il gazouille en souriant :

– Bonjour, mon papa.

– Bonjour, monsieur mon fils.

Mehdi regarde la scène avec étonnement : qu'est-ce que c'est que ces *salamalecs*[3] ? Ils se sont pourtant vus la veille au soir ? M. Berger ne revient pas du pôle Nord ou des tombeaux étrusques... Pourquoi tant de chichis ? Ils sont tous comme ça, les pères français ? Étrange.

Ils descendent tous trois prendre leur petit déjeuner.

M. Berger lui demande s'il sait ce que c'est que la Toussaint. Mehdi, dont la mémoire est infaillible, se souvient sans diffi-

1. ***Alix*** : série de bandes dessinées créée en 1948 par Jacques Martin (1921-2010), dont les intrigues se déroulent dans la Rome antique.
2. **Lanterne** : traîne, paresse.
3. **Salamalecs** : politesses exagérées.

Tout l'Univers (Hachette, 1961) est une encyclopédie, à l'époque vendue sous forme de revues hebdomadaires destinées aux enfants et aux adolescents entre onze et dix-sept ans.

Les Étrusques sont un peuple de l'Antiquité, qui vivait en Italie centrale, au nord de Rome. Les Romains ont hérité d'une grande partie de leur culture.

Apparemment, M. Berger trouve, comme Mehdi, que Denis a l'air d'un petit philosophe.

culté de la conversation qui a lieu entre M. Lombard et Morel. Il s'imagine acteur, chargé de jouer Morel, et il se lance dans une espèce de conférence, de sa petite voix suraiguë :

– C'est le jour des défunts, c'est la commémoraison des morts, ou la fête des morts... *Rien qu'du joyeux !* (Mme Berger sursaute, ses yeux s'agrandissent. M. Berger glousse, ravi.) Pour les catholiques, c'est le moment de demander à Dieu de délivrer ou de soulager les âmes du Purgatoire. (Une pause.) Le Purgatoire, y a pas ça chez les musulmans.

Les époux Berger se regardent, interloqués.

Lundi matin tôt, pendant le petit déjeuner, c'est le miracle. Mme Berger sourit à Mehdi (il écarquille les yeux de stupéfaction), lui caresse les cheveux comme la veille au soir, quand elle croyait qu'il dormait. Puis elle lui apporte du chocolat chaud et des croissants. Elle lui parle, lui pose des questions auxquelles il répond d'une voix inaudible – il a peur de voir le miracle se briser sur ses mots de petit envahisseur. Puis, se baissant, elle lui lace les souliers.

Elle – lui – lace – les – souliers.

Le parfum de la belle Française monte vers lui et l'enveloppe, le faisant chavirer, lui faisant tout oublier. Se redressant, elle passe la main sur sa chevelure bouclée (décidément !), puis sort pendant quelques minutes et revient avec un petit paquet qu'elle fourre dans la petite valise toute cabossée.

Elle murmure dans son oreille :

– Un cadeau pour toi.

Mehdi profite d'un instant où personne ne fait attention à lui pour ouvrir discrètement sa valise et jeter un coup d'œil au paquet. Il n'en croit pas ses yeux : il s'agit du pyjama bleu avec un logo jaune.

M. Berger a sorti la voiture. Il va emmener les deux garçons au lycée.

Au moment de monter dans la voiture, Mehdi se ravise. Il prétend avoir oublié quelque chose, il remonte en courant à l'étage, mais au lieu d'aller vers la chambre de Denis, il bifurque vers le bureau de M. Berger. Quelque chose l'y attire. Une photo, qu'il a vue l'avant-veille, pendant son excursion nocturne.

Il la retrouve tout de suite, sur le bureau. Elle est sans doute prise dans un chalet : tout est en bois. Deux garçons posent ensemble devant une grande baie vitrée qui donne sur une terrasse. Au-dehors, un paysage de montagne. Ils ont chacun un bras passé autour du cou de l'autre. Mehdi regarde avec un peu plus d'attention. L'un des garçons est Denis, un peu plus petit que maintenant. Mais l'autre ? Eh bien, l'autre, c'est encore Denis ! Du moins, il lui ressemble comme deux gouttes d'eau. Mehdi n'y comprend plus rien. Il retourne la photo. Il lit deux mots, deux noms, tracés au feutre :

Denis et Pascal, vacances d'hiver. Puis une date. C'est l'an dernier. Mehdi regarde la photo intensément. Comme si elle devait livrer un secret. Il scrute les deux visages. Maintenant, il voit une différence, presque imperceptible. À gauche, c'est Denis. À droite, ce n'est pas lui : le regard est différent, plus intense, plus moqueur. Les deux garçons viennent sans doute de se réveiller, puisqu'ils sont encore en pyjama. Ils portent le même pyjama. Enfin presque. C'est drôle, les couleurs sont inversées. L'un est jaune avec un logo bleu, l'autre est bleu avec un logo jaune.

Pascal porte le pyjama bleu avec un logo jaune.

LECTURE ACTIVE 5

Le week-end de la Toussaint

→ Voir aussi étape 5, page 282.

As-tu bien lu ?

1 Chapitre 12. Mehdi s'est inscrit au club de théâtre. Que lui permet cette nouvelle activité ?

☐ de jouer à être Mehdi ☐ de combattre sa timidité

2 Chapitre 13. a. Où Mehdi passe-t-il habituellement ses vacances ?

☐ à la maison ☐ à la plage ☐ à la montagne ☐ en colonie

b. Dans une rédaction où il doit raconter ses vacances, quelle scène décrit-il ?

3 Chapitre 14. Mehdi vit le vendredi qui précède la Toussaint « comme un film ». À 17 heures, il est dans la loge de Miloud et se demande où il va passer le week-end.
À quelle heure est-il accueilli par M. Berger ?

l'atelier

Réaliser un plan-séquence

▸ ***Objectif*.** Utiliser le langage cinématographique pour transmettre des émotions.

▸ ***Préparation*.** Par groupes de quatre, relisez le passage du chapitre 14 (pages 163 à 171) où Mehdi se demande où il va passer le week-end de la Toussaint et repérez les moments de tension dramatique.

▸ ***Réalisation*.** Avec un téléphone portable, filmez pendant environ 15 secondes un ou une de vos camarades mimant l'impatience, l'inquiétude, l'angoisse. Veillez à choisir un cadrage adéquat : apparition progressive, contre-plongée, gros plan...

▸ ***Réfléchir ensemble*.** Comment la tension est-elle matérialisée par les expressions et les gestes de l'acteur ? Comment est-elle renforcée par le cadrage et le mouvement de la caméra ?

15

La nouvelle famille de Mehdi

Au cours des semaines qui suivirent, Mehdi et Denis devinrent les meilleurs amis du monde. Avoir passé tout un week-end ensemble, avoir lu les mêmes bandes dessinées, avoir dormi dans la même chambre, tout cela créait des liens solides entre eux. Et puis il semblait à Mehdi qu'ils avaient un peu la même mère, maintenant (elle lui avait lacé les souliers, non ?), même si elle était un peu bizarre – mais choisit-on ses parents ? Dans la cour de récréation, chacun cherchait d'instinct la compagnie de l'autre. Lorsqu'il voyait le petit Français se diriger vers lui, dans la cour, Mehdi souriait et il se disait parfois qu'il n'avait pas menti au directeur et au concierge, ce fameux vendredi après-midi, en leur disant que Denis Berger était son meilleur ami. Simplement, il avait un peu anticipé sur les événements.

Cependant, il n'osa jamais demander à Denis qui était Pascal (il se doutait bien que c'était son frère jumeau), ni ce qui lui était arrivé (pourquoi avait-il disparu ? Les Français aussi disparaissent comme ça, sans raison ?), ni pourquoi sa mère claudiquait[1] très légèrement (il sentait, d'instinct, que ce petit défaut devait être lié à l'affaire).

1. **Claudiquait** : boitait.

M. Berger avait pris l'habitude de venir le chercher chaque samedi, en même temps que son propre fils, et ils passaient le week-end tous ensemble. Mehdi avait maintenant ses tiroirs dans l'armoire de Denis, et Mme Berger y avait disposé quelques chaussettes, quelques sous-vêtements et un sachet de lavande. (Que croyait-elle donc ? Qu'il sentait mauvais ? Bah, il avait vite oublié cette petite vexation.) Dès son deuxième séjour rue de la Dordogne, il avait annexé l'un des bureaux et posé dessus toute une pile de *Tout l'Univers*. Il s'était aussi approprié les quelques volumes de la Comtesse de Ségur que possédait Denis quand il s'était rendu compte que celui-ci n'y attachait aucune importance. Il n'en avait lu aucun. Étrange ! Ne voyait-il pas qu'il y avait là, dans ces petits *parallélépipèdes*, tout un univers où l'on pouvait se faire russe à peu de frais, visiter Saint-Pétersbourg, s'adjoindre la toundra plus intimement que M. Porte jamais ne la posséderait ? Denis ne songeait pas à devenir sujet du tsar. Tant pis pour lui.

Tout occupé à se slaviser[1] en passant par la Lorraine, Mehdi ne voyait plus sa famille. Il faut dire qu'ils semblaient avoir beaucoup de problèmes. Il ne comprenait pas de quoi il s'agissait. De toute façon, on ne lui disait rien. Sa mère ne sortait jamais de la maison. Son frère et sa sœur allaient au collège de Béni-Mellal. C'était à peu près tout ce qu'il savait. Ceux qui s'occupaient de cette famille – il y avait forcément des gens qui s'en occupaient, des oncles, des tantes – devaient s'imaginer que Mehdi nageait

1. **Se slaviser** : devenir *slave* (néologisme).

Mehdi lit les romans de la Comtesse de Ségur et s'identifie tellement aux personnages qu'il a l'impression de devenir russe et de voyager dans les paysages décrits par le professeur d'histoire-géographie.

en plein bonheur dans son internat, dans le très chic lycée Lyautey, et qu'il ne fallait surtout pas le déranger...

Il ressassait parfois ces énigmes quand il était étendu dans son lit, après l'extinction des feux, et qu'il n'arrivait pas à dormir parce que dans l'immense dortoir quelqu'un ne cessait de tousser, salué par le chœur des compatissants qui entonnait le *De profundis*. Mais il finissait quand même par s'endormir ; et au réveil, il n'y pensait plus. Le petit déjeuner avalé, au réfectoire, il se dirigeait vers la salle de classe indiquée dans « l'emploi du temps ». Il fallait attendre que tous les externes arrivent, cartable au dos – Denis était toujours l'un des premiers – et on entrait en classe, en rang ou en essaim[1], selon les professeurs. Sciences naturelles, histoire, mathématiques : un autre monde s'ouvrait et Mehdi y pénétrait de toute son âme. Là, il n'avait plus aucun souci. Il n'était qu'une paire d'yeux grands ouverts par lesquels s'engouffraient merveilles et mystères... et tant de noms magiques qui l'enchantaient *(Tegucigalpa, hypoténuse, lymphocytes, Vercingétorix...)*, tant de mots dont il fallait deviner le sens, de proverbes qui lui fournissaient toute la sagesse des nations...

Il aimait de plus en plus les mathématiques. Tous ces diagrammes, ces intersections, ces réunions ; ces chiffres sans ambiguïté ; ces figures parfaitement dessinées, idéales. Il ne se lassait pas de les regarder. C'était un autre monde que la Russie ou la Provence, plus sec, plus reposant, mais où l'on pouvait se perdre aussi délicieusement que dans la taïga[2] ou la garrigue[3].

1. **Essaim** : groupe de personnes qui se déplacent et s'agitent comme des abeilles.
2. **Taïga** : forêt de conifères en Amérique du Nord et en Asie.
3. **Garrigue** : végétation méditerranéenne essentiellement composée d'arbustes.

Voir note p. 97.

Quant au théâtre, il se demandait maintenant comment il avait pu vivre, autrefois, sans connaître ses instants enchantés de demi-sommeil où l'on dépouillait son enveloppe mortelle et où les mots prenaient leur envol comme des oiseaux s'échappant d'une cage ouverte sur la terrasse d'une maison. Après quelques séances consacrées à des exercices physiques, des essais de diction, des petits jeux, Sabine était passée aux choses sérieuses. Chacun dut apprendre des répliques du *Cid* et les réciter en cherchant les gestes qui convenaient aux textes. Sabine n'hésitait pas à les interrompre pour les faire répéter, en montrant la bonne posture. Mehdi passa une semaine à mémoriser une tirade difficile qui fit grand effet sur lui.

Il n'est pas temps encor de chercher le trépas
Ton prince et ton pays ont besoin de ton bras.
La flotte qu'on craignait, dans ce grand fleuve entrée,
Croit surprendre la ville et piller la contrée.
Les Maures vont descendre, et le flux et la nuit
Dans une heure à nos murs les amènent sans bruit.
La cour est en désordre, et le peuple en alarmes ;
On n'entend que des cris, on ne voit que des larmes.

Le jour venu, il se campa sur l'estrade et… oublia tout. Il ouvrit la bouche mais rien n'en sortit. Ses petits camarades, assis à ses pieds, le regardaient, les yeux grands ouverts. Marie-Pierre avait récité avant lui quelques répliques de Chimène *(Dis-moi donc, je te prie, une seconde fois/Ce qui te fait juger qu'il approuve mon choix)*. Elle l'avait fait en ânonnant, reprise patiemment par Sabine qui lui demandait de « mettre le ton ». Denis Berger avait débité d'une voix claire les fiers éclats du À *moi, comte, deux mots*, Sabine lui donnant la réplique, rectifiant doucement les erreurs de prononciation ou de rythme. Et voilà que c'était le tour de Mehdi. La honte (la *hchouma*) le submergea ; il ne voyait plus rien ; il se désagrégea ; il mourut ; et ce fut précisément à ce moment-là que sa voix (était-ce bien la sienne ?) s'éleva, sans difficulté, et prononça, l'un après l'autre, les mots qu'il voyait clairement se détacher dans l'air, en face de lui ; sauf que... il était en même temps ailleurs et se regardait déclamer. Quand il arriva à « on ne voit que des larmes », il revint à lui, émerveillé par ce qui venait de se passer. Un démon s'était-il emparé de lui ? (Pourtant, il ne croyait pas aux *djinns* qu'évoquait parfois sa mère mais qu'on ne trouve ni dans Jules Verne ni chez la Comtesse. Et entre sa mère et la Comtesse...) Sabine Armand ne l'avait pas interrompu une seule fois. Elle applaudit de bon cœur et s'exclama :

– Mais c'était très bien ! Tu dois encore travailler la gestuelle et apprendre à mieux respirer mais tu as du talent, c'est indéniable.

Du talent ? Mais ce n'était pas lui, c'était l'autre, le démon ! Lui, tel qu'il était là, debout devant cette jeune femme qui le complimentait, le rouge aux joues, il n'était qu'un imposteur. Il se mordit la langue jusqu'au sang. Tout de même, mystificateur ou non, il avait une question à poser. Il leva un doigt hésitant.

– Oui, Mehdi ? Tu veux demander quelque chose ?

– M'dame... C'est qui, *les Maures* ?

– Comment, qu'est-ce que tu dis ?

Il répéta platement les deux vers, sans « mettre le ton » :

– *Les Maures vont descendre, et le flux et la nuit/Dans une heure à nos murs les amènent sans bruit.*

– Et alors ?

– C'est qui, les Maures ?

Sabine parut déconcertée par la question. Elle se mit à tapoter sa lèvre inférieure avec son index dressé, en fronçant légèrement les sourcils.

– Bon, voyons voir si mes souvenirs sont bons... Les Maures, à l'époque du Cid, c'étaient les... les Arabes... les musulmans, qui occupaient alors l'Espagne.

Denis, assis à leurs pieds, murmura :

– Cette histoire, ça se passe en Espagne ?

– Mais oui, petit nigaud endormi. C'est ce que j'ai expliqué la semaine dernière quand je vous ai distribué vos textes. Tu n'écoutais pas ?

Marie-Pierre se mêla à la discussion :

– Donc, les Maures, c'étaient les musulmans qui occupaient l'Espagne ? C'est marrant, « Maure » c'est comme « Maroc »...

Denis l'interrompit, sur un ton plaisant :

– Ce n'est pas le Maroc, c'est le *Mauroc* !

Tout le monde éclata de rire, sauf Mehdi, qui ne voyait pas ce qu'il y avait de drôle là-dedans. Sabine conclut :

– Bon, tout cela n'a aucune importance, ça s'est passé il y a des siècles. Ce n'était qu'un prétexte pour Corneille, pour mettre en scène ce qu'on appelle justement un « conflit cornélien », c'est-à-dire une situation où le héros est déchiré entre l'honneur et l'amour.

Elle prit son exemplaire du *Cid*.

– Il l'explique d'ailleurs lui-même, de long en large. C'est le fameux monologue de Rodrigue, à la fin du premier acte : *En cet affront mon père est l'offensé/ Et l'offenseur le père de Chimène !* Et un peu plus loin : *Il faut venger un père, et perdre une maîtresse/L'un m'anime le cœur, l'autre retient mon bras.* Eh bien, qu'est-ce qu'il y a, Marie-Pierre ?

Marie-Pierre avait levé le bras, d'un geste impatient.

– Ça veut dire, quoi, « perdre une maîtresse » ? Ils sont à l'école ?

– Mais non, petite gourde. Ça veut dire quelqu'un, une femme donc, que le héros aime beaucoup. Elle est en quelque sorte la maîtresse de sa vie, elle en dispose, elle occupe tous ses instants...

Mehdi était allé se rasseoir. Absorbé par ses pensées, il n'écoutait plus ce que disait Sabine, Marie-Pierre ou Denis. Il se débattait avec une interrogation autrement plus redoutable, qui était la suite logique de ce qui venait de se dire : était-il (un) Maure ? Si oui, craignait-on qu'il lui prît l'envie de *surprendre la ville et piller la contrée* ?

Mehdi le Maure.

Allait-on le débusquer ?

L'imposteur double, triple, voire quadruple, baissa la tête et ferma les yeux...

Au cours des séances qui suivirent, ils passèrent à des choses plus amusantes, comme *Le Voyage de M. Perrichon*. On en joua quelques scènes. Cette fois, Sabine attribua le rôle principal à Mehdi.

Le Voyage de M. Perrichon (1860) est une pièce de théâtre d'Eugène Labiche et Édouard Martin.

– Tu es notre Gérard Philipe !

– C'est lui le meilleur ? demanda Marie-Pierre, estomaquée. Il est tout petit.

– Eh oui, qui l'eût cru ? répondit Sabine gaiement. *La valeur n'attend pas le nombre des centimètres*.

Le Maure regardait ses pieds. Quand allait-on le démasquer ? Et que se passerait-il ce jour-là ? Des huées[1], la roue[2], la guillotine ? En attendant, il apprenait par cœur ses répliques puis attendait son tour de passer sur l'estrade. Il fermait alors les yeux et disparaissait, laissant le démon se débrouiller. Quand il revenait à lui, tout était fini, il récoltait les ovations[3] dues à *l'autre*.

– Bravo, Mehdi !

Il examinait avec attention ses chaussures. Elles étaient usées. Il n'avait que cette paire-là. Que se passerait-il si elle tombait en poussière ? La lingère ne lui en donnerait pas d'autre.

Gérard Philipe pieds nus ?

1. **Huées** : cris poussés par un groupe de personnes pour manifester leur mécontentement.
2. **Roue** : supplice au cours duquel le condamné était attaché sur une roue.
3. **Ovations** : acclamations du public.

Gérard Philipe (1922-1959) est un célèbre acteur de théâtre et de cinéma français.

Allusion détournée au vers du *Cid* : « La valeur n'attend pas le nombre des années » (Corneille, *Le Cid*, II, 2).

16

Le Lion déguisé en âne

Mehdi s'était habitué, tant bien que mal, au comportement des « pions », dont chacun semblait jouer un rôle bien défini. Les choses, pourtant, n'étaient jamais tout à fait claires. Il restait une part d'imprévisible ou de caprice dans leurs réactions, qui l'empêchait de relâcher complètement sa vigilance. Il y eut par exemple ce soir où, Morel étant de service, Mehdi était étendu sur le ventre, absorbé par la lecture d'une fable de La Fontaine...

M. Flamand lui avait offert un petit recueil, dans la collection « Classiques Hachette », pour le récompenser d'avoir obtenu une série de bonnes notes. Mehdi avait pris l'habitude de contempler le portrait de La Fontaine par Hyacinthe Rigaud qui était reproduit dans les premières pages du petit livre, puis de l'ouvrir au hasard et de se plonger dans « Les Oreilles du Lièvre[1] » ou « L'Œil du Maître[2] ». Il ne comprenait pas tout mais la sonorité des syllabes et le rythme des phrases l'enchantaient. Et puis il y avait les notes, très nombreuses, qui le plongeaient dans un monde exotique où tout était flou, où les mots voulaient dire autre chose, tout à coup, ou même le contraire de ce

1. La Fontaine, *Fables*, V, 4.
2. La Fontaine, *Fables*, IV, 21.

Hyacinthe Rigaud (1659-1743) est un peintre de cour des XVIIe et XVIIIe siècles. Outre le portrait de La Fontaine évoqué dans le texte, on lui doit le célèbre *Portrait de Louis XIV en costume de sacre*, peint en 1701 et conservé au musée du Louvre.

qu'on croyait. *Un Cerf, s'étant sauvé dans une étable à bœufs*[1]... Et puis la note précisait, à propos de ce « sauvé », qu'il signifiait « s'étant mis en sûreté », et non ayant fui. Étrange ! Mehdi fermait les yeux et pensait à « s'étant sauvé ». Il voyait une porte fracassée, des gens ou des animaux courant éperdument... Et puis, il rouvrait les yeux, relisait la note et s'efforçait de comprendre le sens nouveau – ou plutôt l'ancien, l'archaïque[2], car ce M. La Fontaine, avec ses cheveux ridiculement longs (ou était-ce une perruque ?), semblait venir du fond des âges.

Ils ne mouraient pas tous, mais tous étaient frappés[3]. La glose[4] se contentait de donner « atteints » comme explication de « frappés ». C'était donc la même chose ? Mehdi fermait de nouveau les yeux, le temps que les deux vocables[5] se fondent l'un en l'autre. Puis il continuait sa lecture. Parfois, ce René Radouant qui avait écrit tous les commentaires (son nom s'étalait sur la couverture) se transformait en une sorte d'impitoyable censeur qui semblait morigéner[6] l'artiste, ce qui ne manquait pas d'indigner Mehdi. Ainsi, dès le tout premier vers de la première fable *(La Cigale, ayant chanté tout l'été...)*, Radouant intervenait sèchement, en note 1 : « La cigale ne chante pas, pas plus qu'elle ne mange des mouches ou des vermisseaux (vers 6) mais La Fontaine l'ignore ou ne se soucie pas d'exactitude en ces matières. »

De quel droit... ?

1. Premier vers de la fable « L'Œil du Maître », IV, 21.
2. **Archaïque** : qui n'est plus utilisé.
3. Vers de la fable « Les animaux malades de la peste », VII, 1.
4. **Glose** : commentaire.
5. **Vocables** : mots.
6. **Morigéner** : réprimander, tancer.

Sur un tapis de Turquie... On rectifiait, en bas de page : « C'étaient des tapis imitant ceux de Turquie, mais fabriqués à la Savonnerie ou aux Gobelins. » Ou encore : « Le Geai paré des plumes du Paon[1] ». L'austère commentateur contestait aigrement ce « Geai » : « Traduction inexacte du mot latin. Il s'agit du choucas[2], d'autant que le geai a un assez joli plumage. » Ces deux Français se disputaient, à des siècles de distance, et le petit Maure, allongé sur son lit, comptait les points.

Après l'avoir chahuté un peu, les autres pensionnaires s'étaient habitués à cette espèce de prière du soir dans laquelle s'abîmait leur condisciple et ils ne le remarquaient même plus. Quand l'un d'eux lui arracha le livre des mains, la première fois où il l'avait ouvert, et fit mine de le déchirer, Ramón Fernández le coinça entre deux box :

– Tu lui rends son bouquin ou je t'éclate la tête.

On ne l'embêta plus.

Ce soir-là, Morel passa entre les lits. Il jeta un coup d'œil à Mehdi, déchiffra le titre du petit recueil et jeta d'une voix rogue :

– Eh, oh, Fatima ! Les devoirs, on les fait pendant l'étude ! Ici, on enfile son pyjama, on se brosse les dents et on se couche ! Et puis, on dort, c'est même pour ça que ça s'appelle un *dortoir*. Tant pis pour ta pomme[3] si t'as oublié d'apprendre ta fable à l'étude, petit paresseux !

L'air déconcerté de Mehdi le fit tiquer[4]. Il se rembrunit.

1. La Fontaine, *Fables*, IV, 9.
2. **Choucas** : oiseau au plumage noir de la famille du corbeau, de la taille d'un pigeon.
3. **Ta pomme** : toi (registre familier).
4. **Le fit tiquer** : l'agaça.

Vers de la fable « Le Rat de ville et le Rat des champs », I, 9.

– Ben quoi, quoi, qu'est-ce qu'il y a ? T'es sourd ? Ferme ton missel[1] et dors ! (Sans transition :) C'est quoi la fable que tu devais apprendre ?

Mehdi sortit de son ébahissement.

– Aucune, m'sieur. J'ai pas de devoir.

Les sourcils noirs de Morel formèrent une arche dans son beau front bronzé.

– Petit menteur ! Tu prétends lire La Fontaine comme ça ? Sans raison ? *For fun ? For ze hell of it ?*

– Oui, m'sieur.

M'Chiche suivait la scène, perché sur son lit, d'un air intéressé. Juan Savall, de l'autre côté du box, s'était adossé à une armoire et regardait les protagonistes en mâchant du chewing-gum. Morel se tut un instant puis il dit, très lentement, l'air concentré :

– Écoute, Fatima, je vais aller jusqu'à ma piaule, tu m'oublies, je reviens et je te pose la même question. Et tu me réponds la vérité. *Ze vérity*. D'accord ?

D'accord. Si le « pion » veut jouer les Thespis[2], jouons avec lui, pour ne pas le contrarier. Deux minutes plus tard, Morel revint dans le box. Quelle déception ! Quel mauvais acteur le *pied-noir* faisait ! Il fit d'abord semblant de découvrir le livre que tenait Mehdi : il s'arrêta net, porta la main à son front, trop lentement, puis écarquilla les yeux. Ensuite, il fit mine de vouloir s'assurer que ses sens ne l'avaient pas trompé. Il s'approcha du lit, prit le livre dans ses mains (il l'arracha plutôt) et colla ses

1. **Missel** : livre de messe.
2. **Thespis** : acteur et poète de l'Antiquité, créateur de la tragédie grecque.

For fun et _For the hell of it_ signifient « pour le plaisir ». L'auteur écrit _ze_ avec un _z_ au lieu de _th_ pour indiquer que Morel prononce le mot avec un accent français. C'est le cas encore avec _Ze vérity_ (l. 83).

yeux dessus – ce qui était ridicule, car il ne pouvait plus rien voir ainsi. Puis, après avoir attendu quelques secondes de trop, il posa « la » question – mais, l'imbécile, il la modifia tellement qu'on n'y comprenait plus rien.

– Dites-moi, mon brave, ôtez-moi d'un doute, l'*in-octavo*[1] que vous tenez par-devers vous[2], ou peut-être est-ce un incunable[3], le décryptez-vous pour meubler vos loisirs ?

Quoi ?

Mehdi, faisant l'hypothèse que l'autre disait la même chose que tout à l'heure mais d'une autre façon, comme un comédien improvise quand il a oublié son texte (mais pourquoi cette formulation biscornue[4] ?), fit exactement la même réponse, parce qu'il connaissait sa réplique et parce que c'était la vérité :

– Oui, m'sieur.

Morel, désarçonné, leva les yeux. Son regard croisa celui de M'Chiche. Celui-ci, sans qu'on lui demande rien, le rassura gentiment :

– Vous en faites pas, m'sieur, Khatib, il est fêlé, il lit tout le temps, il est bien cap' d'apprendre des fables juste comme ça. Il est fada[5], j'vous dis.

Morel essaya encore de jouer une attitude compliquée (« la surprise outragée », « l'effarement douloureux », ou quelque chose comme ça), n'y réussit qu'à moitié, haussa les épaules puis s'en alla en maugréant. M'Chiche en profita pour demander à son voisin du bas :

1. ***In-octavo*** : le livre est désigné ici par son format.
2. **Par devers-vous** : entre vos mains.
3. **Incunable** : ouvrage datant des premiers temps de l'imprimerie.
4. **Biscornue** : bizarre, extravagante.
5. **Fêlé, fada** : fou.

– Eh, Khatib, à propos, maintenant que j'y pense, elles sont où, les bandes dessinées que je t'ai prêtées ?

Mehdi, trop fatigué pour inventer une excuse fabuleuse (« je les ai données de ta part à la fille de Chamayrac »), répondit d'une voix blanche :

– Régnier les a déchirées. Il les a jetées à la poubelle.

Il s'attendait au pire. Le pire ne vint pas. M'Chiche resta d'abord silencieux, hochant lentement la tête, puis il voulut s'assurer de quelque chose.

– Il savait que c'étaient *mes* bandes dessinées, Régnier ?

– Oui, répondit Mehdi.

– Le salaud, dit simplement M'Chiche. Le salaud. C'est un communiste. *Ils sont comme ça.*

Puis il se renversa sur son lit et on ne l'entendit plus. Émerveillé de s'en être sorti à si bon compte, Mehdi se glissa vite dans son lit et s'endormit. Il rêva d'un Lino Ktavo et d'un nain cunable qui se battaient pour meubler leurs loisirs, comme La Fontaine et Radouant.

Cependant, ses aventures avec l'illustre Morel ne s'arrêtèrent pas là.

Deux semaines plus tard, voulant se coucher, Mehdi sentit contre sa jambe un corps dur, au milieu du matelas. Rabattant la couverture, il découvrit entre celle-ci et le drap un grand livre tout neuf. C'était un recueil des *Fables* de La Fontaine, mais dans une édition de luxe, richement illustrée par un certain Gustave Doré. N'en croyant pas ses yeux, Mehdi fit un effort pour se réveiller *(Allons, debout !)*, puis se rendit compte qu'il ne dormait pas, que ce n'était pas un rêve. Tenant le beau livre

Gustave Doré (1832-1883), dessinateur, peintre et sculpteur français, a illustré un grand nombre d'ouvrages classiques.

contre sa poitrine, il tenta de réfléchir, sa bouche dessinant un o parfait. Peut-être que Dieu existait vraiment ? Peut-être faisait-il parfois des cadeaux, au hasard, pour se faire pardonner les fléaux[1] qu'il infligeait à l'humanité ? Ramón Fernández, qui prenait plaisir à venir titiller M'Chiche de temps en temps, entra dans le box. Il vit Mehdi assis sur le lit dans la position du tailleur, cramponné à un grand livre tout neuf.

– C'est quoi, c'truc-là ?

Mehdi montra l'objet mirifique[2]. Fernández hocha la tête, sans trop s'émouvoir.

– Je l'ai trouvé sous la couverture, ajouta Mehdi, encore sous le coup de l'émotion. Il est à moi ! (Là, il s'avançait un peu.)

– Ah, je comprends maintenant, répliqua l'autre.

Il comprenait quoi, l'Espagnol ?

– J'ai vu tout à l'heure Morel entrer rapidement dans ton box, un sac de plastique à la main, et se pencher sur ton lit. C'est lui qui a dû y mettre le bouquin. Ensuite, il est reparti avec le sac vide. (Moqueur :) Morel te fait des cadeaux, maintenant ? Fais gaffe, il veut s'payer ta sœur... si t'en as une.

Morel ? Impossible ! Fernández, constatant l'absence de M'Chiche, tourna les talons. Mehdi était plongé dans la plus grande des confusions. Il lut « Le Renard et les Raisins[3] » dans un état second, passa un doigt prudent sur la gravure qui montrait l'animal levant le cou vers une treille[4] inaccessible, puis ferma le livre et le déposa entre deux chemises, dans l'armoire. Il mit son pyjama, se coucha et s'endormit aussitôt.

1. **Fléaux** : malheurs.
2. **Mirifique** : merveilleux.
3. La Fontaine, *Fables*, III, 2.
4. **Treille** : tonnelle sur laquelle s'entrelacent des plantes grimpantes, telle que la vigne.

Le rat de ville et le rat des champs. Gravure de Gustave Doré pour illustrer les *Fables* de Jean de La Fontaine, 1867.

Le lendemain, il alla vérifier qu'il n'avait pas rêvé tout cela : le beau livre reposait toujours entre les deux chemises. Bon, cela était acquis. Tout cela se passait vraiment dans ce monde-ci, pas chez les Russes ou dans les diagrammes de Venn. Il fut alors tourmenté par un problème insolite : comment remercier Morel ? *(« Remercier Morel » : deux mots dont il n'aurait jamais pensé qu'ils pussent s'accoler.)* Son père et sa mère ne rataient jamais une occasion pour répéter à leurs enfants qu'il fallait toujours dire merci, et deux fois plutôt qu'une, que c'était quasiment un péché que de ne pas le faire, que la politesse *(al-adab)* était l'alpha et l'oméga[1] de la civilisation *(al-hadara)*. Pendant le petit déjeuner, il ne cessa de guetter l'instant propice. Il finit par venir. Morel, regardant son reflet dans une vitre, venait de s'exclamer :

– Purée, qu'est-ce que j'suis beau ! Ma parole, il faut que j'me crève un œil pour être moins beau ! Sinon toutes les femmes vont se suicider par amour pour moi !

Quelques anciens éclatèrent de rire. Morel écartant les bras, hilare, semblait dire « Je suis comme ça ! On ne me changera pas ! » Mehdi en profita pour se lever et aller se planter devant le pion qui ressemblait à un Christ en croix.

– M'sieur ! M'sieur ! Merci !

Morel cessa de sourire et abaissa son regard sur le petit larron[2].

– D'où il sort, lui ? Merci de quoi ? Pourquoi tu t'es levé ? J'ai pas encore donné le signal ! Il faut rester à table jusqu'à ce que je t'autorise, petit couillon, à te lever !

Mehdi récita d'un trait la phrase qu'il avait apprise par cœur.

– Merci-pour-le-livre-que-vous-m'avez-donné, m'sieur.

Morel se mordit les lèvres, se gratta le sommet du crâne, puis il haussa les épaules, l'air contrarié.

– Quel livre ? Qu'est-ce que tu racontes ? J't'ai rien offert, Fatima. Allez, va finir ton petit déjeuner avant que je t'écrabouille ! Et ne me parle plus jamais de ça !

Mehdi regagna sa place, mortifié[3]. Il n'y comprenait plus rien. Comment avait dit Dumont ? *Ces choses-là sont rudes* ➲…

1. **L'alpha et l'oméga** : le commencement et la fin.
2. **Larron** : celui qui profite de la situation.
3. **Mortifié** : vexé, humilié.

➲ **Vers extraits du poème de Victor Hugo « Les Pauvres Gens », publié dans le recueil *La Légende des siècles* (1859-1883)**

17

Les treize desserts de Noël

Un jour que Denis et son père étaient en train de disputer une partie de ping-pong dans le jardin, Mme Berger vint s'asseoir sur le porche, à côté de Mehdi, se mit à lui caresser doucement les cheveux et lui posa à voix basse une question qui le fit sursauter :

– Dis-moi, Mehdi, que fait ton père ?

Mehdi ne se tourna pas vers elle. Il continuait de regarder devant lui. En fait il ne comprenait pas vraiment la question. Mme Berger voulait-elle savoir ce que son père faisait d'habitude (son métier, ses occupations), ou bien demandait-elle ce qu'il faisait *maintenant*, où il était ? Dans le doute, il répondit, dans un souffle :

– Je ne sais pas.

Elle cessa de lui caresser les cheveux et le regarda d'une drôle de façon.

– Comment ça, tu ne sais pas ? Réfléchis bien. Tu dois bien savoir ce que fait ton père ? C'est quoi, son métier ?

Mehdi s'obstina.

– Je ne sais pas.

– Mais enfin, il ne te l'a jamais dit ? Il ne l'a jamais dit à personne ?

Denis faisait des grimaces pour déconcentrer M. Berger et celui-ci, en guise de représailles, lui tirait la langue. Ils avaient l'air de bien s'amuser, eux. Mehdi regardait sans la voir la petite balle de ping-pong faire des allers-retours insensés sur la petite table bleue. Ses lèvres s'ouvrirent et, sans savoir pourquoi, il prononça avec application :

– Il est am-bas-sa-deur au Japon.

Interloquée, Mme Berger se tut pendant quelques instants. Puis elle murmura :

– Tu te moques de moi ?

Elle n'eut pas le temps d'en dire plus. Mehdi se leva et alla s'asseoir sur le gazon, très loin de tout. Pendant le dîner, Mme Berger ne cessa de jeter des coups d'œil perplexes sur le fils d'Excellence qui n'avait d'yeux que pour ses frites. M. Berger mangeait de bon appétit, comme d'habitude, et buvait son vin en émettant des claquements de langue qui faisaient pouffer son fils. Lorsque la petite bonne entra avec un plateau de fromages, la mère de Denis cessa enfin de scruter le petit intrus et se mit à émettre des petits reniflements délicats.

– Voilà une odeur bien fétide, remarqua-t-elle. Je crois bien qu'un des fromages a succombé au climat marocain. Aussi n'a-t-on pas idée...

Denis l'interrompit.

– Maman, ça veut dire quoi, *fétide* ?

Avant qu'elle ait pu répondre, Mehdi piailla :

– Fétide, cela veut dire « mauvais ».

Mme Berger demanda :

– Tiens, tu connais ce mot ?

– Non.

– Ah bon ? Et alors, comment as-tu deviné ce qu'il signifiait ?

Comment leur expliquer ?

– *Je*… je l'ai senti.

– Senti le fromage ? C'est ça que tu veux dire ?

– Non, j'ai *senti* le mot.

M. et Mme Berger se regardèrent, l'air ébahi. Mehdi eut l'impression qu'ils ne le croyaient pas. Il rougit, laissa glisser sa main le long de sa cuisse et se pinça violemment. Il ne toucha pas aux fromages.

Noël approchait. Cette fois-ci, Mehdi ne se laissa pas surprendre comme pour la Toussaint. Un dimanche, alors qu'il se trouvait seul dans l'étude avec Régnier, il interrompit l'exposé que celui-ci lui faisait sur « la baisse tendancielle du taux de profit moyen » pour lui demander :

– M'sieur, est-ce que vous pouvez me rendre un service ?

Le pion, déconcerté, lissa sa barbe puis fit oui de la tête. Mehdi récita d'une traite la supplique[1] qu'il avait préparée la veille et apprise par cœur.

– M'sieur, je crois que mes parents vont venir me chercher à Noël pour que je travaille chez l'ambassadeur du Japon pour gagner un peu d'argent mais moi, je préfère passer les vacances à lire les *Tout l'Univers* de Denis Berger. (Un temps.) Est-ce que vous pourriez leur envoyer une lettre pour leur dire que je dois rester à Casablanca et que c'est beaucoup mieux pour moi… pour les études…

Il était arrivé au bout de son courage. Il se tut et se mit à lire avec application les messages gravés sur le bois de son pupitre *(Morel est un con, X aime Y, etc.)*. Régnier était médusé[2]. Son

1. **Supplique** : demande insistante.
2. **Médusé** : stupéfait.

disciple n'avait jamais fait une phrase complète et voilà qu'il lui proposait de s'attaquer au Système, sous l'espèce d'un diplomate de l'Empire du Soleil-Levant ! Un exploiteur, sans aucun doute, suppôt des Américains depuis 1945, et qui faisait travailler les fils du peuple pendant leur temps libre...

– Que dois-je faire, camarade ?

– Il suffit d'écrire une lettre, m'sieur.

– Et je la signe comment ?

– Comme vous voulez, m'sieur.

– Donne-moi l'adresse. Je l'envoie à tes deux parents ou à ton père ?

– Juste ma mère...

– Elle s'appelle comment ?

– Mina Khatib.

– Maria ?

C'est ainsi que Mme Khatib Marie, 3, rue de la Poste, reçut une lettre comminatoire[1], signée d'un certain Joseph Proudhon ➲, lui enjoignant de renoncer à son fils pendant les vacances de Noël. Ledit Proudhon ne reçut jamais de réponse de Béni-Mellal mais la manœuvre réussit : aucun mage venu de l'est ne réclama l'enfant quand Noël arriva ➲. Il passa toute la semaine chez les Berger.

1. **Comminatoire** : menaçante.

➲ **Joseph Proudhon (1809-1865), journaliste, polémiste, économiste français, est un précurseur de l'anarchisme.**

➲ **Cette phrase fait référence aux rois mages qui, selon la Bible, vinrent d'Orient (donc de l'est) pour offrir des cadeaux à Jésus qui venait de naître à Bethléem. Béni-Mellal se situe au sud et très légèrement à l'est de Casablanca.**

Le repas de Noël fut un enchantement. Mehdi vit pour la première fois des plats dont il ne connaissait jusque-là que le nom : huîtres, truffes, langoustes, foie gras…

– … du Sud-Ouest ! précisa M. Berger. Ce n'est que là qu'on sait le faire.

Il s'était rendu compte de l'émerveillement dans lequel baignait leur hôte et se faisait un plaisir de tout détailler. Il lui parla des truies chercheuses de truffes, de l'art de choisir les huîtres, des treize desserts de Noël (« tradition méridionale »)… Sa femme le taquina, le mettant au défi d'en réciter la liste. Il releva le gant[1] avec bonne humeur et se lança dans une énumération hésitante sous les encouragements de Denis qui rythmait chaque nom d'un coup de cuillère sur son verre *(ping !)*.

– La pompe à l'huile *(ping !)*.

– C'est quoi, ça ?

– Une espèce de brioche sucrée à l'huile d'olive… Une brioche plate. Elle est parfois faite à la fleur d'oranger.

– Quoi d'autre ?

– Des figues *(ping !)*, des raisins secs, des pommes et des poires *(ping ! ping ! ping !)*…

– Tu sèches ?

– Ah, ah, ah… Des nougats, du melon…

Il s'arrêta. Mme Berger triompha.

– Hâbleur[2] ! Tu n'en connais pas la moitié !

Inquiet à l'idée que les deux adultes allaient peut-être se quereller (c'était forcément sa faute), Mehdi demanda au maître de maison :

1. **Releva le gant** : releva le défi.
2. **Hâbleur** : vantard.

– Pourquoi dit-on *réveillon* ?

– Bonne question, répondit-il d'un ton solennel, et je vous *(vous ?)* remercie de me l'avoir posée. (Reprenant un ton normal :) Autrefois, le souper précédant la messe de minuit était maigre[1], à cause de l'Avent[2]. On se rattrapait en rentrant chez soi, donc fort tard : on restait *ré-veil-lé* pour ces agapes[3] : une volaille, des saucisses, des plats qui avaient mijoté dans l'âtre. Et puis les desserts... À propos ! Où est le champagne ?

Il se leva d'un bond, courut à la cuisine et en revint brandissant une bouteille comme un trophée. Il se mit à l'ouvrir avec force grimaces, la pointa en l'agitant sur sa femme, qui se protégea le visage en protestant *(Ce n'est pas drôle !)*, puis il y eut une sorte d'explosion et un flot d'écume jaillit du goulot. M. Berger se saisit adroitement de deux flûtes et les remplit en même temps, passant de l'une à l'autre d'un mouvement souple du poignet. Puis il se mit à remplir deux petits verres qui se trouvaient sur la table. Mme Berger l'interrompit :

– Pas lui, chéri ! Pas Mehdi. Les musulmans ne boivent pas d'alcool.

– Mais ce n'est pas de l'alcool, c'est du champagne, protesta M. Berger.

– Arrête de dire des bêtises.

Les trois Français sablèrent le champagne[4], même Denis qui eut droit à deux gorgées. Mehdi regardait son verre rempli de limonade puis, se sentant observé, il y porta les lèvres, sans boire.

Après le dîner, ils s'installèrent dans le salon. Mme Berger alla

1. **Maigre** : léger.
2. **Avent** : les semaines précédant Noël.
3. **Ces agapes** : ce festin (repas copieux et joyeux).
4. **Sablèrent le champagne** : célébrèrent l'événement en buvant du champagne.

mettre un disque sur le pick-up[1]. Elle prit un ton d'institutrice pour annoncer :

– La *Petite musique de nuit*, de Mozart, par la Philharmonie de Berlin dirigée par Karajan ! Je viens de l'acheter. Écoute avec attention, Denis, c'est très beau.

M. Berger, enfoncé dans un fauteuil, se mit à battre la mesure en faisant de grands mouvements des bras, mais le regard courroucé de sa femme l'arrêta en plein élan. Il haussa les épaules et se mit à contempler le plafond. Mehdi écoutait de la musique classique pour la première fois de sa vie. C'était comme des volutes de son qui montaient avec grâce dans le salon, à l'assaut du silence, et en même temps chaque note distincte semblait insolente, très sûre d'elle-même. On ne pouvait pas se soustraire à l'harmonie de l'ensemble, à ses vagues vives qui vous emportaient sans cesse vers d'autres vagues qui prenaient le relais... À la demande de Denis, on réécouta la *Petite musique de nuit*. C'était encore plus féerique que la première fois. M. Berger était sorti dans le jardin pour fumer un cigare. Mme Berger remarqua l'espèce de ravissement qui avait saisi Mehdi. Elle lui demanda :

– Tu as l'air d'apprécier Mozart... Tu aimes cette musique ?

– Oui, madame.

– Vraiment, tu aimes bien ?

– Oui.

Elle prit un air soupçonneux.

– Vraiment ? Tu ne dis pas ça juste pour me faire plaisir ?

– Non.

– Mais qu'est-ce que tu y trouves ?

1. **Pick-up** : appareil servant à écouter des disques vinyles.

Il ne répondit rien. Aucun mot ne se présentait pour décrire ce qu'il venait d'éprouver. Elle se tourna vers Denis.

– Et toi, mon chou ?

– C'est très beau, maman.

Elle lui sourit et, se penchant, l'embrassa sur le bout du nez. Entre-temps M. Berger était rentré, suivi par une forte odeur de tabac. Il se mêla à la conversation.

– Distribution générale de bisous ? Et moi ? Et Mehdi ?

– Encore faut-il le mériter, répliqua malicieusement Mme Berger.

– Et comment ?

– Eh bien, parle-moi de Mozart, par exemple. Et de façon convaincante.

– Amédée ? Grand garçon un peu j'm'en-foutiste, et même *j'm'en-flûtiste*, qui, poussé par son père, fit une carrière convenable, hélas interrompue par un requin, le fameux *Requin* de Mozart... ➲ Par ailleurs, c'est surtout son géniteur, Leopold, qu'il faudrait louer, pour avoir su reconnaître et développer le talent de son fiston. On méconnaît les pères, hélas.

– Tu n'es pas sérieux !

– Et notre petit Mehdi ? Sa bise ?

– Qu'il nous parle de musique, d'abord.

M. Berger regarda Mehdi, l'air comiquement désolé, comme s'il voulait dire : « j'ai fait ce que j'ai pu ». Volant à son secours,

➲ M. Berger raconte de manière fantaisiste la vie de Wolfgang Amadeus Mozart (1756-1791). Celui-ci révèle des dons prodigieux pour la musique dès l'âge de trois ans. Son père, Léopold, compositeur et violoniste, lui enseigne la musique. Le *Requin* est une allusion déformée au *Requiem* de Mozart (1791), musique sacrée accompagnant la messe des morts.

Mehdi s'éclaircit la voix et récita quatre vers que M. Bernard lui avait appris :

De la musique avant toute chose,
Et pour cela préfère l'Impair
Plus vague et plus soluble dans l'air,
Sans rien en lui qui pèse ou qui pose.

M. Berger éclata de rire pendant que sa femme réprimait un sourire. Denis dit calmement :

– Il est comme ça, Khatib. Il raconte des trucs, on se demande d'où il les sort.

– On sait bien d'où ça sort, répliqua sa mère, c'est la première strophe d'« Art poétique » de Verlaine. La question que je me pose est : comment un enfant de dix, onze ans est-il capable de réciter du Verlaine ? Ce n'est pas au programme de la sixième, je suppose, ou alors les temps ont vraiment changé.

Denis continua :

– Même en classe, il sort des trucs bizarres. (Sans transition.) Il est le premier en français...

Mme Berger, toujours pas revenue de son étonnement parnassien, interrompit Denis.

– Comment ça ? Tu veux dire qu'il est le premier *des Marocains* ?

– Non, c'est lui qui a les meilleures notes. De tous.

Vers extraits de l'« Art poétique », de Paul Verlaine, publié dans le recueil *Jadis et Naguère* (1884).

Le Parnasse est un courant littéraire de la seconde moitié du XIXe siècle, qui se caractérise par le rejet du romantisme et du lyrisme. Paul Verlaine, dont Mehdi récite des vers, y est associé, tout comme Charles Baudelaire ou Stéphane Mallarmé.

Elle fronça les sourcils.

– Mais alors, vous ne faites pas beaucoup d'efforts, toi, et la fille des Kirchhoff, et le fils Fetter et les autres, Loviconi et la petite Bernadette…

– Non, maman, on fait tout ce qu'on peut, il est plus fort que nous.

Elle secoua la tête et fit la grimace pendant que M. Berger la regardait, l'air faussement scandalisé.

– Mais enfin, Ginette, pourquoi un petit Marocain ne pourrait-il pas être le premier de la classe ? Tu n'es quand même pas raciste ?

Mme Berger répliqua vivement :

– Ah, je t'en prie ! On ne dit pas des mots pareils, même pour plaisanter. Tu oublies mon oncle mort en déportation ➲…

M. Berger tendit le bras et caressa la main de sa femme, en signe d'apaisement. Elle ne semblait pas vouloir se calmer.

– Et d'abord, ne m'appelle pas Ginette quand il y a des étrangers.

M. Berger jeta un coup d'œil sur Mehdi, qui était en voie de disparition.

– Lui ? Mais c'est un enfant !

– Peut-être, mais on n'est pas en famille. Tu ne m'appelles pas Ginette !

M. Berger haussa les sourcils de façon exagérée.

– Très bien, *Geneviève*. (Il avait appuyé sur le prénom.) Mais tout cela ne m'explique pas ce qui te choque…

Elle lui coupa la parole.

➲ **Déportation : transfert et internement de populations dans un camp de concentration. Durant la Seconde Guerre mondiale, les nazis ont organisé la déportation des Juifs, des Tsiganes, des résistants en Allemagne.**

– C'est une question de *langue maternelle* ! Le fils des Loviconi, ou la petite Kirchhoff, ou Denis, ils baignent depuis l'enfance dans le français, c'est la langue de leurs parents. Mais Mehdi, là (Mehdi s'était évaporé), sa langue maternelle, c'est l'arabe. Je veux bien croire qu'il a des dons mais comment pourrait-il mieux que Denis comprendre, euh..., euh..., je ne sais pas moi, un repas en famille dans le Bordelais[1], ou les treize desserts dont tu parlais tout à l'heure ou, tiens, une description de Giono ? Ou Pagnol ? Et comment pourrait-il décrire un saule pleureur ou un mélèze ou un pin parasol, s'il n'en a jamais vu dans son village ?

Les revoilà, ces maudits arbres. Mme Berger se tourna vers lui, comme si elle voulait démontrer quelque chose, et montra la table d'un index impérieux.

– Dis-moi, Mehdi, comment s'appelle cette couleur ?

Silence.

– Allons, réponds-moi !

Il chuchota :

– Bleu.

1. **Bordelais** : la région de Bordeaux, ville située dans le Sud-Ouest de la France.

Comme Mehdi est de nationalité marocaine et qu'il a grandi au Maroc, Mme Berger est persuadée que son entourage parlait uniquement arabe. Or le lecteur sait (p. 53) que Mehdi a toujours parlé français avec ses parents et ses frères et sœurs.

Jean Giono (1895-1970) et Marcel Pagnol (1895-1974) sont deux écrivains français et dont plusieurs ouvrages se déroulent dans la campagne provençale. Le saule pleureur, le mélèze et le pin parasol sont trois arbres qui supportent bien le froid et résistent mal à la sécheresse. Ils sont donc plus adaptés au climat français qu'au climat marocain.

Mehdi se remémore son questionnement au sujet des arbres (voir p. 43).

– Non, je veux dire : comment elle s'appelle dans ta langue ?

– Bleu.

Elle murmura entre ses dents :

– Mais il est bouché[1], ou quoi ?

Puis, plus haut :

– Comment ça s'appelle *en arabe* ?

Mehdi, qui découvrait l'Inquisition ➲, resta muet. Il avait tout oublié. Il ne savait plus rien. Mme Berger, contrariée, insista.

– Et une table, comment ça se dit en arabe, une table ?

Ouf ! La mémoire lui revint. Il marmonna :

– *El-mida.*

Triomphante, Mme Berger regarda son mari puis voulut pousser son avantage. Elle empoigna la table, comme si elle voulait la renverser, et questionna :

– Alors, ça s'appelle comment, ça ?

– Une table, répondit Mehdi d'une voix claire.

M. Berger éclata de rire en se tapant sur les cuisses pendant que sa Ginette jetait les bras en l'air et criait :

– Je renonce !

M. Berger tapota gentiment la tête de Mehdi.

– Renonce tant que tu veux mais lui, le poète, il n'a toujours pas eu sa bise. D'accord, il n'a pas parlé de Mozart mais Verlaine, ce n'est pas mal non plus. Sois juste.

1. **Bouché** : borné, stupide.

➲ **L'Inquisition, juridiction catholique créée à la fin du Moyen Âge, avait pour but de lutter contre l'hérésie, c'est-à-dire le fait de ne pas respecter les lois chrétiennes. Elle procédait à la torture pour faire avouer ceux qui étaient accusés d'hérésie.**

La belle noiseuse se pencha sur Mehdi et l'embrassa sur la joue. Ils passèrent le reste de la soirée à jouer aux devinettes tout en écoutant de la musique.

Plus tard, couché dans le lit du haut, Mehdi pensa au nez de Denis et, par association, à celui de Cathy Kirchhoff. C'étaient de petits nez tout droits, très légèrement relevés au bout, parsemés de taches de rousseur. Il passa l'index sur l'arête de son propre nez, tout doucement, pour découvrir s'il se redressait *in extremis* mais il lui sembla que son doigt tombait dans l'abîme sans être sauvé par cette corniche imperceptible qui faisait toute la différence : Mme Berger l'avait embrassé sur la joue, pas sur le nez.

[*Résumé du chapitre 18, « Une balade en mer »*

Pour rompre la monotonie des week-ends, M. Berger fait une surprise aux garçons : il les emmène avec Mme Berger faire une balade en mer. Medhi goûte pour la première fois un morceau de saucisse, mais il trouve que c'est immonde, ne parvient pas à le manger et s'en débarrasse subrepticement en le glissant sous un tapis du bateau. Il repensera longtemps à cet acte dont il a honte.]

La Belle Noiseuse est le portrait d'une femme d'une grande beauté dans *Le Chef-d'œuvre inconnu* (1831), d'Honoré de Balzac, nouvelle adaptée au cinéma par Jacques Rivette en 1991. Une noiseuse est une personne cherchant les histoires (de *noise*, « problème »).

19

Van Gogh est marocain

La semaine passa rapidement. Samedi arriva. Cette fois-ci, ils n'allèrent pas au port : M. Berger recevait une délégation d'hommes d'affaires venus de France et il allait être très pris, pendant tout le week-end. Il fallait se débrouiller sans lui. Mais sans lui, sans son *sens de l'humour*, comme disait M'Chiche, les choses ne tardèrent pas à se gâter.

Cela se passa au cours de l'après-midi, avant le goûter. Denis et Mehdi étaient assis à la table de la cuisine, l'un à côté de l'autre, chacun plongé dans un album de *Tintin*. Mme Berger s'approcha d'eux en silence, un grand livre cartonné à la main. Elle caressa les cheveux de son fils puis ceux, d'un noir de jais, de son ami. Les deux garçons sourirent en se regardant par en dessous, un peu gênés. Elle hésita un instant, regarda le jardin à travers les portes-fenêtres – une petite bruine[1] rafraîchissait les plantes – puis reprit :

– Eh bien, mes enfants, puisque vous êtes si sages, je vais me joindre à vous et je serai, moi aussi, très sage.

Elle prit une chaise et s'installa entre les deux garçons, qui durent se pousser un peu pour lui faire de la place. Denis leva les yeux de son *Tintin* pour examiner le livre que Mme Berger avait placé, ouvert, devant elle.

1. **Bruine** : pluie très fine.

– Qu'est-ce tu lis, maman ?

– Oh, c'est ce qu'on appelle un « beau livre », ça ne se lit pas vraiment, ça se regarde plutôt. Il est consacré au peintre Vincent Van Gogh ➲. Regarde, c'est plein de belles images. Tu connais Van Gogh ?

– C'est celui qui s'est coupé l'oreille ? Celui qui était maboul ? Papa m'en a parlé un jour.

– Ton père devrait te raconter des histoires moins tragiques. Cette histoire d'oreille coupée, on n'en sait rien au fond, c'est peut-être une légende. Il n'y avait pas de témoin. Quant à la folie, franchement... D'ailleurs, je te prie de ne pas dire « maboul », mais « fou » ou « insensé » ou « dément », il y a plein de mots en bon français, pas besoin de les remplacer par un mot vulgaire.

– « Maboul », c'est vulgaire ? Mais papa m'a dit que ça venait de l'arabe *mahboul*, qui est un vrai mot. N'est-ce pas, Mehdi ?

Mehdi, prudemment, ne répondit rien. Il regardait le livre ouvert. Mme Berger haussa les épaules.

– Ton père, le philologue[1] du dimanche... Oui, bon, en arabe, c'est peut-être correct mais en français, « maboul », c'est...

Elle hésita un peu, épiant Mehdi à la dérobée puis elle se décida.

– C'est du langage populaire, de l'argot. Tu sais très bien que je ne veux pas que tu t'exprimes en argot. Si je te laissais faire, tu finirais par parler comme les pieds-noirs, avec des « la vie

1. **Philologue** : spécialiste de l'étude d'une langue par l'analyse de textes.

➲ **Vincent Van Gogh (1853-1890), peintre néerlandais, a côtoyé les impressionnistes. Comme eux, il a fait de la couleur l'objet même de son œuvre. Incompris de son vivant, il ne vendit qu'une seule toile sur les huit cents réalisées. Son œuvre compte aujourd'hui parmi les plus célèbres de la peinture de la fin du XIXe siècle.**

d'ta mère ! », « ma parole ! », « la mort de mes os ! ». Quelle horreur !

Elle avait pris l'accent pied-noir pour prononcer ces mots d'une voix masculine, ce qui rendait la scène très cocasse. Mehdi sourit. Denis éclata franchement de rire. Elle reprit le fil de son propos.

– Donc, « fou », ça ne veut pas dire grand-chose. Tous les grands artistes le sont un peu, sur les bords. C'est ce qu'on appelle le génie. J'espère bien que tu auras du talent pour les arts, mon chéri, d'ailleurs je suis sûre que tu en as, mais je prie pour que tu n'aies jamais de génie... En tout cas, ce qui est sûr, c'est que Van Gogh était un très grand peintre hollandais...

Denis l'interrompit :

– Hollandais ? Papa m'a dit que c'était un peintre français.

Mme Berger émit un petit rire cristallin[1] en secouant la tête.

– Je reconnais bien là ton père. Pour lui, quiconque a vécu trois jours en France est forcément français, surtout s'il devient célèbre. À ce compte-là, Picasso est français, et Modigliani, et Foujita... Et pourquoi pas Hemingway ?

– C'est qui, ceux-là ? Je ne les connais pas, à part Picasso, parce que papa m'en a parlé un jour.

Elle laissa échapper quelques mots, d'une voix agitée, un peu aiguë.

– Tiens, je suis curieuse de savoir ce qu'il t'en a dit, de ce vieux bouc lubrique...

– Picasso est un bouc ?

Mme Berger éluda la question.

1. **Cristallin** : clair.

Amedeo Modigliani (1884-1920) et Foujita (1886-1968) sont des peintres, respectivement italien et japonais ; Ernest Hemingway (1899-1961) est un écrivain américain.

– Revenons à nos moutons, ça vaut mieux que les boucs (elle eut un petit rire satisfait). Van Gogh était donc hollandais, même s'il a effectivement vécu en France pendant longtemps. Du côté d'Arles, si je me souviens bien. En tout cas, en Provence.

Denis, le visage appuyé sur son coude replié, regardait sa mère de ses grands yeux bleus. Il fronça les sourcils et demanda :

– Et Mehdi, s'il s'installe en France, il sera français un jour, comme Van Gogh ?

Mme Berger sursauta, prise de court par la question.

– Mais, petit idiot, tu n'as rien compris ! Ou tu fais semblant de ne rien comprendre. Je te répète que ton père raconte n'importe quoi. Ni Van Gogh ni Picasso ne sont français, voyons. Le premier est hollandais et l'autre, euh, andalou... espagnol, quoi. Et Mehdi (elle tapota la tête du petit garçon), *notre* Mehdi, il sera toujours marocain. Et c'est très bien ainsi. Pourquoi voudrait-il devenir français ? Il n'y a aucune honte à être marocain. C'est même très bien.

Mehdi restait muet, comme si tout cela ne le concernait pas. Mme Berger conclut :

– Et il sera toujours ton ami, c'est ça qui est important.

Mehdi contemplait, fasciné, la double page que Mme Berger tenait ouverte, du plat de la main. Si on ne pouvait rien voir sur la page de droite, cachée par une paume délicate et des doigts effilés, en revanche la page de gauche offrait au regard un spectacle étonnant. Ce n'étaient pas des montagnes enneigées, ni des biches se désaltérant à un ru[1], ni même d'étranges images pleines de couleurs et qui ne signifiaient rien, comme dans le salon des Berger.

1. **Ru** : petit ruisseau.

C'étaient… Il n'en croyait pas ses yeux. C'étaient des chaussures ! Mais quelles chaussures… Des godasses noires, laides, usées, qui semblaient dépareillées, abandonnées là par quelque vagabond, impropres à tout usage. Et elles ne se cachaient pas, honteuses, dans un coin : non, elles occupaient toute la page ! Mme Berger s'aperçut de l'ébahissement de Mehdi. Elle regarda à son tour l'image.

– Eh bien, quoi, Mehdi ?

Surpris, il laissa échapper quelques mots :

– Elles sont… elles sont belles…

Mme Berger étudia le tableau. Puis elle secoua la tête.

– Désolée, Mehdi, mais je n'y suis pas. « Belles » ? Tu plaisantes ? Elles sont vraiment insignifiantes, ces chaussures. Il était peut-être vraiment maboul, ce Van Gogh.

Denis cria :

– « Maboul », tu as dit « maboul », maman !

Elle haussa les épaules.

– Oui, bon, *nobody's perfect*. Et puis franchement, ça ne mérite pas mieux.

– Qu'est-ce qui ne mérite pas mieux ?

Denis avait un côté implacable[1] qui lui faisait sans cesse poser des questions, de sa petite voix qui n'avait pas encore mué, et il ne semblait pas se rendre compte qu'il mettait parfois sa mère dans l'embarras, surtout devant Mehdi. Elle se pencha sur son fils et l'embrassa tendrement sur les lèvres pour le faire taire. Mehdi, choqué, détourna les yeux. On n'embrasse pas sa mère

1. Implacable : obstiné, tenace.

La toile de Van Gogh ne présente pas d'intérêt pour Mme Berger. Par ailleurs, Mme Berger fait allusion à la personnalité de Van Gogh qui, torturé par son art et son insuccès, a sombré dans la folie.

sur la bouche ! C'est *hchouma* ! Il se concentra de nouveau sur la reproduction.

Mehdi connaissait très bien ces chaussures. Il les voyait parfois, lorsqu'il fermait les yeux, étendu sur son lit.

Chaussures. Huile sur toile (45,7 × 55,2 cm) de Vincent van Gogh, 1888. Metropolitan Museum of Art, New York.

Denis s'était replongé dans son *Tintin*. Mme Berger avait tourné les pages de son « beau livre » et examinait un cerisier en fleur. C'était une débauche[1] de belles couleurs que Mehdi ne connaissait pas toutes, sauf le bleu, le blanc et le marron, bien sûr. Soudain, sans qu'il se rende compte de ce qu'il faisait, il posa sa petite main sur l'avant-bras nu et doré de Mme Berger. Celle-ci sursauta, replia instinctivement son bras contre sa poitrine, et se tourna vers lui. Il murmura timidement :

– Je voudrais revoir les godasses, s'il vous plaît.

– Parle plus fort, Mehdi, je ne t'entends pas.

– … revoir les souliers, s'il vous plaît.

Elle regarda Mehdi en faisant une petite moue d'incompréhension. Puis elle ouvrit le livre à la page idoine[2] et le poussa devant le petit garçon, sans le quitter du regard.

– Voici tes godillots. Tous les goûts sont dans la nature… Tiens, prends le livre. De toute façon, il faut que j'aille préparer votre dîner.

Pendant que Denis tournait lentement les pages de son *Tintin* et que sa mère s'affairait dans la cuisine, Mehdi était absorbé. Quelque chose lui revenait lentement en mémoire. Il *connaissait* ces chaussures !

Un soir, à Béni-Mellal, le père de Mehdi rentrait tard chez lui quand il aperçut, caché derrière un conteneur, un bonhomme acagnardé contre un mur, ses bras couvrant son visage. Après avoir dépassé le conteneur, le père s'arrêta, revint sur ses pas et se pencha sur le bonhomme pour s'assurer qu'il vivait encore. Il entendit une respiration difficile, presque inaudible. Il se-

1. **Débauche** : abondance, profusion.
2. **Idoine** : correspondante.

coua tout doucement le dormeur. Celui découvrit la silhouette sombre penchée sur lui et se mit à balbutier :

– Je m'en vais, je m'en vais ! Ne me frappez pas !

Le père de Mehdi tapota l'épaule du vieil homme, qui roulait des yeux exorbités.

– Allons, qui te parle de te frapper ? Je voulais juste te demander ce que tu faisais ici. Il est minuit passé. Ne devrais-tu pas rentrer chez toi ?

Le vieillard se redressa et se mit debout, tant bien que mal.

– Vous n'êtes pas de la police ? demanda-t-il. Qu'est-ce que vous me voulez ?

– Je te demande ce que tu fais ici.

Le vieillard fut pris d'un accès de toux qui dura une bonne minute. Puis il répondit en coassant[1] :

– Je n'ai pas où dormir. Je suis venu de Sidi Bennour ➲ dans l'espoir de retrouver un neveu que j'ai perdu de vue depuis longtemps. Malheureusement, il a déménagé avec sa famille et personne ne sait où ils sont.

– Pourquoi n'es-tu pas rentré à Sidi Bennour ?

L'homme baissa la tête et grommela.

– Je n'ai pas d'argent. Je suis arrivé ici dans la benne d'un camion.

Le père de Mehdi hésita un instant puis il dit :

– Écoute, tu ne peux pas dormir dans la rue, surtout que tu m'as l'air en mauvaise santé. Et qui sait qui passe dans cette rue, la nuit ? Tu pourrais être victime d'un vol...

Le bonhomme haussa les épaules, fataliste.

1. **En coassant** : sur un ton désagréable.

➲ **Reportez-vous à la carte p. 8. Environ deux cents kilomètres séparent Sidi Bennour de Béni-Mellal.**

Le lendemain, Mehdi monta à la terrasse très tôt pour chercher son ballon de football. Il s'arrêta net en débouchant devant la porte de la petite chambre : deux vieilles chaussures noires, usées, pitoyables, étaient déposées là. Mehdi s'approcha avec précaution et toucha une chaussure du bout du pied, vaguement dégoûté. Une toux grinçante s'échappa alors de la chambre. Mehdi, épouvanté, se précipita vers la cage d'escalier et descendit les marches quatre à quatre. Il entra en courant dans la maison et fila vers la cuisine où sa mère préparait le petit déjeuner. Hors d'haleine, il se contenta d'agiter l'index de sa main droite vers la terrasse, la bouche ouverte, haletant, les yeux écarquillés.

Sa mère haussa les épaules.

– Allons, calme-toi, ce n'est pas le diable. C'est un pauvre homme que ton père a ramené pour qu'il passe la nuit ici.

– Pourquoi ?

Elle soupira.

– Parce que c'était ça ou la rue. Tu ne peux quand même pas dormir confortablement si tu sais qu'au coin de la rue un pauvre vieil homme tout usé dort sur le sol ? D'ailleurs, c'est contre notre religion de ne rien faire. On *doit* aider les pauvres ➲.

Elle lui tourna le dos pour faire chauffer le café. Mehdi grimpa de nouveau sur la terrasse et s'assit, prudemment, à bonne distance de la chambre où dormait un inconnu. La porte restant fermée, il concentra son regard sur les épaves puantes, qui

➲ **La charité (*zakat*), dont il est question dans ce passage, est l'un des cinq piliers de l'islam. Les quatre autres sont : la profession de foi, la prière, le jeûne pendant le mois de Ramadan et le pèlerinage à La Mecque une fois dans la vie pour ceux qui en ont les moyens.**

n'étaient pas des bottes de sept lieues. Ce serait un miracle si elles portaient leur propriétaire au bout de la rue.

Il sursauta quand Mme Berger, revenue de la cuisine, lui adressa de nouveau la parole.

– Dis-moi, Mehdi, ça fait bien dix minutes que tu regardes ces vieux godillots en rêvassant. À quoi penses-tu ?

L'enfant chuchota :

– Je pense à mon père.

Mme Berger se méprit sur le sens de ces paroles. Elle caressa le front de Mehdi en murmurant, d'une voix pleine de pitié :

– Il en portait de semblables ?

Mehdi sentit une bouffée de honte et de colère monter en lui. Non, son père ne portait jamais des chaussures pareilles ! Son père était toujours élégamment vêtu et ses souliers étaient toujours bien cirés. Il s'arrêtait une fois par semaine devant le théâtre municipal où se tenait Larbi, un adolescent un peu simplet, une petite boîte pleine de cirage et de brosses sous le bras, et Larbi, frottant et sifflotant, rendait les souliers comme neufs.

Mehdi serra les dents et ne dit rien.

– Il n'y a pas de honte, tu sais, reprit la mère de Denis (celui-ci s'était arrêté de lire et suivait attentivement le dialogue). Je t'assure, j'admire ton père, de si humble extraction[1], d'avoir réussi à mettre son fils au lycée français. Au moins, toi, tu n'auras jamais à porter des godillots aussi pourris.

Elle prit la voix un peu précieuse qu'elle utilisait lorsqu'elle voulait annoncer à Denis qu'il y avait un mot ou une expression à apprendre dans la phrase qui venait.

1. **Humble extraction** : origine modeste.

– C'est ce qu'on appelle *l'ascension sociale* ➲. Répète, Denis.

Denis répéta docilement :

– *L'ascension sociale*. C'est comme l'alpinisme ? Comme le CAF ?

– Que tu es bête ! Et puis finalement, non, tu as raison, c'est comparable. Il faut de la volonté, de l'endurance, de la chance aussi. Ce n'est pas donné à tout le monde, il faut vraiment être méritant.

Pendant ce bavardage, Mehdi bouillait de rage. Pourquoi cette femme ne le comprenait-elle pas ? Il tapota du doigt sur la reproduction et répéta d'une voix aiguë :

– Ces souliers, c'est *mon* père…

Mme Berger sursauta, étonnée par le ton décidé que le petit garçon avait pris. Elle répliqua d'une petite voix pincée[1] :

– Oui, j'ai bien compris, on a compris, ton père en portait de pareils et la toile de Van Gogh te rappelle ton pauvre père… Mais tu ne peux quand même pas le réduire à *ça* !

Elle se mordit les lèvres, se rendant bien compte que la formulation était maladroite. Ne voulant pas provoquer une crise de larmes chez l'enfant, elle lui prit la main dans la sienne. Il saisit son courage à deux mains, fixa le visage de Mme Berger sans se laisser distraire par ses splendides yeux bleus et cria :

– Non, vous ne comprenez pas ! Ces souliers, c'est vraiment mon père, c'est vraiment *lui*. Quand je pense à lui… à chaque

1. **Pincée** : froide, dédaigneuse.

➲ **L'ascension sociale désigne le mécanisme qui permet à une personne d'occuper dans la société une place plus importante que celle de ses parents. Bien qu'elle ne connaisse pas la situation des parents de Mehdi, Mme Berger est convaincue qu'en étudiant au lycée français il va s'élever dans la société.**

fois que je pense à lui, je les revois…

– Mais, Mehdi, pourquoi te mets-tu dans un état pareil ? Franchement, si j'avais su…

Mehdi l'interrompit :

– Il était bon… il était comme Van Gogh !

Mme Berger haussa les épaules et referma le livre. Elle semblait contrariée.

– Tu divagues maintenant, mon petit Mehdi. Je veux bien écouter les fadaises[1] de mon mari qui fait de tous les artistes de bons petits Français… Van Gogh et la France, d'accord, à la limite. Mais il ne faut pas exagérer. Le Maroc et les Pays-Bas, ce sont des cultures très différentes, avec tout le respect que j'ai pour ton père. Vraiment, ça n'a rien à voir. D'ailleurs, Van Gogh n'a jamais mis les pieds ici. À la limite, si tu parlais de Matisse ou de Delacroix… Ils se sont promenés en long et en large dans ce pays et en ont rapporté de splendides toiles. Mais Van Gogh, non. Non, non. Tu liras sa biographie : il n'y a pas plus hollandais que Van Gogh. Si je me souviens bien, il a même été curé ou pasteur, je ne sais plus. Rien à voir avec *vous*. Il n'était quand même pas mufti[2] !

Elle prit le livre et se dirigea vers la cuisine. Mehdi, toujours en colère, se pencha vers Denis jusqu'à voir l'iris de ses yeux.

Il souffla ce gros mensonge qu'il voulait opposer au monde entier :

– Tu sais, Van Gogh était marocain…

1. **Fadaises** : sottises.
2. **Mufti** : interprète de la loi musulmane.

Contrairement à Mme Berger, Mehdi voit dans le tableau de Van Gogh, qui représente un objet banal et misérable, l'image d'un peintre sensible et bon. Et il compare la bonté de l'artiste à celle de son père.

Denis sourit. Il approcha son petit visage de celui de Mehdi et murmura :

– Je te crois, Mehdi.

Tout de même, il avait crié contre Mme Berger. Il en eut très honte et n'arriva pas à avaler son dîner. Elle ne semblait pourtant pas lui en tenir rigueur. M. Berger, rentré très tard, n'arriva pas à le dérider. Il dormit très mal cette nuit-là, se tournant et se retournant dans son lit. La belle Française avait insulté son père… C'était donc ça, un drame cornélien ? Il se rappelait vaguement les explications de Sabine Armand. Lui fallait-il choisir entre une *maîtresse* et un père ? Mais Mme Berger (qu'il confondait, au seuil du sommeil, avec Cathy Kirchhoff et Jenny von Westphalen) était-elle sa maîtresse ? Elle lui avait fait boire cet infâme Viandox[1], il y avait mieux comme philtre d'amour… Et un petit bout de charcuterie recrachée achevait de pourrir dans un bateau amarré dans le port. Tout se brouillait dans sa tête, rien n'avait plus de sens. Il sombra enfin dans le sommeil.

[*Résumé du chapitre 20, « Le mariage du pompier »*
Vers la fin du mois de mars, à l'approche de Pâques, Medhi se prépare pour une nouvelle balade en mer avec la famille Berger. Mais, à sa grande stupéfaction, Mokhtar vient le chercher : il est invité au mariage d'un membre de sa famille. Il y retrouve sa mère. Le soir, la fête tourne mal et se termine en bagarre…]

1. **Viandox** : sauce à base d'extrait de viande.

LECTURE ACTIVE 6

Mehdi s'affirme

→ Voir aussi
étape 5, page 282 et
étape 6, page 284.

As-tu bien lu ?

1 **Chapitre 15.** À quel acteur français célèbre Sabine Armand compare-t-elle Mehdi ?
☐ Eugène Labiche ☐ Pierre Corneille ☐ Gérard Philipe

2 **Chapitre 16.** Deux personnes offrent un recueil des *Fables* de La Fontaine à Mehdi : lesquelles ?
☐ son professeur de français ☐ Dumont ☐ Morel

3 **Chapitre 17.** Quelle est la langue que Mehdi maîtrise le mieux depuis l'enfance ? Quels sont les préjugés de Mme Berger à ce sujet ?

4 **Chapitre 19.** Pourquoi le tableau de Van Gogh représentant des « godasses noires » provoque-t-il en Mehdi une si forte émotion ?

l'atelier

Interpréter une tirade célèbre

▶ ***Objectif.*** Jouer un monologue de théâtre et comprendre les enjeux de l'interprétation théâtrale.

▶ ***Préparation.*** Par groupes, relisez le passage du chapitre 15 (p. 191-192, l. 70 à 115) où Sabine Armand demande aux jeunes comédiens de jouer un extrait du *Cid* et analysez les raisons du succès de Mehdi.

▶ ***Réalisation.*** À l'aide de votre manuel, choisissez une tirade célèbre dans une pièce de théâtre au programme (*Antigone*, d'Anouilh ; *Rhinocéros*, d'Ionesco, etc.) et déterminez ensemble plusieurs manières de l'interpréter. Jouez le texte devant la classe.

▶ ***Réfléchir ensemble.*** Quelles interprétations ont été convaincantes ? Selon quels critères ?

21

Linus contre Charlie Brown

Ce jour-là, une petite étincelle de joie, ou de malice, brillait dans l'œil de Sabine Armand. La belle jeune femme leva le bras, l'index dressé, pour indiquer que le moment était important. Les petits comédiens, assis en rond devant elle, cessèrent leurs bavardages et la fixèrent du regard. Elle portait une jolie robe rose et des souliers de la même couleur. Un collier de coquillages minuscules, tout blancs, tressautait autour de son cou.

– J'ai obtenu de M. le proviseur la permission de monter un spectacle pour la fin de l'année. Donc, assez d'exercices, assez de *virelangues*[1], il est temps de passer aux choses sérieuses. Nous allons *monter* une pièce !

Elle fit une pause. Un frisson d'excitation et d'appréhension parcourut les rangs de la troupe. Elle leva de nouveau le doigt.

– Mais au lieu de jouer une pièce « du répertoire », comme on dit, nous allons « fabriquer » notre propre pièce, avec exactement le nombre de personnages dont nous avons besoin. Un pour chacun de vous !

Elle prit une pile de feuilles de papier et les distribua autour d'elle. Chacun regarda avec curiosité les dessins, en séries de trois ou quatre, qui représentaient des scènes très courtes met-

1. **Virelangues** : exercices d'élocution.

tant aux prises des enfants, un chien à la grosse truffe comique, plus rarement des adultes. Après les avoir laissés examiner les dessins, Sabine tapa dans ses mains pour réclamer de nouveau leur attention et continua :

– Il s'agit de ce qu'on appelle en Amérique un *comic strip*, une bande dessinée quotidienne, créée par un monsieur qui s'appelle Charles Shultz ➲...

Denis l'interrompit :

– Madame, est-ce qu'on doit apprendre l'américain ?

– Pour quoi faire ?

– Ben... pour dire les... les *répliques* ?

Sabine pouffa.

– Mais non, petit serin[1], on va jouer en français. Bon, où en étais-je... Donc, ce M. Shultz dessine depuis près de vingt ans ces petites saynètes et je crois qu'on peut en tirer une suite de sketches qui feront au total une histoire amusante, émouvante...

Elle cherchait ses mots.

– Enfin, un truc très sympa ! En principe, le personnage principal, c'est Charlie Brown (elle brandit une page et désigna le bonhomme). C'est un petit garçon mal dans sa peau, touchant par sa maladresse, malchanceux... Snoopy (geste), c'est son petit chien. Un chien assez philosophe, qui a des idées sur tout et des rêves de grandeur. C'est parfois désopilant[2] ! Mais nous, on va faire de Linus (elle pointa le doigt sur un petit garçon ébouriffé, suçotant son pouce), on va faire de Linus le personnage princi-

1. **Serin** : niais, nigaud.
2. **Désopilant** : très amusant.

➲ Le *comic strip* en question a pour titre *Peanuts* (« cacahouètes », en anglais), revue écrite et dessinée sans interruption pendant cinquante ans par Charles Shultz (1922-2000). *Peanuts* met en scène dans des gags deux personnages emblématiques, un garçon maladroit et taciturne, Charlie Brown, et son chien Snoopy.

pal de notre histoire. Comme ça, elle aura clairement un début, un milieu, une fin, avec une intrigue simple et un *protagoniste*. Comme je vous l'ai dit la dernière fois, « protagoniste », dans le théâtre grec antique, désigne le premier acteur qui fait une sorte de dialogue avec le chœur...

Marie-Pierre l'interrompit :

– On va chanter, madame ?

– Bien sûr que non, on ne va pas chanter ! Bon, on va tout de suite distribuer les rôles et on va se mettre illico[1] à apprendre les textes. Le temps presse, il ne reste que quelques mois pour être parfaitement au point. On va jouer la pièce dans le gymnase de Beaulieu, il se peut qu'on fasse salle comble. En tout cas, la plupart des professeurs seront là. Allez, debout ! Faites quelques exercices d'assouplissement pendant que je distribue les rôles.

Elle se mit à écrire au tableau les prénoms des enfants et ceux des petits bonhommes plats qui vivaient dans les dessins.

Linus – Denis

Lucy – Marie-Pierre

Charlie Brown – Mehdi

Elle continue d'écrire mais Mehdi ne voit plus rien. Ou plutôt, il ne voit plus qu'une seule chose. Une erreur. Ça ne peut être qu'une erreur. Il se lève, s'approche du tableau et pointe le doigt sur son prénom. Il coasse, la gorge étranglée :

– C'est moi qui joue le *tagoniste* ?

Sabine se retourne et tapote la tête de Mehdi en souriant.

– Mais non, c'est Denis qui va jouer Linus. Le *tagoniste*, comme tu dis.

1. **Illico** : sur-le-champ, immédiatement (mot familier emprunté au latin).

Marie-Pierre se méprend sur le sens du mot *chœur*. Ici, il ne désigne pas un ensemble de chanteurs exécutant une œuvre vocale, mais les acteurs qui commentent l'action tragique dans les pièces du théâtre antique.

Mehdi ne comprend pas. Linus, c'est le premier rôle, le plus important. Or il est, lui, Mehdi, le meilleur acteur. Elle l'a dit elle-même. C'est donc lui qui doit jouer Linus. C'est logique. Sabine continue :

– Et toi, tu joues Charlie Brown.

Mehdi sent son estomac se nouer. *C'est un petit garçon mal dans sa peau, touchant par sa maladresse, malchanceux...* Son visage se décompose.

– Pourquoi ?

Sabine fronce le sourcil.

– Pourquoi quoi ?

– Pourquoi c'est pas moi qui joue Linus ?

La jeune femme sourit.

– Mais enfin, voyons, mon petit Mehdi... Linus est blond. Regarde !

☞ *Snoopy, Lucy, Charlie Brown et Linus*. Dessin de Charles Schultz dans la série *Peanuts*, 1968.

Elle prend sur la table un exemplaire des *Peanuts*[1] et lui montre le dessin. Le dessin est en noir et blanc. ➲ Pas la moindre couleur ! Comment peut-elle voir des couleurs là où il n'y en a pas ? Mehdi pointe un index tremblant sur la feuille de papier, l'ongle râpe le visage de Linus.

– C'est pas vrai ! Il est pas blond ! Il est... il est *rien*.

Sabine hausse les épaules.

– Mais si, gros bêta, il est blond. Et puis, regarde : c'est un ange, Linus ! Les anges sont blonds, c'est bien connu. Toutes les toiles de la Renaissance le prouvent.

Elle rit elle-même de sa plaisanterie, puis caresse les cheveux de Denis qui n'a rien dit jusque-là, se contentant d'assister à la scène en dansant d'un pied sur l'autre, debout près du tableau. Elle enfonce le clou :

– Denis est comme Linus, c'est un petit ange blond.

Elle se penche sur la joue du séraphin[2] et y dépose une bise. Mehdi a de plus en plus mal au ventre. Il s'éloigne de la table et ne dit plus rien. Il hésite un peu puis se dirige vers la porte. Sabine crie :

– Mais où vas-tu, Mehdi ? On va commencer.

Il ne répond pas et court vers le bosquet chétif[3] qui fait face au bâtiment. Il s'assoit sur un banc, les pieds ballants, le soleil dans les yeux. Il ouvre les yeux à s'y brûler, il s'en moque, il veut devenir aveugle, ne plus rien voir, ni les arbres, ni le tableau, ni les couleurs... Quelques minutes plus tard, Denis vient l'y rejoindre. Il a l'air inquiet.

---

1. ***Peanuts*** : voir note p. 233.
2. **Séraphin** : ange.
3. **Bosquet chétif** : petit bois clairsemé.

➲ **En effet, les cheveux sont représentés par des traits noirs pour Linus comme pour Charlie Brown et les deux personnages ont la même couleur de peau (claire).**

– Écoute, il faut que tu reviennes, on doit commencer la répétition. Regarde ! Je t'ai apporté ton texte.

Mehdi a pris un air buté. Il évite de regarder son ami. Celui-ci lui prend la main pour l'entraîner mais il se dégage violemment.

– Va-t'en ! Imbécile ! (Ça lui a échappé. Il a insulté son ami !) Je ne veux plus jouer au théâtre ! Plus jamais ! Jamais !

Il lui arrache la feuille des mains et la déchire, les yeux pleins de larmes. Les petits morceaux de papier s'envolent dans la petite brise de printemps qui adoucit l'éclat du soleil. Denis, ahuri, regarde les confettis voltiger, puis il hausse les épaules, fait demi-tour et se dirige vers la salle. Mehdi crie dans sa direction.

– Et en plus, ta mère, elle boite !

Denis s'arrête et se retourne. Ses yeux s'agrandissent, comme s'il ne peut croire ce que ses oreilles ont entendu. Ses lèvres tremblent. Bientôt une larme coule sur sa joue.

– C'est pas vrai, murmure-t-il.

– Si, c'est vrai, répète Mehdi un ton plus bas.

Il n'en est plus sûr à présent. L'angelot s'éloigne en reniflant à petits coups, la tête baissée. Ses cheveux blonds s'illuminent dans le soleil, comme une lampe allumée par un chœur antique (tout s'embrouille dans la tête de Mehdi). Une minute passe. Maintenant, Denis est dans la salle de classe, avec les autres. Que s'y passe-t-il ? Que leur dit-il ? Mehdi se voit avec horreur coupé du groupe, *abandonné*. Il court se cacher derrière un arbre.

Il a compris. Il est devenu un *paria* (M. Porte leur a appris ce mot pendant une digression sur l'Inde et les intouchables) ➲.

➲ **Allusion au cours d'histoire de M. Porte sur la société indienne, très hiérarchisée, organisée en castes. Les *parias* occupent la position la plus basse dans l'échelle sociale : ils sont exclus du système des castes et rejetés comme des êtres impurs.**

Bientôt, il voit Sabine sortir de la salle et tourner la tête dans toutes les directions. Elle le cherche, c'est évident. Que lui veut-elle ? Peut-être se sont-ils mis d'accord, tous ensemble, pour l'exclure de la troupe ? Ou bien Denis a rapporté ce qu'il avait dit sur sa mère et Sabine le cherche pour l'emmener chez le proviseur... Il se voit puni, exclu du lycée, le quittant le rouge au front, sous les quolibets[1] des pions et des élèves, sa ridicule petite valise à la main.

Il s'en va en courant, entre au hasard dans une salle, dans un autre bâtiment, et va s'asseoir au fond, le front sur le pupitre, les yeux brûlants, les bras ballants. S'il pouvait mourir...

Et soudain, une sensation atroce s'empare de lui. Il se voit *seul* mais, pour la première fois, ce n'est plus un vague adjectif, un état transitoire (une pause, du repos...), voire une bénédiction (seul sur la terrasse quand tout le monde s'agite, en bas...) ; cette fois-ci, tout a disparu, tous les adjectifs, tous les mots, tous les états, il n'y a plus d'avant ni d'après, le temps est aboli, il n'y a plus que ça : *seul*. Les yeux fermés, il ne voit plus rien, aucun marronnier, aucun platane pour le distraire, aucun livre pour le faire rêver, aucun chaton, même pas une puce, un ciron[2]... Et il n'entend rien. Pas une voix, pas la moindre petite musique de nuit, ou de jour. Tout cela, c'est pour les autres, *le paradis, c'est les autres*, ils sont en train de répéter *Peanuts*, bien au chaud, heureux d'être ensemble, sous le regard bienveillant de Sabine Armand, ils existent *dans* son regard, *par* son regard... Lui, il n'existe plus : c'est ça, être seul.

1. **Quolibets** : moqueries.
2. **Ciron** : insecte invisible à l'œil nu.

Il ouvre la bouche, crie et pas un son ne se forme. Sous ses paupières, le noir se transforme en rouge. Est-ce du sang ? Est-il vraiment mort ? Seul ?

Et puis tout se brouille et...

Le soir est tombé. Miloud, faisant la tournée des bâtiments pour vérifier que toutes les salles sont bien fermées, ouvre machinalement celle-ci. Juste avant de refermer, il a le temps d'apercevoir, tapi dans les fourrés, un tigre ; et puis non, ce n'est pas un tigre, il ne s'agit que d'un élève endormi, la tête posée sur un pupitre. *C'i quoi, c'bazar ?* S'approchant à pas de loup, le concierge débusque l'intrus qui se relève en sursaut. Son visage est baigné de sang. Du sang transparent ? Non, ce sont des larmes. *Qu'est-ce qui lui est arrivé, à ce pitchoun ?* Miloud le prend par la main, l'extirpe du banc où il s'est fait bigorneau, et l'entraîne vers le réfectoire, illuminé comme un grand bateau de croisière dans la nuit claire.

Mehdi, hébété, mâche ce qu'il y a dans son assiette. Ramón Fernández, ou M'Chiche ou quelqu'un d'autre lui parle, il n'entend rien, ne répond pas. Morel s'inquiète de l'apathie de Fatima mais Fatima ne réagit plus. On se désintéresse rapidement de ce zombie insignifiant. Il se retrouve, sans savoir comment, dans son lit, abattu, stupide. Son pyjama est aussi rose que la robe de Sabine Armand mais il lui semble maintenant que ce sont des couleurs différentes. C'est étrange, c'est lugubre, c'est... Il sombre rapidement.

Mehdi s'est replié sur le banc comme un bigorneau dans sa coquille ; il s'est fait le plus petit possible.

22

Mehdi gagne la partie

Mehdi allait aux cours, la mort dans l'âme, puis courait se réfugier à l'étude. Quand il apercevait du coin de l'œil les cheveux blonds de Denis, il baissait la tête et disparaissait. En classe, il ne regardait que le professeur, le tableau et son cahier. Cathy Kirchhoff s'en étonna :

– Eh bien, mon petit Kaki, tu boudes ?

Il ne répondit rien. Elle aussi était perdue pour lui. Tôt ou tard, elle allait s'apercevoir qu'il n'était qu'un imposteur. Alors, à quoi bon ?

Samedi arriva. Les Berger n'étaient au courant de rien, ils allaient arriver dans leur belle voiture et attendre les deux garçons... Mehdi n'avait aucune envie de se retrouver avec Denis et *ses* parents, dans *leur* maison. Que faire ? Il était à la torture. Et puis un miracle se produisit : un jeune homme se présenta le samedi, vers midi, à la loge du concierge et annonça qu'il venait chercher son cousin Mehdi pour qu'il passe le samedi et le dimanche « en famille ». Miloud fut favorablement impressionné par le jeune homme qui était entré dans sa loge avec un grand sourire et l'avait traité avec déférence[1].

1. **Déférence** : respect.

– *As-sâlâmu 'alaykum !* La paix soit sur toi, *si el haj*. Tout va bien ? La santé, la famille ? *Hamdullah !*

Miloud, qui était habitué à des *Bonjour !* secs ou condescendants, se redressa de toute sa taille. Bientôt on parlait avec animation de rizières et de rafales de mitraillette, ta-ta-ta-ta, qui arrivaient d'on ne sait où, au-delà du fleuve et sous les arbres, où se terrait *L'Fit-Gong*. Le jeune homme béait d'admiration. Il s'étonna que l'autre ne fût pas général – si, si ! – et l'autre bougonna – chienne de vie, tout cela était injuste, y a qu'les Français qui deviennent *giniral*, comme *Di Goul*...

– ... mais acceptons les décrets de Dieu...

– ... Il sait, Lui...

– ... tout sera payé au centuple, comme dans l'histoire de Sidna Ayyoub...

– ... *Hamdullah !*

– Mais on parle, on parle... Comment puis-je vous aider ?

– Eh bien, je viens chercher mon cousin Mehdi.

Le concierge fronça les sourcils.

– Mehdi qui ?

– Mehdi Khatib. Je ne l'ai jamais vu mais on dit qu'il est tout petit. *Gueddou gued el-foula*[1]... C'est un interne. Il porte des lunettes, m'a-t-on dit. Et il est muet.

---

1. *Gueddou gued el-foula* : il est aussi petit qu'une fève.

Tayeb, le cousin de Mehdi, s'adresse en arabe au concierge : *As-sâlâmu 'alaykum* : bonjour, que la paix soit sur toi. *Si el haj* : personne qui a effectué le hadj (pèlerinage à la Mecque). *Hamdullah* : Dieu merci.

Miloud prononce le mot Viêt-công avec un accent arabe, tout comme il le fait avec le nom du général de Gaulle (l. 29), alors président de la République française.

Sidna Ayyoub est un personnage du Coran, mis à l'épreuve par Dieu qui le prive de sa richesse et de sa santé pour éprouver sa foi.

– Ah, je vois. C'est le *pitchoun* aux dindons ?

– Celui-là même, confirma le jeune homme à tout hasard.

– C'est ton cousin et tu ne l'as jamais vu ?

– Bah (geste vague), ils habitent à Béni-Mellal et quand il y a des visiteurs, il s'enfuit, lui, en direction de la terrasse. Peu de gens l'ont vraiment vu.

– Comme *L'Fit-Cong* ?

Et on parla derechef d'Indochine et de la perfidie du Viêt-Cong[1], qui se cache quand on le cherche. Après quelques batailles, Miloud revint sur terre et envoya Juan Savall, qui passait par là, chercher Mehdi. Quelques minutes plus tard, il arriva, craintif. L'inconnu se pencha sur lui et l'embrassa, sous l'œil attendri du concierge. Mehdi finit par comprendre que sa famille s'était souvenue de lui et qu'on lui envoyait une sorte d'émissaire pour s'enquérir[2] de sa santé et prendre soin de lui. Peut-être voulait-on réparer les dégâts causés par le mariage calamiteux du pompier sur l'âme de l'enfant ? Il ne songea pas à se plaindre. Au contraire, il était soulagé et ce fut le cœur léger qu'il sortit du lycée avec le jeune homme. Miloud n'avait qu'à expliquer aux Berger que Mehdi n'était pas disponible. *Il était avec sa famille, on s'occupait de lui, son cousin était venu exprès pour cela.*

Le cousin en question, qui s'appelait Tayeb, l'emmena dans une crémerie, en face du lycée, et lui acheta un grand verre de lait caillé. Mehdi le but avec appétit – ou devait-il dire qu'il le lapa ? Il ne savait trop : on se servait d'une petite cuillère mais on aspirait ce drôle de liquide qui était en même temps

1. Voir note p. 119.
2. **S'enquérir** : prendre des nouvelles.

Voir le résumé du chapitre 20, page 230.

solide. Perchés sur deux tabourets, les deux cousins restaient silencieux. Tayeb avait bien essayé, en chemin, d'entamer une conversation mais il parlait mal le français et Mehdi ne comprenait pas grand-chose à ce qu'il racontait. Et même quand il saisissait à peu près ce qu'on lui disait, il n'arrivait pas à trouver d'emblée les mots pour y répondre. Découragé, le cousin se mit à siffloter. Il montrait des objets divers, dans la rue, dans la crémerie, et émettait des sons divers qui semblaient exprimer, tant bien que mal, l'approbation, la raillerie, le mépris… Peut-être voulait-il instruire l'enfant ?

Ils prirent un autobus bringuebalant qui les mena vers la médina[1]. Ensuite, ils durent marcher pendant une bonne dizaine de minutes car l'autobus ne pouvait pénétrer dans les ruelles étroites des quartiers antiques. Arrivé à la maison, le garçon fut assailli par sa tante qui le couvrit de baisers. Tayeb en profita pour s'éclipser. L'après-midi passa vite. Mehdi se réfugia dans un petit salon et se plongea dans la lecture – heureusement, il avait pensé à prendre un livre. Le soir venu, le mari de sa tante, un homme gros et jovial, rentra à la maison. Tayeb ne tarda pas à rentrer, lui aussi. Ils dînèrent ensemble d'un tagine d'agneau aux pommes de terre. C'était délicieux. Dès qu'il faisait mine d'arrêter, sa tante l'encourageait :

– *Koul, koul*[2] *!*

Il mangea tellement qu'il sentit son ventre se tendre contre sa chemise. Il était rassasié et les *koul ! koul !* de sa tante n'y pouvaient plus rien.

Pendant le repas, on lui posa beaucoup de questions. Au

1. **Médina** : quartier ancien de la ville (mot utilisé au Maroc).
2. ***Koul*** : mange ! (en arabe).

début, il se contentait de hocher la tête et d'émettre un petit chevrotement, espérant ainsi donner le change, mais ses commensaux[1] lui posaient de nouveau la même question, encore et encore, jusqu'à ce qu'il se sentît obligé d'y répondre. Il répondait donc en français à un interrogatoire fait en arabe et qu'il ne comprenait qu'à moitié ; et pour comble de malheur, c'était le cousin qui traduisait pour ses parents. Ça ne peut pas marcher, se disait Mehdi. Ça fonctionna à merveille. Les parents étaient agréablement surpris par les réponses précises et circonstanciées de Mehdi, telles qu'interprétées par Tayeb, et qui confirmaient tous leurs préjugés envers les Français : certes, on les admirait pour leur sérieux et leur efficacité, mais on les blâmait pour leur manque de religion, et leurs femmes étaient trop libres. Mehdi regardait avec étonnement Tayeb lui confectionner des points de vue qu'il n'avait pas exprimés. Il lui semblait étrange qu'une simple onomatopée pût se transformer en une longue tirade.

La tante

– Comment sont tes professeurs, *a wlidi*[2] ?

Mehdi

– Bien.

Tayeb (traduisant) ➲

– Il dit que ses professeurs sont très *macqoul*, très sérieux, mais ce sont malheureusement des incroyants, des *kouffar*,

1. **Commensaux** : hôtes.
2. ***Wlidi*** : fiston (en arabe).

➲ **Tayeb ne comprend pas le français. Il invente donc la réponse de Mehdi en s'appuyant sur ses préjugés à propos des Français. Mehdi ne conteste pas, car il ne maîtrise pas assez l'arabe pour comprendre ce que raconte Tayeb.**

jamais ils ne font la prière et il paraît qu'il y en a qui vivent avec des femmes avec lesquelles ils ne sont même pas mariés ! Mais c'est comme ça, ils sont comme ça, les Français, voilà, c'est ce qu'il a dit.

« Dieu nous protège », s'exclamaient en chœur la tante de Mehdi et son mari pendant que Tayeb hochait la tête, scandalisé par ce qu'il venait d'apprendre sur le comportement des professeurs du lycée Lyautey.

Ses yeux commencèrent à se fermer tout seuls. Tayeb s'en aperçut et le conduisit à la chambre principale au milieu de laquelle trônait un lit immense. Mehdi chercha des yeux un petit lit, dans un coin, ou un matelas jeté à même le sol. Il n'y en avait pas. Perplexe, il demanda, plus par gestes qu'en une phrase cohérente, où il devait dormir.

– Mais là, lui répondit Tayeb (geste.) Ce n'est pas assez grand pour toi ? Un ours et ses trois femmes pourraient y tenir. C'est le lit de mes parents. Eux, ils dorment ce soir dans le salon.

Mort de sommeil, Mehdi trouva la force de demander :

– Mais pourquoi ?

Prenant une serviette dans l'armoire, Tayeb lui répondit, sur le ton de l'évidence :

– Tu es l'invité. Tu dors donc dans le meilleur lit. C'est comme ça. C'est la coutume.

Il ne lui parla pas de pyjama ni d'autre chose. Mehdi se coucha en slip dans l'immense lit où il flotta toute la nuit, se réveillant le cœur battant au milieu d'un plateau, roulant jusqu'au bord, se rendormant, émergeant de nouveau de son hibernation, halluciné, rampant sous les draps où il s'était entortillé dans la direction d'où venait l'air frais ; malgré tout très fier d'occuper le plus grand lit de la planète ; agréablement surpris de savoir que ces gens, sa famille, qui lui avaient cédé leur bien le plus précieux, étaient à l'évidence au courant de ses exploits divers, de son talent de petit Thespis, de l'amour que lui portait Jenny, de son art de la navigation portuaire et de ses bonnes notes. Il était donc si important ? Rassuré, il se rendormait.

Le lendemain, il paressa au lit jusque vers midi, sans que personne ne vînt le déranger. Il finit par sortir de la chambre et s'aventura dans le salon, où un petit déjeuner l'attendait. Le thé avalé, ainsi que quelques petites crêpes, Mehdi s'apprêtait à rouvrir son livre quand Tayeb entra et lui posa une question. N'ayant pas très bien compris, il fit oui de la tête, à tout hasard (que risquait-il ?). Tayeb le prit alors par la main et ils sortirent ensemble. Ils marchèrent d'un bon pas dans les ruelles de la vieille ville, en sortirent et se retrouvèrent bientôt dans un autre quartier, très animé. Mehdi croyait qu'ils étaient perdus mais son cousin allait d'un pas sûr au milieu de la foule qui semblait se diriger dans une même direction. Ils se retrouvèrent, toujours la main dans la main, devant un grand stade. Tayeb sortit quelques pièces de monnaie de sa poche et acheta un billet.

– Toi, tu rentres gratis, dit-il à Mehdi, parce que tu es tout petit. Mais ne lâche pas ma main, il faut que les contrôleurs, à l'entrée, voient bien que tu es avec moi.

Aucun souci de ce côté : Mehdi n'avait aucune envie de lâcher prise. Bientôt un match de football commença entre le TAS et l'Association sportive des Douanes. Tayeb expliquait de temps en temps qui était tel joueur qui venait de réussir un dribble ou de se faire brutaliser le long de la ligne de touche. Il lui montra l'entraîneur du TAS, un certain Larbi Zaouli, dont il vanta les exploits sur un ton lyrique. C'était la première fois que Mehdi assistait à un match de football. Il en fut grandement impressionné.

Dès que la partie commença, Mehdi se mit à compter tout et n'importe quoi, à son habitude. Il compta le nombre de piliers dans le stade, le nombre de travées, puis les joueurs eux-mêmes. Tiens ! Quelque chose n'allait pas. Il tira son cousin par la manche et lui demanda, tant bien que mal, pourquoi l'équipe du TAS avait un joueur de moins. Étonné, Tayeb compta, en désignant de l'index, les joueurs des deux camps. Il dut s'y prendre à plusieurs reprises (ces diables de footballeurs ne restaient pas en place) mais il finit par lâcher un juron, où se mêlaient l'étonnement et l'indignation : les douaniers avaient commencé le match à douze, au lieu des onze réglementaires ! Personne ne s'était aperçu de l'erreur, sauf Mehdi. Tayeb se leva d'un bond, dévala les gradins, à la grande fureur des spectateurs qu'il bousculait sans vergogne[1] et alla se pencher au bord de la tribune, vociférant, gesticulant, jusqu'à ce que le fameux Larbi Zaouli se retourne, d'un mouvement majestueux, comme un Bouddha giratoire importuné par un moustique. Tayeb lui faisait de grands gestes, s'époumonait, beuglait, au bord de l'apoplexie[2], et ses voisins commençaient aussi à brailler, à tout

1. **Vergogne** : honte.
2. **Apoplexie** : perte de connaissance.

Le TAS (Tihad Athletic Sport) est un club de football de la ville de Casablanca. Larbi Zaouli, ex-joueur puis entraîneur du TAS, a donné son nom au stade actuel du club, d'une capacité de 30 000 places.

Les représentations du Bouddha, incarnation de la sagesse, montrent un homme de forte corpulence, assis en tailleur. La posture et le mouvement lent de l'entraîneur permettent cette image comique : il a été importuné dans son rôle de grand sage du football.

hasard, pressentant de bonnes raisons de le faire. La clameur enfla. Ledit Zaouli finit par se lever de son banc et s'approcha, à petits pas, perplexe, méfiant. Il écouta, la tête penchée, ce que criait l'énergumène (il criait « douze ! » et toute la tribune reprenait ce slogan sans savoir pourquoi), se tourna vers la pelouse et se mit, lui aussi, à compter, un doigt tendu – mais, curieusement, il utilisait le majeur, semblant ainsi percer de gros trous dans une toile invisible. Puis il comprit. Il se précipita vers le banc de touche, harangua[1] ses joueurs qui s'arrêtèrent petit à petit de courir, comme des automates gagnés par la rouille. L'arbitre, n'y comprenant rien, se mit à siffler à tort et à travers, feignant d'organiser la confusion. La tribune résonnait de la mantra duodécimaine[2]. Un joueur du TAS, excédé, prit carrément le ballon dans les mains, comme s'il venait d'inventer le rugby, et courut vers le bord du terrain où Zaouli donnait maintenant une conférence de presse, entouré de l'officiel de la Fédération, du juge de touche et d'autres dieux mineurs.

L'arbitre se joignit au débat, toujours strident, puis il finit par se taire. Retirant le sifflet de sa bouche, abasourdi, il leva à son tour le doigt et se mit à compter. Puis, se rendant à l'évidence, il murmura quelque chose dans le creux de l'oreille de Zaouli (qui se fendit d'un large sourire) ; donna un dernier coup de sifflet tous azimuts[3] ; puis piqua un sprint en direction des vestiaires, suivi de ses aides, comme un vol de gerfauts hors du charnier natal ➲.

Ils disparurent.

1. **Harangua** : interpela.
2. **Mantra** : formule sacrée ; **duodécimaine** : liée au nombre douze.
3. **Tous azimuts** : dans toutes les directions.

➲ **Premier vers d'un sonnet de José Maria de Heredia intitulé « Les Conquérants », dans le recueil *Les Trophées* (1893). Le gerfaut est un faucon.**

Les gabelous en short vinrent aux nouvelles, mauvais, l'air méfiant, comme s'ils contrôlaient un chargement en provenance de la Colombie ➲. Quoi, quoi, que signifiait ce chaos ? On leur rit au nez, ils pouvaient aller se rhabiller, le TAS avait gagné, selon le règlement, par 3-0 : ainsi le voulaient les règles absconses[1] de la Fifa. Un début d'émeute fut rapidement circonscrit par la police et les spectateurs s'en allèrent, évacuant l'arène en colonnes jacassantes, commentant les circonstances extraordinaires dans lesquelles le match avait pris fin.

En sortant du stade, Tayeb emmena son petit cousin manger un sandwich.

– Je te l'offre. Après tout, c'est toi qui as gagné le match !

Mehdi contre les douaniers. On aurait dit le titre d'une aventure du *Club des Cinq* ➲. La viande grillée était délicieuse, accompagnée de rasades de petit-lait. Ils rentrèrent de très bonne humeur à la maison, même s'ils n'échangèrent au total que quelques mots, toujours les mêmes, et qui constituaient des variations de l'increvable « on a gagné ! ». Tayeb annonçait à tous les passants que le TAS avait triomphé des fonctionnaires aux pieds agiles. On l'en félicitait et il sifflotait de plus belle, comme si c'était lui qui avait marqué les trois buts inexistants.

1. **Absconses** : mystérieuses et compliquées.

➲ **Sous l'Ancien Régime, le gabelou était le douanier qui collectait l'impôt sur le sel, la *gabelle*. Les arbitres sont comparés à des douaniers méfiants face à un chargement en provenance de Colombie, car c'est le premier pays producteur de cocaïne au monde.**

➲ ***Le Club des Cinq* est une série de romans jeunesse de l'écrivaine anglaise Enid Blyton (1897-1968), publiés en France entre 1957 et 1963, dans la Bibliothèque rose.**

Le soir, après le dîner – ils avaient mangé une bonne *harira* ➲ –, son cousin ramena Mehdi à l'internat. En partant, il lui dit qu'il passerait le prendre le samedi suivant. Désormais, il allait passer tous ses week-ends en famille, ajouta-t-il.

– Du moins, si tu veux ?

Mehdi hocha la tête en souriant. Oui, il le voulait. Il voulait revenir dans ce monde où on lui offrait des lits grands comme des paquebots (c'était autre chose que le petit bateau où on lui avait fait boire du Viandox et manger des cochonneries !) ; ce monde où on l'acceptait tout naturellement ; où l'on ne se moquait pas des souliers de son père ; où il pouvait changer le cours des choses de façon miraculeuse – mettre en déroute une meute de douaniers, par exemple.

Ce monde où l'ange, c'était lui.

➲ **La *harira* est une soupe d'origine andalouse composée de tomates, de légumes secs, de viande et d'oignon.**

23

La distribution des prix

Les derniers mois s'écoulèrent cahin-caha[1]. Mehdi se plongea dans l'étude et dans les lectures. Il évitait soigneusement Denis, Sabine Armand et tous les petits théâtreux[2]. Les Berger, renseignés par Miloud, se réjouirent de le savoir en de bonnes mains. Tayeb venait effectivement le chercher chaque samedi et c'était toujours le même rite rassurant qui recommençait : la crémerie, la promenade, les propos décousus qui s'évanouissaient dans l'air chaud sans laisser la moindre trace. Puis c'était la tranquillité de la maison où on ne lui demandait rien. Il lisait, allongé sur un des *seddari*[3] du salon. On venait le chercher à l'heure des repas, qui étaient toujours délicieux et copieux. Il n'occupait plus le grand lit : on lui faisait un lit de fortune, avec des draps frais, sur un matelas posé à même le sol dans le salon et il y dormait paisiblement, bercé par le tic-tac régulier d'une grande horloge qui datait « de l'époque des Français », comme le lui avait dit sa tante avec fierté.

Parfois, il allait au stade avec Tayeb mais le bruit et la fureur finirent par l'ennuyer. Son cousin s'en aperçut et cessa de l'y emmener. Il passa alors des samedi-dimanche délicieux en

1. **Cahin-caha** : tant bien que mal.
2. **Théâtreux** : comédiens sans talent.
3. **Seddari** : banquette typique des salons marocains.

compagnie des *Petites Filles modèles* ou de *Pauvre Blaise* ➲, assis sur un petit tabouret sur la terrasse, ou bien vautré sur les coussins du salon. Il y faisait aussi ses devoirs, suçotant son stylo, le front plissé. Sa tante, qui était analphabète, venait contempler son travail. Parfois une lueur de respect ou de fierté s'allumait dans son regard quand elle apercevait les diagrammes incompréhensibles des « mathématiques modernes ». Elle allait chercher des petits gâteaux et un verre de thé, et les disposait en silence sur un petit guéridon[1]. Une seule fois, une parole lui échappa. Alors qu'elle soufflait sur le verre de thé pour le refroidir, elle soupira, sans se rendre compte qu'elle parlait à voix haute :

– Ah, si son père pouvait le voir !

Surprise par le son de sa propre voix, elle sursauta, ses yeux s'embuèrent et elle disparut. Mehdi comprit la phrase et dessina un triangle isocèle.

Vers la fin du mois de juin, juste avant que les vacances d'été ne commencent, eut lieu la « distribution des prix », cet événement que Mehdi attendait chaque année avec ferveur depuis qu'il y avait pris goût, à l'école de Béni-Mellal : on était exposé aux regards de tous, certes, mais on repartait chargé de livres ! Et c'étaient, à chaque fois, des surprises : *La Vie de Jeanne d'Arc, L'Exploration de l'espace, Louis Pasteur bienfaiteur de l'humanité, Les Splendeurs de Versailles* ➲, etc. C'était, selon M. Porte, une « occasion solennelle ».

1. **Guéridon** : petite table ronde.

➲ *Les Petites Filles modèles* (1858) et *Pauvre Blaise* (1861) sont les titres de deux romans de la Comtesse de Ségur.

➲ Titres d'ouvrages de vulgarisation, comportant de nombreuses illustrations, offerts aux élèves les plus méritants lors des remises de prix en fin d'année scolaire.

– Le lycée Lyautey, avait-il dit à la fin de son dernier cours, la veille du jour tant attendu, honore ainsi ses élèves les plus méritants en présence de leurs professeurs, de leurs parents et de toute l'administration, du proviseur aux simples surveillants. C'est une belle tradition. (Pause.) Une tradition menacée, hélas, par la montée de la médiocrité générale et d'un égalitarisme mal compris.

Regardant d'un air sévère le fond de la classe, il avait ajouté sur un ton sarcastique :

– Évidemment les anciens cancres, qui sont tous devenus sociologues à Paris et hantent les couloirs des ministères, font tout pour supprimer les distributions de prix et les classements. Pourquoi ne pas supprimer les notes, dans ce cas ? Et revenir à l'âge de bronze ?

Les derniers rangs s'étaient agités, parcourus par un frisson de fierté à l'évocation de leur avenir parisien et de leur futur pouvoir de nuisance.

M. Flamand avait, lui aussi, parlé d'« occasion solennelle », mais c'était pour « faire le cuistre[1] », comme disait de lui Régnier, avec un dédain écrasant (« Il se livre à des jeux de langage pendant que le peuple agonise »).

– À vos tablettes ! (C'était le cri joyeux que lançait le prof de français quand il voulait souligner l'importance de ce qu'il était sur le point de dire.) « Solennel » vient de l'ancien français *sollempnel*, dérivé lui-même du latin classique *sollemnis*, signifiant « chose sacrée, salvatrice, qui n'a lieu qu'une fois par an ». Mais il est aussi possible que *sollemnis* soit un emprunt à une langue non-indo-européenne comme l'étrusque.

1. **Cuistre** : personne prétentieuse qui fait étalage de son savoir.

Encore les Étrusques ? D'où sortaient-ils, ceux-là ? Mehdi se promit de tirer un jour cette affaire au clair.

Ce même jour, en fin d'après-midi, il eut une grande surprise. Madini, arborant un sourire un peu niais (c'était sa façon à lui de jouer au type « sympa »), vint le chercher dans la salle d'étude où il rêvassait en lisant *Poil de carotte* puisqu'il n'y avait plus de devoirs à faire. Il le conduisit à la loge du concierge, de plus en plus « sympa ». Mehdi s'attendait au pire.

– Regarde qui est là, avait dit le *pion* d'une voix mielleuse.

Mehdi n'en crut pas ses yeux. C'était sa mère ! Elle se pencha sur lui, les larmes aux yeux, l'embrassa et le serra contre elle. Elle sentait bon la lavande et un peu la 2 CV : Mehdi en déduisit qu'elle venait tout droit de Béni-Mellal dans la voiture antédiluvienne[1] de Mokhtar. Effectivement, celui-ci était là, au fond de la pièce, en compagnie de Miloud, les deux refaisant l'Indochine avec des gestes d'adjudant. Madini s'en alla, très mâle, très fier d'avoir réuni l'enfant et la mère. Au bout de quelques minutes, après avoir été béni dix fois et avoir promis de redoubler d'efforts (il était le premier de sa classe), Mehdi retourna à l'étude, lesté[2] d'un petit paquet de gâteaux faits à la maison, ainsi que d'une chemise propre et repassée. Sa mère était venue le prévenir qu'elle allait assister à la distribution des prix, le lendemain : en attendant, elle retournait passer la nuit chez sa sœur, cornaquée par l'infatigable Mokhtar. Mehdi crut comprendre que M. Lombard avait pris la peine d'appeler M. Bernard, à Béni-Mellal, pour arranger l'expédition.

1. **Antédiluvienne** : d'avant le *déluge*, c'est-à-dire très ancienne.
2. **Lesté** : chargé.

Poil de carotte est un roman autobiographique de Jules Renard, publié en 1894

Le lendemain, qui était un samedi, s'ouvrit sur un matin radieux. Après le petit déjeuner, les internes remontèrent au dortoir pour faire leurs valises. Vers les dix heures, tout le monde se retrouva dans la grande cour, où des rangées de chaises avaient été disposées devant une sorte d'estrade improvisée. M. Flamand, qui s'était transformé en un Monsieur Loyal[1] affairé, l'œil vif, un sourire avenant plaqué sur le visage, fit signe aux élèves d'approcher. Une petite fiche à la main, il invitait ceux qui allaient recevoir des prix d'excellence à s'asseoir au premier rang. Les autres se dispersèrent dans les travées, boudeurs, ricaneurs ou indifférents. Les parents s'asseyaient où ils voulaient. Se retournant, Mehdi vit sa mère assise au dernier rang et alla l'embrasser avant de regagner sa place, juste devant l'estrade.

Des piles de livres, chacune joliment liée par des rubans multicolores, reposaient sur une sorte de crédence qu'on avait disposée le long du mur, à côté du monument aux morts. Mehdi pensa à *Eric de Seinelhac, Jean Simond, Georges Naïmi, Jean Ferracci*... C'était peut-être cela le pire, dans la mort : ne plus pouvoir lire. Quelle cruauté, de mettre sous le nez de ces héros des lectures inaccessibles ! *Frères humains, qui après nous vivez, n'ayez les cœurs contre nous endurcis* → ... Puis il se fit la réflexion que tous ces hommes étaient enterrés ailleurs et que le panneau de marbre ne contenait, en somme, que des noms – des lettres disposées dans un certain ordre. Cette pensée le rasséréna et il regarda autour de lui.

C'était vraiment une très belle journée. Il se rappela le jour lointain où il était entré pour la première fois dans cette cour,

1. **Monsieur Loyal** : maître de cérémonie.

→ **Premiers vers de *La Ballade des pendus* poème de François Villon (1463).**

et d'abord, l'arrivée devant la loge, encombré des deux dindons… Tiens ! Cette énigme-là n'avait pas été résolue. Ils étaient passés où, les volatiles ? Bah… Sans doute Miloud les avait-il confisqués : on se nourrit sur l'habitant pendant les campagnes militaires. Ou bien les avait-il partagés avec M. Lombard, un chacun ? Tout cela n'avait plus d'importance maintenant. Il avait grandi et pouvait sourire en lisant, dans *Le Mauvais Génie*, les exclamations de M. Bonard :

– Comment, polisson ! Tu me perds mes dindons au lieu de les garder !

… ou les récriminations de Mme Bonard :

– C'est singulier ! Mais, tout de même, je ne veux pas que mes dindes se perdent sans que je sache où elles sont passées.

Ce qu'il avait eu peur ce premier week-end ! Il avait pris la lingère pour une ogresse… Pauvre, douce, inoffensive Chochana ! Il avait fini par s'attacher à cette grosse femme très myope, pataude mais, au fond, si gentille. Et Morel… *Il ne faut pas confondre sympathique et con…* Les bordées d'injures qu'il envoyait à tout propos. Au fond, ce n'était pas un mauvais homme. C'était peut-être ça, un *pied-noir*, comme disait Régnier. « Grande gueule et cœur d'or » avait dit à son propos M. Lombard, un jour. Mais quel contraste avec Dumont ! *Le vent se lève ! Il est temps de partir !* C'étaient des dizaines, des centaines d'expressions que Mehdi, ravi, avait apprises de Dumont qui semblait tout savoir, avoir tout lu… *Un roi sans divertissement est un homme plein de misères*… À manier avec précaution (pas de

Ce dialogue est extrait du *Mauvais génie*, de la Comtesse de Ségur (1867).

Vers de Paul Valéry, extrait du poème *Le Cimetière marin* (1920).

Phrase extraite des *Pensées*, de Pascal (1670).

politique ! répétait son père). Dumont l'avait empruntée à un certain Blaise Pascal (Pascal, comme le frère disparu de Denis) pour justifier sa passion du théâtre. Et puis, du même : *Tout le malheur des hommes vient d'une seule chose, qui est de ne savoir pas demeurer en repos, dans une chambre*. Celle-là allait lui faire de l'usage, devenir pour lui une règle de vie… *Chacun appelle barbarie ce qui n'est pas de son usage*. C'était vrai. Tayeb disait des professeurs de Lyautey que c'étaient des barbares parce que certains vivaient en concubinage (où avait-il eu une telle information ? De Miloud, sans doute). Et peut-être y avait-il dans certains comportements, certaines idées de Tayeb quelque chose de barbare aux yeux de… M. Porte, peut-être ? Mais Mehdi comprenait l'un et l'autre, sans restriction. Ce qui voulait dire quoi ? Qu'il était doublement barbare, ou rien du tout ? Les deux conclusions semblaient aussi inquiétantes l'une que l'autre. Bah ! Il faisait beau et on allait lui remettre un prix d'excellence.

Le proviseur apparut, tout sourires, et se dressa devant l'assemblée en se tapotant bizarrement les flancs, au niveau des poches de son veston, comme s'il ne savait que faire de ses mains. Il se lança d'une voix forte et émue dans un laïus[1] qui impressionna fortement Mehdi. Des années plus tard, il s'en souvenait encore.

– Nous avons reçu cette année M. Maurice Schumann, ministre des Affaires étrangères. C'est un grand honneur qui nous a été fait. Après avoir visité notre établissement, notre hôte illustre a écrit sur le livre d'or ces mots généreux que je ne résiste

1. **Laïus** : exposé, discours.

Phrase extraite des *Pensées*, de Pascal (1670).

Phrase extraite des *Essais* de Montaigne [« Des Cannibales », I, 31, (1572-1588)].

pas au plaisir de partager avec vous, puisqu'ils s'adressent à nous tous : « Hommage aux enseignants et au proviseur du plus grand lycée d'un empire spirituel : l'empire de la francophonie. » On ne peut…

Des applaudissements coupèrent l'élan de M. Bellion, qui s'interrompit de bonne grâce. Il en profita pour de nouveau se tapoter les flancs. Puis il enchaîna :

– On ne peut mieux caractériser ce qui nous lie. Nous sommes fiers de vos enfants, de *nos* enfants. Notre lycée est le symbole éclatant de l'amitié entre les peuples, de la richesse du dialogue et de la diversité. Tous ont fait de leur mieux (quelques toux discrètes parcoururent l'assistance). Mais il faut distinguer particulièrement ceux qui se sont illustrés par leurs efforts, leur talent, leurs résultats. C'est ce qu'on appelle « l'élitisme républicain ». Ce n'est pas un oxymore !

Quelques chuchotements questionneurs, dans les travées, indiquèrent que le mot *oxymore* n'était pas connu de tous. Satisfait de son effet, M. Bellion sourit, adressa un clin d'œil à M. Flamand, et continua. Il évoqua toute l'histoire du lycée Lyautey, dont il fit une sorte d'épopée des temps modernes :

– Notre bel établissement est issu du « Lycée en planches »… (Il lève la tête, malicieux : « oui, oui, ça s'appelait comme ça ! ») qui fut fondé en 1913 dans les baraquements militaires du camp Vilgrain. Là se dresse aujourd'hui la Banque Centrale, *Bank Al-Maghrib* n'est-ce pas, près de la Poste principale. À partir des années 1920, alors que Casablanca prend son prodigieux essor, ce *Lycée de Casablanca* se divise en *Grand Lycée*, installé quartier

M. Bellion affirme que la volonté républicaine d'éduquer l'ensemble d'une classe d'âge n'est pas incompatible avec l'élitisme, qui permet de former les élites, personnes très qualifiées, pour qu'elles occupent des postes prestigieux.

Mers-Sultan et en *Petit Lycée*, rue d'Alger – ou du moins, ce qui s'appelait alors rue d'Alger. Ces deux structures, réunies sous la même direction, deviennent officiellement le lycée Lyautey en 1925, lorsque le maréchal, qui fut, comme vous le savez, le premier Résident général de la France au Maroc, quitte avec regret l'Empire chérifien… (Pause émue.)… son pays d'adoption, duquel il ne parlait qu'avec le plus grand respect, auquel il s'est tant attaché, pour retourner en France, « plein d'usage et raison » (nouveau clin d'œil à M. Flamand), « vivre entre ses parents le reste de son âge », comme dit le poète. Le Lycée devient alors le creuset où se forme l'élite maroco-française…

Puis il brossa un tableau idyllique[1] de l'avenir qui s'ouvrait devant les élèves travailleurs et assidus. Mehdi, assommé par le soleil, ne percevait plus que des bribes du torrent de mots et d'images qui déferlaient sur la cour.

– Votre avenir est entre vos mains… Une tête bien faite *et* une tête bien pleine… Le bonheur, c'est d'avoir la maîtrise de sa vie…

M. Bellion avait fini son discours. Il remit ses feuillets dans la poche intérieure de son veston, enleva ses lunettes et s'essuya le front à l'aide d'un mouchoir blanc qu'il avait fait apparaître d'un geste vif du poignet, comme un prestidigitateur. Des applaudissements éclatèrent. Les professeurs s'adressaient les uns les autres des sourires narquois, des petits clins d'œil, des mimiques. Seul M. Marcellus se tenait droit sur sa chaise, les

1. **Idyllique** : merveilleux, idéal.

Ces deux citations sont extraites du poème de Joachim du Bellay, « Heureux qui comme Ulysse… », dans *Les Regrets*, 1558.

Cette phrase fait référence au principe défendu par Montaigne : « Mieux vaut une tête bien faite qu'une tête bien pleine. »

bras croisés, l'œil sévère. La cour s'était transformée en une gigantesque étuve et pourtant il était, comme à son habitude, strictement vêtu, la chemise amidonnée, le complet impeccable. La cravate semblait une fourche brandie vers sa pomme d'Adam proéminente. M. Porte, qui portait un gilet jaune, incongru sous sa veste de blazer, chuchotait de temps à autre dans l'oreille de sa voisine, qui enseignait l'anglais dans les classes supérieures. On les voyait se trémousser sur leurs chaises sans qu'on sût d'où naissait cette hilarité duelle[1].

Quand il entendit son nom modulé par M. Flamand *(Mé-di Ka-Tib !)*, Mehdi se leva, raide comme un automate, et s'approcha, le cœur battant, du proviseur. Celui-ci tenait des deux mains une pile de livres brandie comme le Saint-Sacrement. Tout se passa comme dans un de ces rêves où, bizarrement, aucune catastrophe ne vient interrompre le cours des choses. M. Bellion lui remit les livres (qu'ils étaient lourds !), posa dessus une sorte de parchemin enroulé (le fameux « Prix d'excellence ») et lui tapota la joue avec bienveillance.

– Félicitations, mon fils !

Mehdi, ébahi, oublia de remercier ce Français qui prétendait être son père. Il tourna les talons et fit face à l'assistance, indécis, sous le regard comblé de sa mère. Il oublia que sa place était au premier rang et se dirigea à petits pas vers elle, la pile de livres sous le menton. Personne ne lui fit remarquer son erreur. Ou peut-être n'en était-ce pas une ? Tous les *pions* étaient alignés sur le côté, comme des soldats rendant les honneurs. Il dut passer devant eux, de plus en plus raide, pour aller s'asseoir. De nouveau, il sentit la boule dans l'estomac, mais ce n'était

1. **Duelle** : double.

plus la peur qui lui tordait le ventre, plutôt la *hchouma*, cette forme de pudeur qu'il semblait porter dans ses gènes. Morel le regardait d'un air gouailleur[1] et murmura sur son passage :

– Bravo, Fatima ! Des dindons au prix d'excellence, quel beau parcours !

Madini ne dit rien. Ses yeux brillaient d'ironie et, sans qu'il émît un son, ses lèvres dessinèrent le cri *Banzaï*[2] ! Régnier le regarda d'un air perplexe, haussa les épaules et ne dit rien, ce qui inquiéta Mehdi *(Les prolétaires n'ont pas de prix ?)*. Dumont le regarda d'un air sévère et, se penchant sur lui, lui souffla à l'oreille :

– C'est bien, Petit-Breton. Je suis fier de vous.

Puis, cryptique :

– Le bicorne ! Le bicorne !

Quand tous les prix furent distribués, M. Flamand fit une dernière allocution, farcie de phrases toute faites qui réjouirent Mehdi (« Les meilleures choses ont une fin », « il n'est bonne compagnie qui ne se quitte », etc.) et souhaita à tous des vacances « délectables et revigorantes ». À titre de confidence, il révéla qu'il allait passer les siennes dans son Ardèche natale, « mais vous n'êtes pas obligés de m'y suivre », ajouta-t-il en inclinant la tête et en souriant malicieusement. Sur cette plaisanterie un peu fade, qui suscita quelques rires polis, la cérémonie s'acheva et tout le monde se leva. Le proviseur entama une conversation enjouée avec une femme particulièrement élégante qui tenait un adolescent boudeur par la main. Dans la confusion

1. **Gouailleur** : moqueur.
2. **Banzaï** : exclamation japonaise provenant d'un mot chinois qui signifie « longue vie ».

Voir page 75, note 4.

des allées et venues, des chaises renversées, des adieux et des au revoir, Mehdi et sa mère ne cessaient de se heurter aux uns et aux autres, sans pouvoir s'échapper de la cour devenue labyrinthe brûlant. Ils se trouvèrent soudain devant M. Marcellus, qui toussota légèrement puis énonça d'un ton grave :

– Madame, votre fils a des dons en mathématiques, il faut le pousser dans la voie royale[1] : bac C[2], prépa, grandes écoles.

La mère hocha la tête, déroutée. Son français était rudimentaire et elle n'avait retenu que deux mots : « voie royale ». C'était quoi, ça ? Il allait devenir roi, son moutard ? Chut ! Pas de politique... Ils s'éloignèrent. M. Porte vint s'incliner cérémonieusement devant la Marocaine en djellaba bleue, aux cheveux cachés par un voile rose, qui tenait sa progéniture d'une main ferme.

– Madame, votre enfant a des dons pour la géographie, il ferait un bon explorateur.

La prof d'anglais, qui s'accrochait maintenant à son bras (Tiens ! C'était sa *poule* ?) éclata de rire et lui donna un coup de coude dans les côtes. Se reprenant, M. Porte prit une voix flûtée pour dire :

– Oublions « les voyages et les explorateurs », que M. Lévi-Strauss prétend haïr. Le petit Mehdi, avec son amour de la géographie, ferait un bon topographe[3], peut-être même un ingénieur. Il faut le pousser dans cette voie !

La maman du petit topographe, ébahie, balbutia quelques mots de remerciement que M. Porte accepta avec grâce. Au moment où ils passaient devant le monument aux morts, ils

1. **Voie royale** : orientation idéale.
2. **Bac C** : appellation ancienne du bac S d'aujourd'hui.
3. **Topographe** : métier proche de celui de géomètre, consistant à prendre les mesures d'un terrain.

Claude Lévi-Strauss (1908-2009) est un célèbre ethnologue français du XXe siècle. M. Porte fait allusion à la phrase « Je hais les voyages et les explorateurs », extraite de l'incipit de son célèbre ouvrage *Tristes Tropiques* (1955).

tombèrent sur les Berger qui se dirigeaient aussi vers la sortie. Denis, qui avait obtenu un « prix d'honneur », regarda Mehdi avec inquiétude.

Linus. Ha ! Faux Linus. Vrai Linus.

M. Berger leur donna une bourrade, les yeux plissés :

– Eh bien, dites-vous « au revoir », petits nigauds, vous n'allez pas vous revoir de sitôt.

Les deux enfants se serrèrent la main en évitant de se regarder dans les yeux.

Frédéric tendit la main à Julien qui la serra dans les siennes.

– Mon cher Julien ! J'ai été jaloux de toi parce que tu étais bon ! Pardonne-moi, Julien ! Sois mon ami, mon frère !

Mehdi avait eu les larmes aux yeux en lisant ce dialogue dans *Le Mauvais Génie*. Il l'avait appris par cœur, ce qui ne lui était pas difficile. C'était maintenant l'occasion ou jamais de le ressortir. *Pardonne-moi, Denis !* Mais non, c'était impossible. *Sois mon ami, mon frère !* Impossible. Et puis, ça ne dépendait pas que d'eux deux. Peut-on être frères sans adopter la mère ? Mme Berger, justement, toisait sans méchanceté la djellaba bleue.

– Eh bien, Mehdi, tu ne nous avais pas dit que tu avais une mère si jolie. Et si jeune.

C'est vrai que sa mère est jeune. Elle a à peine trente ans. Elle ne sait que dire. Qui sont ces gens ? Mokhtar a dû la renseigner, lui-même mis au courant par le concierge, mais elle n'est pas sûre. Sont-ce là ces Français formidables qui ont pris soin de Mehdi quand elle-même ne pouvait venir à Casablanca ? À tout hasard, elle les bénit à mi-voix. Mme Berger, qui ne s'est pas rendu compte qu'elle vient de gagner sa place au Paradis, lui tend une main hésitante qu'elle serre avec effusion (elle rend tout au centuple, remarque Mehdi).

Les Berger disparurent. Près de la loge de Miloud, Cathy Kirchhoff vint en courant lui faire la bise.

– Au revoir, mon petit Kaki ! On se retrouve à la rentrée !

Il rougit jusqu'à la racine de ses cheveux. Elle s'en alla en dansant, tenant par la main une jeune femme aussi jolie qu'elle, sa mère sans doute, ou – qui sait ? – Jenny von Westphalen. Un dernier obstacle se présenta avant la délivrance. Sabine Armand sortit d'on ne sait où (de la loge de Miloud ?) et vint embrasser Mehdi, qui ne put rien faire pour lui échapper.

– Petit lâcheur... J'espère qu'on te reverra quand même, l'an prochain, au club de théâtre !

Mehdi hoche la tête, les lèvres serrées, sans se compromettre. C'est fini, il le sait. Il ne s'essaiera plus jamais au théâtre. *Chat échaudé craint l'eau froide*, comme disait M. Flamand. Il essuie, de la manche de sa chemise, la trace humide que Sabine a laissée sur sa joue.

Enfin, ils sont dehors ! Tous deux ont l'air soulagés, même si le soleil est aussi brûlant ici que dans la cour où la cérémonie s'est déroulée. Ils traversent le boulevard Ziraoui avec précaution, clignant des yeux, cherchant de l'autre côté de la belle artère l'ombre des bigaradiers[1]. Mehdi se retourne. Les bâtiments du lycée, superbes d'indifférence, scintillent dans la lumière implacable de l'été. Serrant ses livres contre sa poitrine, la main dans la main de sa mère, qui porte la petite valise marron à poignée blanche, trottant vers l'arrêt du bus, Mehdi comprend confusément qu'il vient de vivre l'année décisive de sa vie.

Une année chez les Français.

---

1. **Bigaradiers** : variété d'orangers aux fruits amers, dont les fleurs et les feuilles sont utilisées en parfumerie.

LECTURE ACTIVE 7

La fin de l'année

→ Voir aussi étape 7, page 286.

As-tu bien lu ?

1 **Chapitre 21.** Pourquoi Mehdi décide-t-il d'abandonner le théâtre ?

2 **Chapitre 22.** Reçu par sa tante et son oncle qui ne parlent qu'arabe, Mehdi répond en français à leurs questions. Que se passe-t-il au cours de cette scène ?

- ☐ Tayeb traduit fidèlement en arabe ce que dit Mehdi.
- ☐ Tayeb invente des réponses en accord avec les préjugés de ses parents envers les Français.

3 **Chapitre 23.** Mehdi reçoit le prix d'excellence. Relie chaque réplique au personnage qui la prononce.

« Félicitations, mon fils ! » •		• Dumont
« C'est bien, Petit-Breton. Je suis fier de vous » •		• Morel
« Des dindons au prix d'excellence, quel beau parcours ! » •		• M. Bellion, le proviseur du lycée

l'atelier

Imaginer une traduction fantaisiste

▸ ***Objectif.*** Inventer une situation au cours de laquelle le traducteur ne traduit pas ce qui est dit.

▸ ***Préparation.*** Par groupes de trois, relisez le passage du chapitre 22 (p. 243-244, l. 95 à 127) où Tayeb ne traduit pas les paroles de Mehdi et imaginez une situation d'incommunicabilité due à la langue.

▸ ***Réalisation.*** Rédigez un dialogue mettant en scène trois personnages. Par exemple : une chanteuse/sportive anglophone et un admirateur francophone qui ne parle pas anglais ; le « traducteur », qui comprend mal l'anglais, traduit comme il peut...

▸ ***Réfléchir ensemble.*** Quels sont les effets comiques d'une telle situation ? En quoi gestes et mimiques peuvent-ils faciliter la compréhension ?

DÉFI LECTURE

Connais-tu bien le roman *Une année chez les Français* ?

Des situations comiques

1 Vrai ou faux ?
Pour chaque proposition, coche la bonne réponse puis justifie.

	VRAI	FAUX
a. Le professeur de musique est réputé pour son autorité.	☐	☐
b. Lombard gifle un élève.	☐	☐
c. Régnier déchire les bandes-dessinées de M'Chiche.	☐	☐
d. Morel meurt poignardé au début du roman.	☐	☐

2 Qui a dit quoi ? Associe chaque citation à son auteur.

« Un pitchoun, deux *bibis* et une *falise* ! » •	• Cathy Kirchhoff
« C'est très joli comme nom, Kaki. Tu es minuscule, mon petit Kaki. » •	• M. Flamand, le professeur de français
« Vous êtes doué, mon petit. J'ai beaucoup apprécié votre " licence poétique " écrit entre parenthèses. » •	• M. Berger, le père de Denis
« Mais enfin, Ginette, pourquoi un petit Marocain ne pourrait-il pas être le premier de la classe ? Tu n'es quand même pas raciste ? » •	• Miloud, le concierge

Le personnage de Mehdi

3 Morel surnomme Mehdi « Fatima ». C'est le prénom de...
- ☐ la femme du boulanger de Béni-Mellal
- ☐ la lingère du lycée Lyautey
- ☐ la femme du boulanger dans un film de Marcel Pagnol

4 Pourquoi Madini surnomme-t-il Mehdi « le Nippon » ?
- ☐ parce que Mehdi est d'origine japonaise
- ☐ parce que Mehdi prétend que son père est japonai.
- ☐ parce que Mehdi lit des mangas

Le lycée Lyautey

5 Trouve les mots correspondant aux définitions et complète la grille.

Horizontalement

1. Lieu où dorment les pensionnaires.

2. Élève logé au lycée.

3. Instrument dont jouent Mehdi et ses camarades en cours de musique.

4. Étude des oiseaux, thème d'un atelier d'éveil dans le roman.

Verticalement

5. Local où se trouve le concierge, Miloud, quand Mehdi arrive au lycée.

6. Salle où les pensionnaires du lycée prennent leurs repas.

7. Personne chargée de l'entretien du linge dans le lycée.

8. Surveillant (en argot).

LE DOSSIER

Une année chez les Français

Un récit d'apprentissage autobiographique et satirique

REPÈRES

PARCOURS DE L'ŒUVRE

TEXTES ET IMAGE

Quelles sont les différentes formes de l'écriture de soi ?

L'écriture de soi se décline en de nombreux genres (mémoires, journal intime, autobiographie, roman autobiographique, autofiction...), où l'auteur se représente et se raconte.

● LE JOURNAL INTIME, LES MÉMOIRES

Le journal intime ne se déroule pas de manière rétrospective mais s'écrit au jour le jour. Rédigé dans l'intimité, il n'est pas destiné à être publié.

L'auteur de mémoires s'attache à rendre compte de sa destinée, en tant que témoin ou acteur d'événements historiques jugés intéressants pour la postérité.

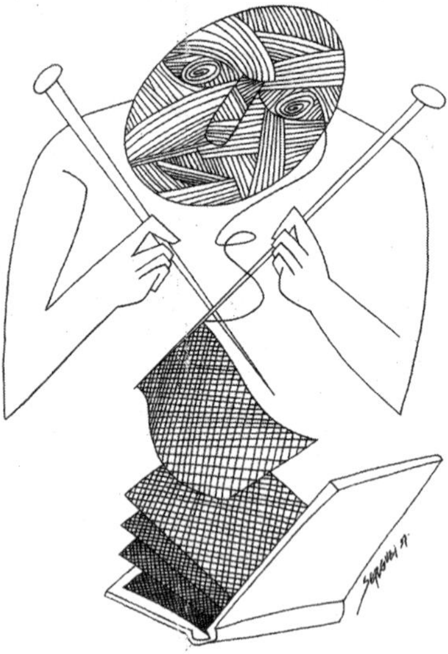

L'écriture de soi. Dessin de Serguei publié dans le journal *Le Monde* le 24 janvier 1997.

Le Journal d'Anne Frank

Anne Frank est une adolescente juive allemande. Lorsqu'elle débute son journal en juin 1942, elle est cachée avec sa famille dans un appartement secret pour échapper aux rafles nazies. Elle confie à son journal ses peurs et ses révoltes d'adolescente. Le récit s'achève le jour de son arrestation, en août 1944. Anne Frank est déportée et meurt dans un camp de concentration en 1945.

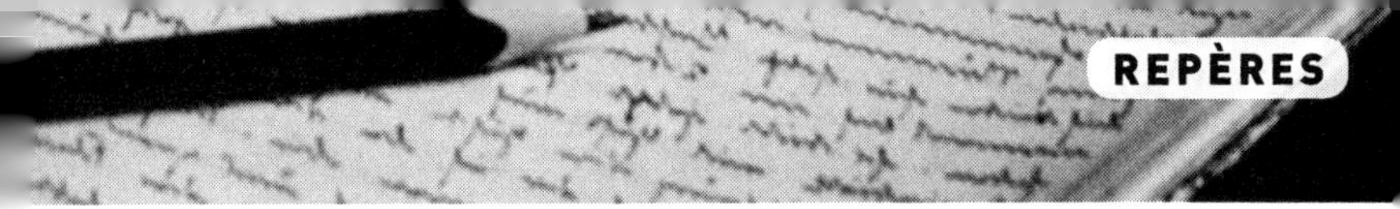

• L'AUTOBIOGRAPHIE

« Je suis moi-même la matière de mon livre », écrit Montaigne dans ses *Essais*, au XVIe siècle.

« Je veux montrer à mes semblables un homme dans toute la vérité de la nature ; et cet homme, ce sera moi », affirme Rousseau au début des *Confessions* au XVIIIe siècle. Ces deux auteurs sont considérés comme les précurseurs du genre autobiographique.

On appelle **autobiographie** le récit rétrospectif qu'un auteur fait de sa propre existence pour retracer l'histoire de sa personnalité.

Récit à la première personne, l'autobiographie se caractérise par le fait que l'auteur, le narrateur et le personnage principal sont une seule et même personne.

L'auteur d'une autobiographie instaure un pacte avec ses lecteurs : il s'engage à être sincère, à ne pas mentir. Cependant, la distance entre les événements vécus et l'écriture pose le problème de la mémoire. La pudeur peut également conduire l'écrivain à passer sous silence certains épisodes de sa vie. Enfin, la nécessité de créer une œuvre conduit l'auteur à adopter des artifices littéraires dans l'écriture comme dans l'agencement du propos.

Une année chez les Français : *« un récit autobiographique à 73 % »*

Dans l'interview qu'il nous a donnée (voir p. 12-13), Fouad Laroui explique, non sans humour, que la part d'autobiographie dans Une année chez les Français *est de 73 % (comme s'il possédait un outil de mesure capable de l'évaluer !).*

De fait, son récit – rédigé à la 3e personne – relève plutôt du roman autobiographique que de l'autobiographie à proprement parler. L'auteur s'inspire de sa propre enfance pour raconter l'histoire de Mehdi mais n'hésite pas à prendre ses distances par rapport à son héros et à brouiller les frontières entre réalité et fiction.

Quand dit-on d'un texte qu'il est « satirique » ?

La satire est un genre littéraire né dans la Rome antique : elle dénonce, par la moquerie, les mœurs des Romains de l'époque. Au cours de l'histoire, le genre élargit ses cibles ; ainsi, la satire politique s'attaque au pouvoir en place. Quels sont les procédés de la satire et en quoi* Une année chez les Français *est-il un roman « satirique » ?

• DE LA SATIRE À L'ESPRIT SATIRIQUE

Le mot *satire* vient du terme latin *satura*, qui désigne un plat mélangeant différents mets. C'est un genre littéraire inventé par des poètes latins ; mêlant prose et vers, les satires de la Rome antique attaquent et tournent en ridicule les mœurs de l'époque.
Par extension, le mot en est venu à désigner toute œuvre écrite, chantée ou dessinée comportant une critique sous la forme d'une raillerie. Aujourd'hui, on utilise surtout l'adjectif *satirique*, avec le sens de « qui dénonce en se moquant ». Un poème, une fable, une pièce de théâtre ou un roman peuvent ainsi avoir une visée satirique.

• LES CIBLES DE LA SATIRE

Les premières satires, celles des poètes latins Horace et Juvénal, s'en prennent aux mœurs de leurs contemporains qu'ils jugent dévoyées. Au XVIIe siècle, dans ses *Satires* (1666), Boileau dénonce tant la difficulté de vivre à Paris que la vanité des nobles ou les mauvais auteurs de son temps. Au siècle des Lumières, la satire devient une arme de combat contre la monarchie absolue. Dissimulant la critique politique derrière la raillerie, elle permet de contourner la censure royale.

Les Satires *de Juvénal, rédigées entre 90 et 127, sont particulièrement virulentes. Selon lui, la Rome impériale s'est transformée en une monstrueuse scène de théâtre remplie de bouffons et de dépravés.*

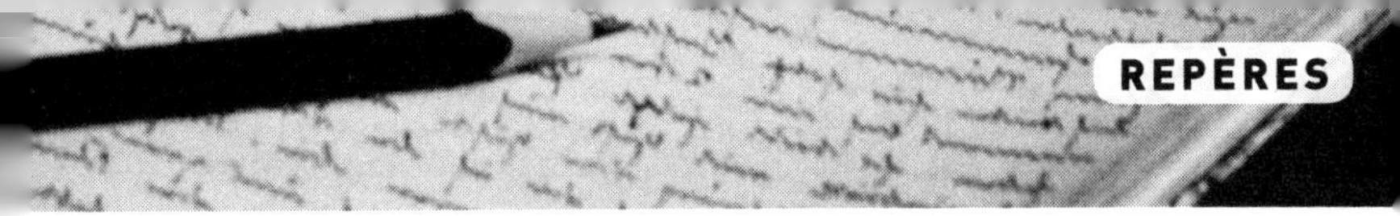

Ainsi au XVIIIe siècle, Montesquieu dans les *Lettres persanes* (voir p. 288) ou Voltaire dans ses contes philosophiques s'en servent pour s'élever contre toute forme de tyrannie et d'injustice.
Au XIXe siècle, avec l'essor de la presse, se développe un nouveau genre de satire politique sous la forme de la caricature.
De nos jours, la censure officielle a disparu en France ; la satire – sous forme d'écrits, de dessins ou de vidéos – reste néanmoins une arme utile pour dénoncer des défaillances de notre démocratie et maintenir une vigilance critique.

● UN PROCÉDÉ SATIRIQUE : LE REGARD ÉTRANGER

Dans son roman épistolaire *Lettres persanes*, Montesquieu imagine deux Persans, Usbek et Rica, qui séjournent à Paris et correspondent avec leurs proches, restés au pays. C'est à travers leur regard faussement naïf que Montesquieu formule ses critiques sur la société et les institutions françaises.
Ce regard étranger – utilisé pour déjouer la censure – se révèle un procédé satirique particulièrement efficace. On rit de l'étonnement des deux Persans ; mais, sous l'effet grossissant de leur regard, les défauts de la société française et les abus du pouvoir absolu nous apparaissent en pleine lumière.

La satire dans *Une année chez les Français*

Jeune Marocain originaire d'un petit village de l'Atlas, Mehdi est comme un étranger quand il arrive au lycée français de Casablanca.
Fouad Laroui met en place un dispositif narratif comparable à celui créé par Montesquieu. On rit des incompréhensions et des maladresses de Mehdi mais plus encore du comportement et des propos des « Français », qui, à travers le regard naïf de Mehdi, semblent souvent caricaturaux. C'est le cas notamment des surveillants transformés en archétypes : le communiste, l'éternel étudiant, le comédien érudit...
L'auteur utilise ainsi le point de vue de Mehdi pour faire la satire légère d'un univers codifié, très « franco-français », dans lequel le nouveau venu va cependant réussir à s'intégrer.

Étape 1 • Observer le début du récit

SUPPORT • Chapitre 1 (p. 16-36).

OBJECTIF • Comprendre les premiers éléments de l'histoire. Appréhender l'un des thèmes centraux du livre : celui de la rencontre des cultures.

Un monde énigmatique et terrifiant

1 Que raconte ce premier chapitre ?
- ☐ les premiers échanges avec les élèves
- ☐ les premiers contacts avec l'administration du lycée
- ☐ l'arrivée de Mehdi avec un couple de dindons au lycée français

2 Pages 16-23, l. 1 à 162 : relève les mots ou les expressions qui caractérisent l'attitude de Mehdi.
Dans quel état d'esprit le jeune garçon se trouve-t-il ?

3 Pour surmonter son appréhension vis-à-vis de ses interlocuteurs, Medhi les met à mort en imagination. Complète le tableau suivant.

	Vision d'un lion et d'un requin (l. 119 à 125)	Vision d'un gigantesque marteau (l. 458 à 464)
Personnage tué symboliquement	....	....
Phrase qui déclenche la vision	....	....

Des cultures différentes

4 Effectue des recherches et explique pourquoi Miloud se demande si Mehdi est un *djinn* (p. 16, l. 5 à 10).

5 En t'appuyant sur les lignes 44 à 54, page 18, mets en évidence les préjugés de Miloud sur les Français.

6 Mehdi ne comprend pas l'allusion au film de Marcel Pagnol *La Femme du boulanger* (p. 31-32, l. 374-404). Pourquoi ?

La langue et le style

7 Les temps du récit (p. 20-21, l. 99 à 101).

a. Quel est le temps de base dans ce récit au passé ?

b. Quels sont les deux autres temps utilisés ? Justifie leur emploi.

8 Le vocabulaire militaire

a. Relève tous les mots ou expressions appartenant au vocabulaire militaire dans le passage où Miloud intervient (p. 16 à 21).

b. Explique pourquoi ce vocabulaire lui est associé.

À ton avis

9 Selon toi, pourquoi Miloud s'adresse-t-il à Mehdi « en version bilingue » (p. 18, l. 55-56) ? Est-ce efficace ?

Faire le bilan

10 Une arrivée mouvementée. Complète le texte avec ces mots :

appréhension | étonnement | codes | regard | français | marocain

• Dans le chapitre 1, le lecteur assiste, à travers le regard du concierge, Miloud, à l'arrivée de Mehdi au lycée .... de Casablanca. L'enfant .... est seulement accompagné d'un couple de dindons qui suscite l' .... de tous.

• Ce chapitre raconte ses premiers contacts avec différents représentants du lycée : à travers son .... , cet univers dont il ne maîtrise pas les .... est présenté comme étrange et source d'.............................. .

Débattre maintenant

11 Stéréotypes, préjugés et racisme. Miloud pense que tous les Français sont blonds et riches. En quoi ce type de préjugé, qui associe à un groupe de personnes les mêmes caractéristiques, peut-il conduire au racisme ? Débattez ensemble autour de cette question.

Étape 2 • Caractériser le personnage principal

SUPPORT • Chapitre 2 (p. 38-41).

OBJECTIF • Percevoir, à travers le récit rétrospectif du chapitre 2, la personnalité singulière de Mehdi et le rôle des livres dans sa vie.

Le tremblement de terre

1 **a.** À quel moment de la chronologie le chapitre 2 se situe-t-il par rapport au chapitre 1 ?

b. Comment appelle-t-on ce procédé ?

☐ une ellipse ☐ un retour en arrière ☐ une anticipation

2 Selon toi, pourquoi le père de Mehdi dit-il « Ce n'est rien... Ce n'est qu'un tremblement de terre ! » (p. 38, l. 8).

3 Relève dans le chapitre (p. 38 à 41) les mots et expressions qui montrent l'inquiétude des habitants.

Un héros singulier

4 Décris l'attitude de Mehdi au cours de cette nuit. Justifie en citant le texte.

5 Quelles sont les réactions des membres de la famille de Mehdi ? Complète le tableau.

	Réaction en voyant que Mehdi lit
Père et frère de Mehdi (l. 31)	....
Salima, la sœur de Mehdi (l. 59-60)	....
Père de Mehdi (l. 63-66)	....
Famille au petit déjeuner (l. 72-73)	....

6 Comment expliques-tu le comportement de Mehdi ?

La langue et le style

7 **Le double récit. a.** Pourquoi certaines phrases sont-elles en italique dans le récit du tremblement de terre ?

b. Qui sont Jacques et Paul (p. 39, l. 19) ?

c. « S'extirpant à regret de la berline "commode et spacieuse" du général Dourakine, il avait suivi la petite famille qui remontait dans l'appartement. » (p. 40, l. 67 à 69)
Qui désigne le pronom sujet « il » ?
Explique le sens de cette phrase.

À ton avis

8 Pourquoi le chapitre 2 est-il important pour la suite du récit ? Détaille ton point de vue dans un paragraphe construit.

Faire le bilan

9 **Le pouvoir de la lecture.** Complète le texte à l'aide des mots suivants.

contraste | évasion | lecture | peur | stupéfaction

• Lors du tremblement de terre qui secoue son village, Mehdi, plongé dans sa .... , ne semble éprouver aucun sentiment de .... C'est comme s'il s'était transporté à Saint-Pétersbourg où se déroule l'histoire qu'il lit.

• Son attitude, qui .... avec celle des autres habitants, suscite la .... de ses proches.

• De cette scène, il ressort que, pour qui sait les apprécier, les livres peuvent agir comme un formidable moyen d'.............................. .

Écrire maintenant

10 **Le regard des parents.** Quelques jours plus tard, le père et la mère de Mehdi échangent sur les événements de la nuit du tremblement de terre. Ils insistent sur l'attitude de leur fils. Exprime leurs points de vue dans un dialogue.

Étape 3 • Étudier une scène comique

SUPPORT • Chapitre 5, la rencontre avec Dumont au réfectoire (p. 63-69, l. 26 à 181).

OBJECTIF • Identifier les ressorts comiques d'une scène emblématique.

Le premier dîner au réfectoire

1 Dumont emploie un mot que Mehdi ne comprend pas. Lequel ?

2 Cette incompréhension a plusieurs conséquences. Remets-les dans l'ordre.

.... Mehdi imagine que le mot est d'origine bretonne.

.... Les élèves entonnent une chanson populaire bretonne.

.... Dumont feint d'être indigné qu'on lui demande ses origines.

.... Les internes font circuler la question « il est breton ? » à propos de Dumont.

3 En quoi la fin de cette scène est-elle inattendue et comique ?

Des personnages qui nous font rire

4 Pourquoi Mehdi nous fait-il rire malgré lui ? Complète les réponses proposées.

a. Mehdi se pose des .... étonnantes.

b. Mehdi voulait passer inaperçu et il se retrouve au contraire ....

5 Commente la « mort » de Mehdi (p. 68, l. 141-151).

6 Pourquoi Dumont nous fait-il rire ? Complète les réponses proposées.

a. Dumont s'adresse aux élèves avec une .... qui ne cadre pas avec la situation.

b. Dumont joue un .... , sans en être dupe.

La langue et le style

7 Un style grandiloquent. Relis les paroles de Dumont et complète chaque colonne du tableau avec plusieurs exemples.

Mots de registre soutenu	Phrases emphatiques	Références culturelles
....	....	....

À ton avis

8 Comment peut-on expliquer le geste de Dumont lorsqu'il offre une « double ration » de dessert à Mehdi ?

Faire le bilan

9 Les sources du comique

Complète le texte à l'aide des mots suivants.

comédien | imagination | dramatique | bretonnes | personnages | situation

• La scène repose principalement sur le comique de .... Mehdi ignore le sens du mot *frichti* : son .... le conduit à attribuer des origines .... à Dumont, qui fait semblant d'être offensé comme s'il s'agissait d'une insulte.

• L'autre source de comique est liée au contraste entre les .... Tout oppose Mehdi et Dumont : tandis que l'un se comporte comme un .... particulièrement à l'aise dans le registre .... , l'autre se fait tout petit pour éviter d'être au centre de l'attention.

Écrire maintenant

10 Journal intime

Imagine que Mehdi tient un journal intime depuis son arrivée au lycée Lyautey. Rédige la page de ce journal dans laquelle il raconte l'épisode du réfectoire. Pense à décrire ses sentiments.

Étape 4 • Étudier les procédés satiriques

SUPPORT • Chapitre 8 (p. 100-106).

OBJECTIF • Analyser les portraits des différents adultes du lycée - surveillants et professeurs - et mettre en évidence les procédés d'une satire légère.

Une galerie de personnages hauts en couleur

1 Associe à chaque surveillant sa méthode pour réveiller les internes le matin.

Madini •	• vocifère une « bordée d'injures »
Dumont •	• tape « très fort dans ses mains »
Morel •	• secoue le dormeur
Régnier •	• cite la phrase « Messieurs, debout ! Le vent se lève ! Il faut tenter de vivre ! »

2 Le professeur de musique commet différentes erreurs qui minent son autorité auprès des élèves. Remets-les dans l'ordre.

.... Il se cache derrière son lutrin et dit les notes.

.... Il annonce « trois heures de colle » sans préciser le nom de l'élève puni.

.... Il crie « licence » au lieu de « silence » et casse sa montre.

3 La caricature consiste à amplifier, à exagérer certains traits caractéristiques du sujet pour faire rire. En quoi les surveillants et les professeurs sont-ils caricaturés ?

Le procédé du regard naïf

4 **a.** Avant le premier cours de musique, Mehdi est convaincu qu'il va devenir un grand musicien. Pourquoi ?

b. Explique la dernière phrase du chapitre. Quelle image donne-t-elle de Mehdi ?

La langue et le style

5 Les champs lexicaux

a. Colorie ces mots en rouge ou en vert selon qu'ils se rapportent au champ lexical du désordre ou à celui de la musique.

sonate | cohue | ritournelle | fugue | bronca

mélodie | cacophonie | sérénade | vacarme

b. En quoi ces deux champs lexicaux permettent-ils de comprendre la déception de Mehdi ?

6 Le procédé de l'ironie. « Un justicier de onze ans, n'écoutant que sa conscience, s'offrit à exécuter la punition. » (l. 111-112). En quoi peut-on dire que cette phrase est ironique ?

À ton avis

7 Les élèves ont-ils raison d'avoir peur de M. Marcellus (l. 39-49) ?

Faire le bilan

8 Une satire légère. Complète le texte à l'aide des mots suivants :

autorité | galerie | légère | naïf | personnalités | satire

• Les adultes du roman constituent une véritable .... de portraits. Les surveillants ont des .... qui les caractérisent fortement. Les professeurs exercent avec plus ou moins de réussite leur ....

• Le procédé qui consiste à les montrer à travers le regard .... de Mehdi renforce la .... Mais celle-ci reste .... , car les surveillants et les enseignants sont plutôt bienveillants à l'égard des élèves.

Écrire maintenant

9 M. Lombard interroge Mehdi sur ce qui s'est passé lors du cours de M. Doucet. Rédige le dialogue entre les deux personnages.

Étape 5 • Analyser le thème de l'école et des livres

SUPPORT • Chapitre 13 (p. 155-162) et chapitre 16 (p. 196-204).

OBJECTIF • Analyser le rôle des enseignants et la place de la lecture dans l'apprentissage de Mehdi.

Le plaisir d'apprendre, les joies de l'écriture (chapitre 13)

1 Qu'est-ce qui enchante Mehdi dans l'apprentissage des mathématiques avec M. Marcellus ? (l. 45-75) Coche les bonnes réponses.

- ☐ leur aspect ordonné
- ☐ les mots nouveaux
- ☐ les nombres décimaux
- ☐ le calcul mental

2 **a.** Quel sujet de rédaction le professeur de français donne-t-il ?
b. Pourquoi Mehdi est-il d'abord perplexe devant sa feuille blanche.
c. Comment s'y prend-il finalement pour rédiger son devoir ?

L'enchantement procuré par la littérature (chapitre 16)

3 Quel est le titre du livre de chevet de Mehdi ? Qui le lui a offert ? À quelle occasion ? (p. 196)

4 Pourquoi éprouve-t-il du plaisir à lire même quand il ne comprend pas ?

5 **a.** Relis les lignes 16 à 49 pages 196-198 et complète le tableau suivant.

Fable de La Fontaine	Commentaire de René Radouant
« La Cigale, ayant chanté tout l'été… »	....
« Le Geai paré des plumes du Paon »	....

b. Que pense Mehdi de ces commentaires ?

La langue et le style (chapitre 13)

6 La personnification (l. 89-97, p. 158).
Relève plusieurs indices qui montrent que les mots sont personnifiés par Mehdi, qui entretient avec eux un rapport affectif.

À ton avis (chapitre 13)

7 Le narrateur fait le portrait de plusieurs professeurs (musique, français, mathématiques). Penses-tu qu'il porte sur eux un regard négatif ou, au contraire, qu'il leur rend hommage ? Pourquoi ?

Faire le bilan

8 L'émancipation par l'éducation
Complète le texte à l'aide des mots suivants :

curieux | mots | musicalité | littérature | questions | apprendre

• Aussi enthousiaste que .... , Mehdi aime ...., quel que soit le domaine d'apprentissage, et se pose constamment des .... pour comprendre ce qui lui échappe. Il s'interroge ainsi souvent sur le sens des .... qu'il ne connaît pas et qu'il apprivoise avec joie.

• Sensible à la .... de la langue, il apprécie la .... même lorsqu'il n'en comprend pas toutes les subtilités.

Écrire maintenant

9 Discours argumentatif
Oubliant sa timidité, Mehdi réagit à la phrase de Morel, qui ne comprend pas pourquoi il lit les *Fables* de La Fontaine : « Tu prétends lire La Fontaine comme ça ? Sans raison ? »
Imagine ce que Mehdi peut dire à Morel pour le convaincre de l'intérêt de la lecture. Le travail doit être organisé.

Étape 6 • Analyser le thème de la rencontre des cultures

SUPPORT • Chapitre 17, le repas de Noël avec les Berger (p. 205).

OBJECTIF • À travers la scène du repas de Noël, explorer le thème de la rencontre entre deux cultures ; mettre en évidence comment préjugés et stéréotypes culturels peuvent l'entraver.

L'émerveillement de Mehdi lors du repas de Noël

1 Comment Mehdi parvient-il à passer les fêtes de Noël chez les Berger ? (p. 207-208, l. 60-100) Coche la bonne réponse.

- ☐ Mokhtar, en panne de voiture, ne peut pas le raccompagner chez lui.
- ☐ À la demande de l'enfant, Morel écrit une lettre à la mère de Mehdi.

2 Relis les lignes 101 à 185, pages 209 à 212.

a. Relève deux noms communs qui montrent que Mehdi est sous le charme lors de cette soirée.

b. Mehdi demande d'où vient le mot *réveillon*. Que lui apprend M. Berger à ce sujet ?

c. Que ressent Mehdi lorsqu'il écoute la musique de Mozart ?

Les préjugés de Mme Berger

3 Complète le tableau suivant.

Faits	Réactions de Mme Berger
Mehdi explique ce que signifie le mot *fétide* puis affirme qu'il a eu l'intuition de son sens.	....
M. Berger sert un petit verre de champagne à Mehdi.	....
Mehdi récite des vers de Verlaine.	....
Denis révèle que Mehdi est le premier de sa classe en français.	....

4 Pourquoi M. Berger demande-t-il à sa femme si elle n'est pas raciste ? Quelle est sa réaction ? Comment se justifie-t-elle ?

La langue et le style

5 Les mots français d'origine arabe. a. À l'aide d'un dictionnaire (par exemple le Larousse en ligne ou le TLFI), vérifie l'origine des mots suivants et colorie ceux qui viennent de l'arabe.

carmin | rose | calculer | cramoisi | abricot | orange
zéro | écarlate | kaki | opération | pantalon | gilet
chiffre | tomate | aubergine | caban

b. Est-ce que les mots que tu as coloriés sont tous des emprunts directs à l'arabe ? Explique.

À ton avis

6 Selon toi, quelle langue Mehdi parle-t-il le mieux ? Explique pourquoi.

Faire le bilan

7 Le repas de Noël : un moment d'échange et d'incompréhension
Complète le texte à l'aide des mots suivants :

réveillon | marocains | français | préjugés | classique | enchanté

• Mehdi est .... par la soirée de Noël chez les Berger. Heureux dès qu'il peut apporter des explications aux enfants, M. Berger lui révèle la tradition du .... français.

• Mme Berger, elle, se montre moins à l'aise, car Mehdi ne correspond pas à l'idée qu'elle se fait des enfants .... Elle ne comprend pas que Mehdi apprécie la musique .... et qu'il réussisse en .... mieux que les Français eux-mêmes. Elle a du mal à se défaire de ses ....

Écrire maintenant

8 Sujet de réflexion (type brevet)
Pourquoi est-il important de lutter contre nos propres préjugés ?
Dans un devoir construit, présente ton point de vue à partir d'exemples tirés de tes lectures ou de ton expérience personnelle.

Étape 7 • Faire le point sur le genre du roman

SUPPORT • Tout le roman.

OBJECTIF • Comprendre pourquoi il s'agit d'un récit d'apprentissage, percevoir sa dimension autobiographique et émettre des hypothèses concernant le point de vue de l'auteur.

Les apprentissages de Mehdi

1 Sur le nuage de mots ci-dessous, barre les adjectifs qui ne correspondent pas au caractère de Mehdi.

curieux
timide extraverti enthousiaste
DÉTERMINÉ
paresseux rêveur
intelligent turbulent
sérieux agité
discipliné travailleur

2 En quoi le théâtre est-il pour Mehdi un moyen d'exploiter ses qualités et de surmonter ses difficultés ?

3 **a.** Cite au moins un moment de l'histoire qui montre que Mehdi s'intéresse à la culture française.
b. Renonce-t-il pour autant à sa culture marocaine ? Justifie.

4 Que signifie, selon toi, la main tendue par la mère de Denis à celle de Mehdi, au chapitre 23 (p. 263, l. 335-338) ? Justifie ta réponse.

Un roman « à 73 % autobiographique »

5 Relis la biographie de Fouad Laroui (p. 9) et repère des similitudes avec l'histoire de Mehdi.

6 Selon toi, que veut dire l'auteur à travers ce récit ? Coche les bonnes réponses puis ajoutes-en d'autres si tu as des idées.

- ☐ L'apprentissage est source de joies.
- ☐ Se confronter à une culture différente est difficile.
- ☐ Rencontrer une personne de culture différente est enrichissant.
- ☐ La lecture permet de surmonter l'ennui, la peur, la solitude.
- ☐ Les préjugés empêchent de comprendre l'autre.
- ☐ ....
- ☐ ....

Faire le bilan

7 Un récit à plusieurs dimensions. Complète cette carte mentale qui fait le point sur les principales caractéristiques du roman.

Une année chez les Français

Les principaux thèmes	Le genre	Les registres
•	•	• ....
•	•	• ....
•	•	• ....

Écrire maintenant

8 Sujet de réflexion (type brevet). Quelques années plus tard, Mehdi écrit à l'un de ses professeurs (M. Flamand, M. Marcellus ou M. Doucet), pour évoquer sa première année au lycée français. Rédige cette lettre en t'appuyant sur au moins deux épisodes du roman. Insiste sur les sentiments du jeune homme.

Le regard de l'étranger : groupement de documents

OBJECTIF • Comparer différents documents dans lesquels le point de vue d'un étranger (véritable ou fictif) permet de révéler les défauts d'une société.

DOCUMENT 1 *Le regard du Persan Rica sur la société française du début du XVIIIe siècle*

En 1721, Montesquieu (1689-1755), philosophe et écrivain français du siècle des Lumières, publie de manière anonyme un roman épistolaire, Les Lettres persanes. *Ce roman rassemble la correspondance fictive de deux voyageurs persans, Usbek et Rica, qui racontent leur séjour à Paris à leurs proches restés en Perse.*
À travers le regard qu'il prête à ces deux étrangers, qui découvrent des mœurs très éloignées des leurs, Montesquieu se livre à une critique virulente de la société de son époque et des pouvoirs en place.

RICA À IBBEN[1].

À Smyrne[2].

Nous sommes à Paris depuis un mois, et nous avons toujours été dans un mouvement continuel. Il faut bien des affaires avant qu'on soit logé, qu'on ait trouvé les gens à qui on est adressé, et qu'on se soit pourvu des choses nécessaires, qui manquent toutes à la fois.

Paris est aussi grand qu'Ispahan[3] : les maisons y sont si hautes, qu'on jugerait qu'elles ne sont habitées que par des astrologues. Tu juges bien qu'une ville bâtie en l'air, qui a six ou sept maisons les unes sur les autres, est extrêmement peuplée ; et que, quand tout le monde est descendu dans la rue, il s'y fait un bel embarras.

Tu ne le croirais pas peut-être, depuis un mois que je suis ici, je n'y ai encore vu marcher personne. Il n'y a pas de gens au monde qui tirent mieux parti de leur machine[4] que les Français ; ils courent, ils volent : les voitures lentes d'Asie,

1. **Rica, Ibben** : dans le roman, Rica et Ibben sont deux Persans (la Perse est l'ancien nom de l'Iran). Rica, qui vient d'arriver à Paris, écrit à Ibben resté au pays.
2. **Smyrne** : ancien nom de la ville d'Izmir (aujourd'hui en Turquie). Ibben, le correspondant de Rica, habite à Smyrne.
3. **Ispahan** : capitale de l'empire perse au XVIIIe siècle.
4. **Leur machine** : leur corps par opposition à leur esprit.

le pas réglé de nos chameaux, les feraient tomber en syncope[5]. Pour moi, qui ne suis point fait à ce train, et qui vais souvent à pied sans changer d'allure, j'enrage quelquefois comme un chrétien : car encore passe qu'on m'éclabousse depuis les pieds jusqu'à la tête ; mais je ne puis pardonner les coups de coude que je reçois régulièrement et périodiquement. Un homme qui vient après moi et qui me passe[6] me fait faire un demi-tour ; et un autre qui me croise de l'autre côté me remet soudain où le premier m'avait pris ; et je n'ai pas fait cent pas, que je suis plus brisé que si j'avais fait dix lieues[7].

Ne crois pas que je puisse, quant à présent[8], te parler à fond des mœurs et des coutumes européennes : je n'en ai moi-même qu'une légère idée, et je n'ai eu à peine que le temps de m'étonner.

Le roi de France est le plus puissant prince de l'Europe. Il n'a point de mines d'or comme le roi d'Espagne son voisin ; mais il a plus de richesses que lui, parce qu'il les tire de la vanité de ses sujets, plus inépuisable que les mines. On lui a vu entreprendre ou soutenir de grandes guerres, n'ayant d'autres fonds que des titres d'honneur[9] à vendre ; et, par un prodige de l'orgueil humain, ses troupes se trouvaient payées, ses places munies[10], et ses flottes équipées.

D'ailleurs ce roi est un grand magicien : il exerce son empire[11] sur l'esprit même de ses sujets ; il les fait penser comme il veut. S'il n'a qu'un million d'écus[12] dans son trésor et qu'il en ait besoin de deux, il n'a qu'à leur persuader qu'un écu en vaut deux, et ils le croient. S'il a une guerre difficile à soutenir, et qu'il n'ait point d'argent, il n'a qu'à leur mettre dans la tête qu'un morceau de papier est de l'argent[13], et ils en sont aussitôt convaincus. Il va même jusqu'à leur faire croire qu'il les guérit de toutes sortes de maux en les touchant, tant est grande la force et la puissance qu'il a sur les esprits.

5. **Tomber en syncope** : s'évanouir.
6. **Me passe** : me dépasse.
7. **Lieue** : ancienne mesure de distance correspondant à environ quatre kilomètres.
8. **Quant à présent** : dès maintenant.
9. **Titres d'honneur** : titres de noblesse et charges honorifiques.
10. **Munies** : pourvues, dotées (en soldats et en armes).
11. **Empire** : ici, puissance.
12. **Écus** : monnaie d'or ou d'argent qui circulait à l'époque en France et dans d'autres pays.
13. **Référence au système de Law** : ce système, alors mis en place en France de 1716 à 1720 par l'Écossais John Law, visait à développer l'utilisation de papier-monnaie plutôt que d'espèces métalliques. Law sera finalement ruiné par la spéculation.

Ce que je dis de ce prince ne doit pas t'étonner : il y a un autre magicien plus fort que lui, qui n'est pas moins maître de son esprit qu'il l'est lui-même de celui des autres. Ce magicien s'appelle le pape : tantôt il lui fait croire[14] que trois ne sont qu'un ; que le pain qu'on mange n'est pas du pain, ou que le vin qu'on boit n'est pas du vin, et mille autres choses de cette espèce[15].

De Paris, le 4 de la lune de Rebiab 2[16], 1712.

MONTESQUIEU, lettre 24, *Lettres persanes*, 1721.

---

14. Lui fait croire : « lui » renvoie à « l'esprit des autres »
15. Trois ne sont qu'un, le pain qu'on mange n'est pas du pain, le vin qu'on boit n'est pas du vin : allusions à la Trinité et à l'Eucharistie, deux dogmes de la religion catholique.
16. Le 4 de la Lune de Rebiab : le 4 juin (formulation faisant référence au calendrier oriental).

DOCUMENT 2 ***Le regard d'une jeune Occidentale sur une entreprise japonaise***

Stupeur et tremblements *est le huitième roman de l'écrivaine belge Amélie Nothomb (née en 1966). Fascinée par le Japon qu'elle a connu dans son enfance, l'héroïne y retourne à l'âge adulte en tant qu'interprète au sein de la prestigieuse compagnie Yumimoto et découvre un monde du travail extrêmement hiérarchisé, dominé par la valeur de l'honneur.*
Au cours du roman, des maladresses successives, liées à sa méconnaissance des règles, lui feront descendre les échelons de la hiérarchie de la compagnie, jusqu'au poste de « dame pipi ».

Monsieur Haneda était le supérieur de monsieur Omochi, qui était le supérieur de monsieur Saito, qui était le supérieur de mademoiselle Mori, qui était ma supérieure. Et moi, je n'étais la supérieure de personne.

On pourrait dire les choses autrement. J'étais aux ordres de mademoiselle Mori, qui était aux ordres de monsieur Saito, et ainsi de suite, avec cette précision que les ordres pouvaient, en aval, sauter les échelons hiérarchiques.

Donc, dans la compagnie Yumimoto, j'étais aux ordres de tout le monde.

Le 8 janvier 1990, l'ascenseur me cracha au dernier étage de l'immeuble Yumimoto. La fenêtre, au bout du hall, m'aspira comme l'eût fait le hublot brisé d'un avion. Loin, très loin, il y avait la ville – si loin que je doutais d'y avoir jamais mis les pieds.

Je ne songeai même pas qu'il eût fallu me présenter à la réception. En vérité, il n'y avait dans ma tête aucune pensée, rien que la fascination pour le vide, par la baie vitrée.

Une voix rauque[1] finit par prononcer mon nom, derrière moi. Je me retournai. Un homme d'une cinquantaine d'années, petit, maigre et laid, me regardait avec mécontentement.

– Pourquoi n'avez-vous pas averti la réceptionniste de votre arrivée ? me demanda-t-il.

Je ne trouvai rien à répondre et ne répondis rien. J'inclinai la tête et les épaules, constatant qu'en une dizaine de minutes, sans avoir prononcé un seul mot, j'avais déjà produit une mauvaise impression, le jour de mon entrée dans la compagnie Yumimoto.

L'homme me dit qu'il s'appelait monsieur Saito. Il me conduisit à travers d'innombrables et immenses salles, dans lesquelles il me présenta à des hordes[2] de gens, dont j'oubliais les noms au fur et à mesure qu'il les énonçait.

Il m'introduisit ensuite dans le bureau où siégeait son supérieur, monsieur Omochi, qui était énorme et effrayant, ce qui prouvait qu'il était le vice-président.

Puis il me montra une porte et m'annonça d'un air solennel que, derrière elle, il y avait monsieur Haneda, le président. Il allait de soi qu'il ne fallait pas songer à le rencontrer.

Enfin, il me guida jusqu'à une salle gigantesque dans laquelle travaillaient une quarantaine de personnes. Il me désigna ma place, qui était juste en face de celle de ma supérieure directe, mademoiselle Mori. Cette dernière était en réunion et me rejoindrait en début d'après-midi.

Monsieur Saito me présenta brièvement à l'assemblée. Après quoi, il me demanda si j'aimais les défis. Il était clair que je n'avais pas le droit de répondre par la négative.

AMÉLIE NOTHOMB, *Stupeur et tremblements*, 1999, © Éditions Albin Michel.

1. **Rauque** : enrouée, rocailleuse.
2. **Hordes** : un grand nombre.

DOCUMENT 3 ***Une étudiante iranienne en Europe***

MARJANE SATRAPI, planche de la bande dessinée *Persepolis* (vol. 3), Éditions L'Association, 2003.

Persepolis est une série autobiographique de bandes dessinées, dans lesquelles Marjane Satrapi raconte les étapes de sa vie. Elle relate son enfance à Téhéran, en Iran, les restrictions des libertés sous le régime islamique. À 14 ans, elle ose s'opposer à son professeur de religion. Ses parents, intellectuels engagés et cultivés, décident alors de l'envoyer au lycée français de Vienne, en Autriche, pour la protéger.
Sur la planche ci-contre, Marjane explique comment elle s'est intégrée dans son nouveau lycée.

Trois regards

1 Complète ce tableau comparatif.

	Document 1	Document 2	Document 3
Date de publication	....	....	....
Lieu de l'action	....	....	....
À travers le regard de qui l'épisode est-il relaté ?	en Europe, plus précisément à Paris	....	....
De quel pays est-il (elle) originaire ?	....	....	....
Est-ce un étranger réel ou fictif ? (auteur/narrateur)	....	....	....
Quels sont ses sentiments dominants ?	....	....	....

Un point de vue critique

2 Document 1

a. Rica fait d'abord la satire de la vie parisienne. De quelle caractéristique se moque-t-il ?

☐ Les Parisiens sont bavards et vaniteux.

☐ Ils sont toujours pressés.

☐ Ils ne respectent pas les règles de base du savoir-vivre.

b. Puis il fait la critique du régime de la monarchie absolue en place dans la France du XVIIIe siècle. Comment résumerais-tu cette critique ?

3 Document 2

a. Quels mots et expressions indiquent que la narratrice porte un regard satirique sur l'organisation de cette entreprise japonaise ?

b. Quels défauts sont ainsi mis en évidence ?

4 Document 3

a. Selon toi, quel regard Marjane porte-t-elle sur elle-même au moment où elle raconte son intégration au lycée français des années plus tard ?

b. Quel procédé, propre à l'esprit satirique, Marjane Satrapi utilise-t-elle dans la troisième vignette ? Ne retrouve-t-on pas, sous la plume de Fouad Laroui, le même procédé concernant les surveillants ? Justifie ta réponse.

Faire le bilan

5 Un regard étranger

Complète le bilan à l'aide des mots suivants.

critique | étonnement | étranger | point de vue | règles | satire

• Dans chaque document, le narrateur ou l'épistolier est un .... qui regarde avec .... la société dans laquelle il est plongé et dont les .... d'organisation diffèrent de celles qu'il connaît.

• Ce .... étranger permet de voir autrement la réalité décrite. Dans les textes de Montesquieu et d'Amélie Nothomb, ce dispositif narratif, utilisé de manière ...., masque une .... mordante de l'univers observé.

6 Revenons à *Une année chez les Français*
Fouad Laroui utilise également ce procédé du regard étranger dans son roman. Explique les similitudes entre Mehdi et les personnages des documents 1, 2 et 3.

À ton avis

7 Efficace ?
Une critique te semble-t-elle plus efficace quand elle prend une forme satirique ? Justifie ta réponse en t'appuyant sur les extraits du groupement de documents, sur des passages du roman de Fouad Laroui ou sur d'autres exemples de ton choix.

Écrire maintenant

8 Ton collège vu par un élève étranger
Imagine un élève étranger découvrant ton collège. Fais-lui raconter, de manière mi-naïve, mi-moqueuse, sa première journée parmi vous.
Son récit pourra mettre l'accent sur les habitudes d'enseignement, sur le personnel du collège, sur les locaux... Tu veilleras à utiliser le présent de l'indicatif.

Langue des relations internationales dès le XVIIe siècle, puis langue de l'Europe des Lumières au XVIIIe siècle, le français est aujourd'hui au 5e rang des langues les plus utilisées dans le monde et c'est la seconde langue la plus apprise. Il est parlé sur les cinq continents, principalement dans les anciennes colonies françaises, et le nombre de francophones ne cesse d'augmenter, y compris hors de France métropolitaine.

Le français dans le monde et la francophonie

1 Pourquoi parle-t-on français ailleurs qu'en France ?

La présence de la langue française dans plusieurs régions du monde est un vestige de la domination coloniale française. Comme d'autres pays européens, la France a en effet colonisé des territoires en Amérique, en Afrique, en Asie pour étendre sa puissance économique.

● LE PREMIER EMPIRE COLONIAL FRANÇAIS

Au XVIe et au XVIIIe siècle, pour des raisons principalement économiques, la France – à l'instar d'autres pays européens – installe des comptoirs en Amérique du Nord (Québec), aux Antilles, en Afrique, en Inde (par exemple, à Pondichéry).

En Afrique occidentale, l'exploitation des colonies va de pair avec la traite négrière, qui fonctionne selon le schéma dit du commerce triangulaire : les Européens apportent en Afrique des denrées peu coûteuses (tissus, armes...) et les échangent contre des prisonniers africains qu'ils vendent ensuite comme esclaves sur le continent américain en échange de produits (sucre de canne, café, cacao, coton...). Les esclaves restent en Amérique où ils sont exploités pour travailler dans les champs de coton ou de canne à sucre, tandis que les bateaux européens retournent en Europe.

Comptoir colonial

Un comptoir colonial est un établissement commercial permettant au pays qui le contrôle d'accéder à des produits qu'il n'a pas sur son territoire national (or, caoutchouc, épices...). En Afrique subsaharienne, les comptoirs sont aussi les lieux où sont achetés les esclaves.

● LE SECOND EMPIRE COLONIAL FRANÇAIS

À partir de 1830 débute une seconde période d'expansion de l'Empire français, qui va faire de celui-ci le deuxième du monde après l'Empire britannique. La France s'efforce alors de promouvoir sa langue et sa culture dans ses territoires situés en Afrique, en Asie (Indochine) et en Océanie (Polynésie française, Nouvelle-Calédonie).

Colonie ou protectorat ?

Une colonie de peuplement est un territoire conquis, occupé et administré par une puissance étrangère. La métropole place les colonisés sous tutelle pour servir les intérêts des colons.
Un territoire sous protectorat conserve en principe plus d'autonomie qu'une colonie. Il est administré de manière indirecte par la métropole.

L'Empire colonial français en 1946 (en Afrique et en Asie).

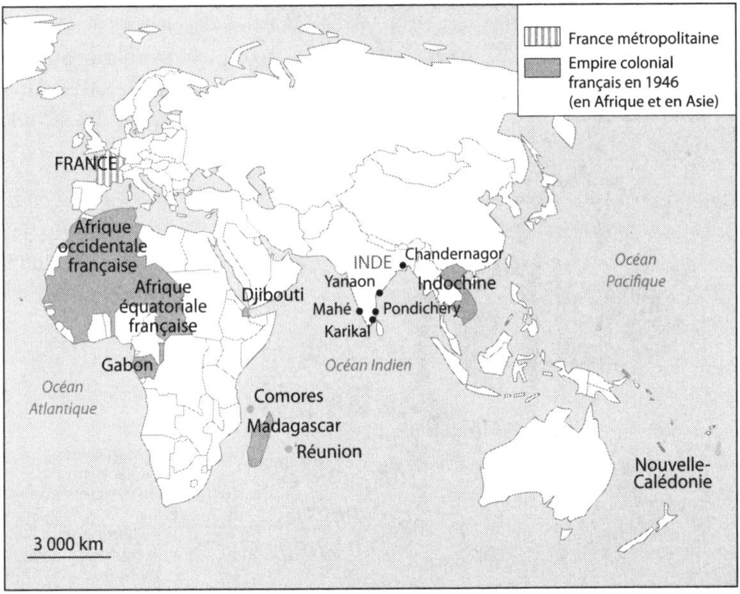

● LA DÉCOLONISATION

Après la Seconde Guerre mondiale, les puissances européennes sont très affaiblies. L'Organisation des Nations unies, créée en 1945, proclame dans sa charte « le droit des peuples à disposer d'eux-mêmes ». Des conflits, pour certains violents, aboutissent progressivement à l'indépendance des pays colonisés.

● LA DIFFUSION DE LA LANGUE FRANÇAISE DANS LES COLONIES

Convaincus qu'ils sont investis d'une mission civilisatrice, les pays colonisateurs imposent leur culture, et notamment leur langue, aux pays colonisés. Ainsi, l'enseignement dispensé dans les territoires de l'Empire colonial français est prodigué en français. Quant aux manuels scolaires utilisés, ils véhiculent une vision stéréotypée et idéalisée de la culture française ainsi que des éléments visant à justifier la colonisation.

Page extraite de l'ouvrage *Alphabet, la France et ses colonies*, éditions G. P., Paris, 1945. Illustrations de P. Baudouin.

2 Pourquoi Mehdi parle-t-il français ?

Au XIXe siècle, des congrégations religieuses s'installent au Maroc et y introduisent la langue française.
De 1912 à 1956, le Maroc devient un protectorat, en grande partie sous tutelle française, et le résident général[1] Hubert Lyautey met en place un système d'enseignement qui promeut la langue et la culture françaises.

● LES LANGUES PARLÉES AU MAROC AVANT 1912

C'est le royaume de Maurétanie, agglomérat de tribus berbères (les Maures), qui constitue la première organisation politique du Maroc : d'où la pérennité jusqu'à nos jours de la langue berbère (voir *Une année chez les Français*, note p. 58).

Au début du VIIIe siècle, les Arabes triomphent des Berbères et imposent progressivement leur langue et leur religion. Les dynasties arabo-musulmanes se succèdent alors. La dernière dynastie, celle des Alaouites, règne encore sur le Maroc, avec le roi Mohamed VI.

● LE FRANÇAIS ET L'ESPAGNOL SOUS LE PROTECTORAT (1912-1956)

À la fin du XIXe siècle, le Maroc est affaibli par des échecs militaires et des difficultés économiques.

Le Maroc à l'époque coloniale.

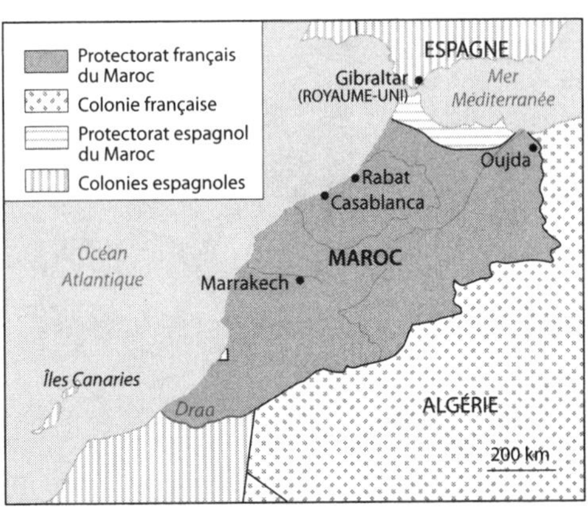

1. **Résident général :** haut fonctionnaire placé auprès du dirigeant de l'État sous protectorat.

Intéressées par ce territoire stratégique dont les côtes donnent sur l'océan Atlantique et la mer Méditerranée, l'Espagne et la France lui imposent un protectorat. L'Espagne prend notamment le contrôle de la partie proche du détroit de Gibraltar. Les lieux évoqués dans le roman *Une année chez les Français* se situent dans la zone qui était sous tutelle française.

Sous protectorat, le Maroc garde ses institutions, la souveraineté du sultan[2] est maintenue, mais l'autorité effective est exercée par le résident général, qui contrôle l'administration, l'armée, les finances…

• L'ENSEIGNEMENT FRANÇAIS AU MAROC

Ce sont les congrégations religieuses présentes en Afrique du Nord dès la seconde moitié du XIXe siècle qui introduisent le français au Maroc.

Hubert Lyautey (1854-1934)

Militaire français, officier pendant les guerres coloniales, Lyautey est le premier résident général du protectorat.

Passionné par l'aventure coloniale, il se signale par une conception – singulière à son époque – des relations entre l'Europe et le reste du monde fondée sur le respect des identités. « Les Africains ne sont pas inférieurs, ils sont autres », écrit-il dans les années 1920.

Le général Hubert Lyautey dans la région de Khenifra, Maroc, 1914. Carte postale.

2. **Sultan :** souverain dans certains pays musulmans.

Cependant, c'est avec l'enseignement du français sous le protectorat que la langue se diffuse dans le pays. Dès les premières années de son gouvernement, Hubert Lyautey met en place un système d'enseignement français public et laïc (voir *Une année chez les Français*, p. 166-167). Dès la fin de la Première Guerre mondiale, toutes les villes marocaines sont pourvues d'une ou de plusieurs écoles primaires, mais le système reste à deux vitesses : les élèves marocains scolarisés ne peuvent prétendre aux diplômes français. Il faut attendre la fin des années 1930 pour que les Marocains puissent intégrer les lycées français et il est ouvert aux Marocaines après la Seconde Guerre mondiale.

● LE LYCÉE LYAUTEY

Dès le début du protectorat, le général Lyautey veut faire de Casablanca une cité moderne. Il se lance dans des travaux d'urbanisme ambitieux et planifie la construction d'un grand établissement scolaire. En attendant de concrétiser ce projet, il met en place le lycée de Casablanca dans des baraquements de bois, resté dans les mémoires sous le nom de « Lycée en planches » (voir *Une année chez les Français*, p. 258). Le lycée Lyautey est officiellement inauguré en novembre 1963.

Le lycée Lyautey à Casablanca, vers 1932. Carte postale.

3 En quoi consiste aujourd'hui la francophonie ?

La francophonie désigne l'ensemble des personnes et des pays qui parlent le français, soit environ 274 millions de locuteurs dans le monde (Observatoire de la langue française, 2014), dont environ 75 millions de locuteurs partiels.

● LES FRANCOPHONES DANS LE MONDE

Présent sur tous les continents, en progression en Europe et sur le continent africain, le français est la 5e langue la plus parlée dans le monde et la 2e langue la plus étudiée dans l'Union européenne.

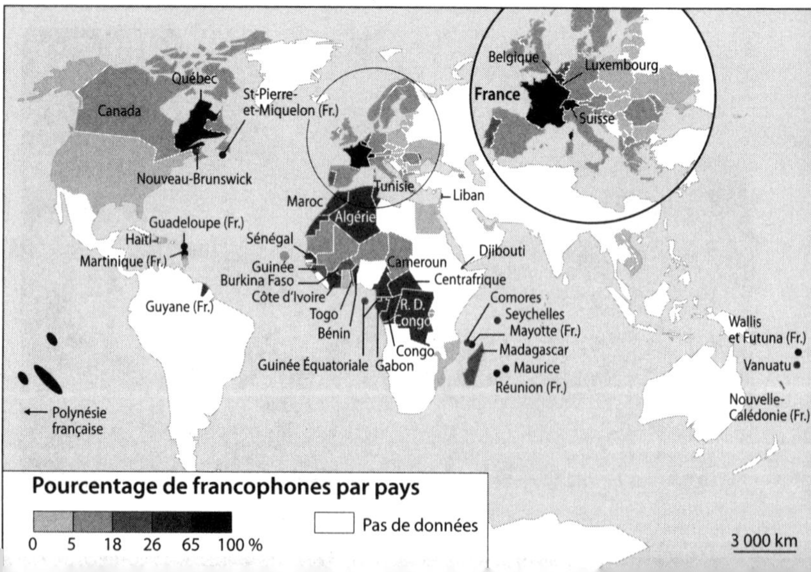

• LES PAYS FRANCOPHONES

Dans l'espace linguistique de la francophonie, on distingue plusieurs usages du français dont voici quelques exemples.

• En France métropolitaine et d'outre-mer, le français, la langue nationale, coexiste avec 75 langues régionales ou minoritaires.

• Au Canada, pays d'abord peuplé par les Amérindiens puis colonisé, le français est la deuxième langue officielle et la deuxième langue maternelle la plus parlée (environ 21 %) après l'anglais (environ 57 %).

• En Belgique, en Suisse et au Luxembourg, le français cohabite avec d'autres langues officielles, car, pour des raisons historiques et géographiques, ces pays sont marqués par l'influence multiculturelle de leurs voisins européens.

• En Côte-d'Ivoire et au Bénin, pays indépendants depuis 1960, le français demeure la seule langue officielle alors que les habitants parlent majoritairement des langues locales.

• En Algérie, au Maroc et en Tunisie, également indépendants, le français n'est pas une langue officielle et pourtant l'ancrage francophone demeure très fort, en raison de l'héritage colonial, de la proximité géographique et du tourisme.

• LA PROMOTION DE LA FRANCOPHONIE

La francophonie est une préoccupation importante pour les gouvernements français. En 1970, Maurice Schumann (1911-1998), alors ministre des Affaires étrangères de Georges Pompidou, visite le lycée Lyautey de Casablanca et signe le livre d'or de l'établissement.

Le lycée Lyautey vu par un ministre français

« Nous avons reçu cette année M. Maurice Schumann, ministre des Affaires étrangères. [...] Après avoir visité notre établissement, notre hôte illustre a écrit sur le livre d'or ces mots généreux que je ne résiste pas au plaisir de partager avec vous, puisqu'ils s'adressent à nous tous : "Hommage aux enseignants et au proviseur du plus grand lycée d'un empire spirituel : l'empire de la francophonie." »

(*voir* Une année chez les Français, *p. 257-258, l. 174-192*)

• L'AGENCE POUR L'ENSEIGNEMENT DU FRANÇAIS À L'ÉTRANGER

L'Agence pour l'enseignement du français à l'étranger (AEFE), sous la tutelle du ministre de l'Europe et des Affaires étrangères, coordonne le réseau des établissements d'enseignement français à l'étranger, communément appelés « lycées français ». Ce réseau rassemble, en 2017-2018, 492 établissements scolaires, implantés dans 137 pays, qui scolarisent 350 000 élèves dont 60 % sont étrangers et 40 % sont français. Il représente un atout et un levier pour l'influence de la France. Le lycée Lyautey de Casablanca fait partie du réseau de l'AEFE. Il compte aujourd'hui environ 3 600 élèves, dont 1 900 sont Français.

L'Organisation internationale de la francophonie

Depuis 1970 et la création de l'Agence de coopération culturelle et technique (ACCT), devenue l'Organisation internationale de la francophonie (OIF), les francophones peuvent s'appuyer sur une institution qui a pour vocation de promouvoir la langue française et les relations de coopération entre les 84 États et gouvernements qui en sont membres ou observateurs.
En 1997, au sommet de Hanoï, au Vietnam, l'OIF a adopté une charte qui définit les objectifs et les missions de l'institution.

Affiche créée pour la Journée internationale de la francophonie, 2017.

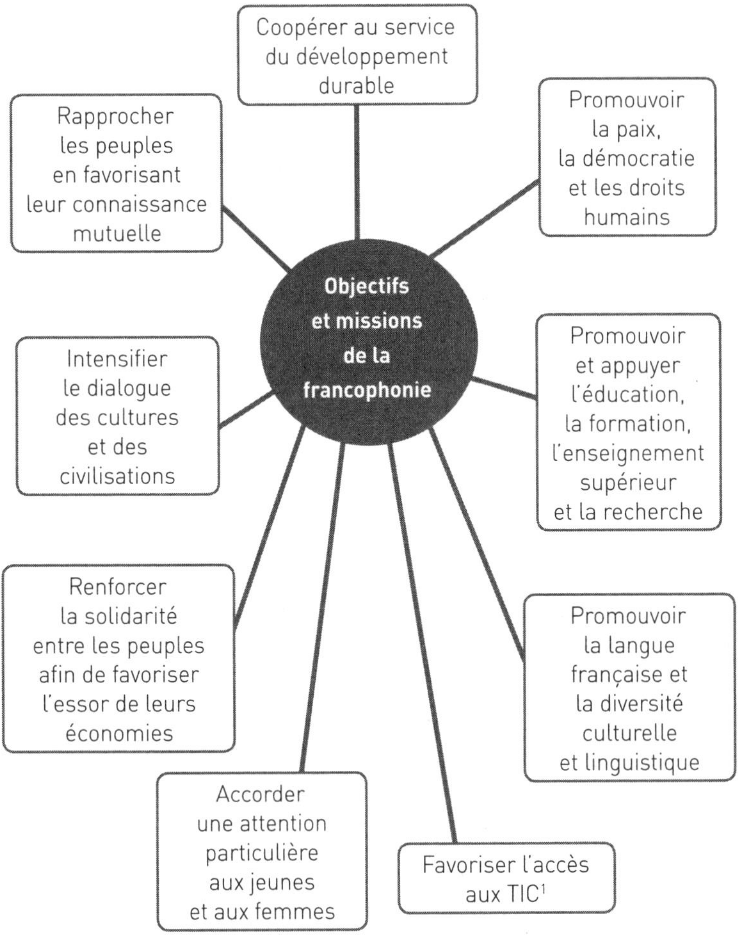

1. TIC : technologies de l'information et de la communication.

4 Qu'appelle-t-on « littératures francophones » ?

Si la francophonie désigne l'ensemble des locuteurs qui utilisent le français, la langue tend à distinguer la littérature francophone (toutes les œuvres écrites en français) des littératures francophones (les littératures d'expression française hors métropole).

● NAISSANCE DES LITTÉRATURES FRANCOPHONES

D'abord désignées sous des intitulés tels que littératures « d'outre-mer » ou « d'expression française », les littératures francophones sont liées aux décolonisations.

Léopold Sédar Senghor à Strasbourg au Conseil de l'Europe, 1949.

Premier président du Sénégal (1960-1980) et premier Africain élu à l'Académie française, Léopold Sédar Senghor crée dans les années 1930, avec Aimé Césaire (Français de Martinique), le mouvement de la négritude, qui porte les valeurs culturelles des peuples noirs, leur protestation, leurs espoirs face au colonisateur.

Pourquoi Fouad Laroui écrit-il en français ?

L'auteur d'*Une année chez les Français* est marocain, vit aux Pays-Bas et écrit ses romans en français et ses poèmes en néerlandais. Il dit : « Quand j'ai vu que les Persans ou les Hurons parlaient français, je me suis dit : Pourquoi pas moi ? C'est ce cercle vertueux qui est intéressant : plus les étrangers écrivent dans cette langue, plus elle devient universelle. »

Dans les années 1960, il crée le mouvement de la francophonie, pour tisser des liens entre les peuples francophones du monde entier : « Dans les décombres du colonialisme, nous avons trouvé cet outil merveilleux, la langue française. »

● MANIFESTE POUR UNE LITTÉRATURE-MONDE EN FRANÇAIS

Paru dans le journal *Le Monde* le 15 mars 2007 et signé par 44 écrivains de langue française, ce manifeste propose de sortir de « cette vision d'une francophonie sur laquelle une France mère des arts, des armes et des lois continuerait de dispenser ses lumières, en bienfaitrice universelle, soucieuse d'apporter la civilisation aux peuples vivant dans les ténèbres ». Le manifeste souligne « l'émergence d'une littérature-monde en langue française consciemment affirmée, ouverte sur le monde, transnationale ». « Personne ne parle le francophone, ni n'écrit en francophone. »

Maryse Condé à Paris, en juin 2000.

Alain Mabanckou (prix Renaudot 2006), qui parle cinq langues du Congo-Brazzaville, a choisi d'écrire dans la langue dominante, celle de la colonisation. Il écrit : « Être un écrivain francophone, c'est certes bénéficier de l'héritage des lettres françaises, mais c'est surtout apporter sa touche dans un grand ensemble, cette touche qui brise les frontières, efface les races, amoindrit la distance des continents pour ne plus établir que la fraternité par la langue et l'univers. » (« La francophonie, oui, le ghetto : non ! », *Le Monde*, 18 mars 2016.)

La langue de l'exil

Certains écrivains exilés en France choisissent d'écrire à la fois dans leur langue maternelle et en français. Pour d'autres, en revanche, quitter définitivement son pays natal, c'est abandonner avec son territoire celui de la langue, dans une volonté de rupture avec le passé, parfois nécessaire quand l'exil a des raisons politiques. Tel est le cas du Chinois Dai Sijié : après avoir été « rééduqué » trois ans à la campagne selon les instructions de Mao pendant la Révolution culturelle, il a fait des études de cinéma en France et publié en français Balzac et la Petite Tailleuse chinoise *et* Le Complexe de Di *(prix Femina 2003).*

Lexique

Anticipation	Fait d'évoquer à l'avance un événement qui sera relaté ultérieurement de manière détaillée, afin de créer un effet de suspense. On parle aussi de *prolepse*.
Autobiographie	Récit qu'un auteur fait de sa propre vie.
Comparaison	Rapprochement de deux éléments, un comparant et un comparé, à l'aide d'un outil de comparaison. Exemple : Le sable [comparé] est *comme* [outil de comparaison] une poudre dorée [comparant].
Discours rapporté	Façon dont les paroles d'un personnage sont rapportées dans un récit. Elles peuvent l'être de trois manières : – au *discours direct* (propos repris tels quels) ; – au *discours indirect* (propos repris par le narrateur à l'intérieur du récit) ; – au *discours indirect libre* (propos intégrés dans le récit sans verbe introducteur).
Ellipse	Saut dans la chronologie de la narration impliquant de passer sous silence certains événements.
Licence poétique	Liberté que prend un écrivain avec les règles de la grammaire, de la syntaxe, de la versification.
Métaphore	Rapprochement de deux éléments, un comparant et un comparé, sans outil de comparaison. Exemple : Le sable [comparé] est une poudre dorée [comparant].

Métonymie Figure de style consistant à remplacer un mot par un autre en vertu d'une relation logique existant entre ces deux mots.

Narrateur Celui qui raconte l'histoire. Il peut être un personnage du récit ou être extérieur à celui-ci. Dans ce dernier cas, il lui est possible d'intervenir par des commentaires.

Oxymore Rapprochement de deux mots de sens contraires. Exemple : une douce souffrance.

Point de vue Dans un récit, angle selon lequel les événements sont racontés.
Point de vue interne : le narrateur adopte le point de vue d'un personnage.
Point de vue omniscient : le narrateur témoigne d'une connaissance parfaite des lieux, de la situation et des pensées des personnages.
Point de vue externe : le narrateur raconte l'histoire en témoin extérieur, de façon neutre.

Satire Critique moqueuse des vices et des défauts d'une personne, d'un groupe ou d'une société.

Retour en arrière Rupture chronologique consistant à raconter des événements qui se sont produits avant l'action en cours. On parle aussi d'*analepse*.

À lire et à voir

D'AUTRES ROMANS DE FOUAD LAROUI

De quel amour blessé
Julliard, 1998

Jamal et Judith s'aiment, mais il est arabe et elle est juive, et leurs familles s'opposent à leur union. Les préjugés et superstitions d'un autre âge auront-ils raison de leur amour ?

La Vieille dame du riad
Julliard, 2011

François et Cécile quittent Paris pour aller vivre dans un riad (maison traditionnelle marocaine), à Marrakech, mais découvrent peu après qu'une vieille dame dont personne ne comprend le dialecte habite dans l'une des pièces...

Les Tribulations du dernier Sijilmassi
Julliard, 2014

Un ingénieur marocain décide de rompre avec son mode de vie occidentalisé : il démissionne et retourne dans son village natal, mais sa démarche est mal comprise. Une tentative de retour aux sources semée d'embûches...

DES RÉCITS D'APPRENTISSAGE AUTOBIOGRAPHIQUES

Jules Vallès

L'Enfant

Le Siècle/Charpentier, 1878

Fils d'un professeur et d'une paysanne sans éducation, Jacques est quotidiennement maltraité par ses parents. Après l'oppression familiale, il connaîtra celle du collège. Ce récit autobiographique est le premier volet de la trilogie *Mémoires d'un révolté*.

Jules Renard

Poil de carotte (1894)

Flammarion, 1965

Surnommé « Poil de carotte » parce qu'il a des taches de rousseur et les cheveux roux, François est le souffre-douleur d'une famille dans laquelle il a du mal à trouver sa place. Or, s'il a la peau dure, il a aussi le cœur tendre.

Hervé Bazin

Vipère au poing

Grasset, 1948

Jean Rezeau, dit Brasse-Bouillon, évoque son enfance auprès d'une mère tyrannique. Comme dans la plupart de ses récits, fortement autobiographiques, Hervé Bazin justifie son combat contre toutes les oppressions familiales et sociales.

Azouz Begag

Le Gone du Chaâba

Le Seuil, 1986

À la fin des années 1960, dans un bidonville de Lyon, Azouz, jeune Algérien de 10 ans, mène une existence misérable. Lorsqu'il n'est pas à l'école, il travaille au marché pour aider sa famille. Passionné par ce qu'il apprend, il devient l'un des meilleurs de sa classe, se trouvant alors tiraillé entre ses deux cultures, l'arabe et la française.

Marjane Satrapi

Persépolis

L'Association, 2000-2003

Téhéran 1980 : Marjane, dix ans, grandit dans un univers politisé et militant, sous la protection de parents cultivés et de sa grand-mère, qui lui inculquent la tolérance et le droit à la liberté. Dotée d'une personnalité affirmée, elle lutte avec sa famille contre l'instauration d'une société liberticide en Iran, puis part étudier en Europe.
Marjane Satrapi a adapté son histoire au cinéma avec Vincent Paronnaud en 2007.

DES ROMANS SUR LE POUVOIR DE LA LECTURE

Luis Sepúlveda

Le vieux qui lisait des romans d'amour

Métailié, 1992

Au bord de l'Amazone, un vieil homme ami des indiens Shuars, qui lui ont appris à connaître la forêt, lutte contre le progrès et la déforestation. Alors qu'il affronte la solitude, il découvre qu'il sait lire...

Daï Sijié

Balzac et la Petite Tailleuse chinoise

Folio Gallimard, 2000

Dans la Chine de la Révolution culturelle, deux jeunes garçons issus de la bourgeoisie sont envoyés à la campagne pour être « rééduqués ». Ils tombent amoureux d'une jeune fille privée d'instruction, à laquelle ils vont faire découvrir la littérature.

● DES FILMS CONTRE LES PRÉJUGÉS

Billy Eliott

Film britannique de Stephen Daldry, 2000

Billy, 11 ans, découvre avec stupeur qu'un cours de danse partage désormais les mêmes locaux que son club de boxe. Fasciné par la gestuelle du ballet classique, il se passionne pour cette discipline, malgré les préjugés tenaces de son entourage.

Juno

Film canado-américain de Jason Reitman, 2008

Juno, une adolescente à l'esprit libre, tombe enceinte. Épaulée par une famille atypique, elle va faire l'expérience de la maturité devant cet imprévu auquel elle n'était pas préparée.

Tomboy

Film français de Céline Sciamma, 2011

Durant un été, Laure, dix ans, fait croire à ses nouveaux voisins qu'elle est un garçon comme les autres et se fait appeler Michael.

Table des illustrations

Iconographie : Marthe Pilven/Hatier Illustration
Principe de maquette : Marie-Astrid Bailly-Maître & Sterenn Haudiard
Suivi éditorial : Luce Camus
Illustrations intérieures : Huayi Jiang
Mise en pages : Facompo – Rouen

PAPIER À BASE DE FIBRES CERTIFIÉES

Hatier s'engage pour l'environnement en réduisant l'empreinte carbone de ses livres. Celle de cet exemplaire est de :
800 g éq. CO_2
Rendez-vous sur www.hatier-durable.fr

Achevé d'imprimer par Grafica Veneta à Trebaseleghe - Italie
Dépôt légal : 04471-5/01 - mars 2018